シュンスケ！

門井慶喜

角川文庫
19857

序

　とびらは、あけっぱなしになっている。

　老人は、入口のところで立ちどまり、

「失礼します」

　部屋のなかへ声をかけた。

　返事はなし。

　もういちど、

「失礼します。陛下」

　室内は、和洋折衷ふうだった。頭上には檜の欄間がもうけられているが、床には真紅のじゅうたんが敷かれ、洋式のテーブルが置かれている。椅子は、左右それぞれに五脚ずつ。宮中御学問所の公式の部屋は、たいていこんな落ち着きのわるい内装になっている。

　陛下とよばれた男性は、公務用の軍服を身につけている。

　十脚の椅子のうちの一脚にすわっていたが、ふいに身を起こし、

――伊藤か。

「はい」

老人が身をかがめると、陛下はけだるそうに手をさしあげ、となりの椅子の背をたたいた。ここにすわれという意味だろう。老人は、

「恐れ多いことで」

と肩をすくめつつ、しかし慣れた足どりで部屋に入り、言われたとおりの椅子にすわった。

おそらく桂太郎や西園寺公望、あるいは原敬といったような一まわり下の世代の重臣だったら遠慮して入室をはばかるか、入ったとしても椅子のうしろで立ったまま話をしようとしたところだろう。何しろここにいる陛下とは、名は睦仁、幼称は祐宮、ゆくゆく、

「明治天皇」

と諡されることになる当今なのだから。

けれども伊藤老人にとっては、天皇はむしろ親しみの対象だった。もちろん謹直な畏敬の念もないわけではないけれど、それ以上に、

（この方は、同志じゃ）

という感じのほうが強かったのだ。ふたりはただの君臣ではなかった。御一新以来四十年、それこそまるで夫婦のように近代国家を一から手づくりしてきた仲なのだ。

廃藩置県も、新紙幣の発行も、華族制度の新設も、学校令の制定も、日清日露の戦争の勝利も……日本の社会そのものを根底から変える重大な革新の場には、つねにふたりの姿があった。いまさら何の遠慮があるだろう。

――伊藤。何の用か。

天皇は、ぐっと老人に顔をちかづけた。

鼻と鼻がふれそうだった。強度の近眼なのだ。老人は身をそらさず、息のあたたかみを顔じゅうで受けつつ、

「はい、陛下。ご報告をひとつ。わたくしは……やはり、行くことにしました」

――どこに？

「ハルピンに」

天皇が、顔をくもらせた。

裏切られた、というような感情のこもる目の色をした。老人は急いで、

「いや、さだめし陛下にはご不満でありましょう。何しろ陛下はかねてからわたくしの満州ゆきをあやぶんで、計画を中止するよう求められていたのですから。ご心配はまことにありがたきことと存じます。がしかし、わが国政府は」

語を継いだ。わが国政府は三か月前、閣議において、韓国（大韓帝国）を併合する方針を正式に決定したところだが、それを実行にうつすにはあらかじめ清国とロシアに日本の立場をきちんと説明しておかなければならない。この両国はそれぞれ韓国に国境を

接していて、利害が衝突するからだ。

ところが、そのうちロシアに関しては、絶好の機会が向こうから来た。ウラジミル・ココフツェフという現職の財務大臣がわざわざ満州にまで出張してくるのだという。皇帝ニコライ二世の信頼もきわめて厚い要人中の要人だから、

「会わない手はない、というのが前満鉄（南満州鉄道会社）総裁・後藤新平男（男爵）の意見なのです。わたくしもそう思う。ぜひともココフツェフ氏と会って話をして、日本の姿勢を理解してもらわねばならんのです。なるほど満州の治安はよくない。住民の対日感情もいよいよ悪化しつつある。わたくしの旅もまったく安全というわけにはまいらぬかもしれません。しかし陛下、わたくしはむしろ、その故にこそ行かねばならぬと存じます」

老人はやさしい口調で、しかし決意ははっきり示すよう言明した。天皇は、

――伊藤、それは。

眉間にしわを寄せた。

（反論なさる）

老人はわずかに身がまえたが、天皇はあっさり肩を落として、

――そうか。

（あわれな）

老人は、この十一歳年下の国家元首が、きゅうに弱々しいものに見えた。

若いころは壮健だった。毎日乗馬をこなしたし、酒にはめっぽう強かったし、女官を上手にからかったりもした。執務中もたとえば掛軸や剣がどこそこの蔵にあるから持って来いと天皇が言うと、官人はかならずそこで該当の品を見つけたという。記憶力もすばらしかったのだ。

が、いまの天皇は、ほとんど往時の盛観をとどめていない。

持病の糖尿病のせいだろうか、体のむくみが激しすぎるし、乗馬どころか散歩もろくにしなくなった。ときおり子供のように感情をむき出しにするのも若いころにはないことだった。老人はこのとき、不吉なことだが、むしろ自分よりも天皇のほうが死期がちかいような気さえしたのだった。天皇も、もう六十の声を聞こうとしている。

老人はぽつんと、

「申し訳ありません」

返事はなし。

天皇はぐったりと椅子の背にもたれ、目を閉じている。その横顔へ、

「失礼します」

老人は立ちあがり、部屋を出た。これ以上そばにいたら涙ぐんでしまいそうだったのだ。

とびらのところでふりかえり、一礼する。

ときどき御前会議もひらかれる広大すぎる部屋のなかで、天皇はひとり、まだ目を閉

じている。何も知らない者が見たら、居眠りと思うだろうと老人は思った。

†

数日後、午後。

老人は、赤坂霊南坂の官邸にいる。

晩には桂太郎首相の主催する晩餐会へ出かけるつもりだが、しかしまだ盛装には着がえていない。ふだんの背広を身につけたまま、書斎の机にむかって小筆をさらさら走らせている。晩餐会では国際新聞協会の会員を相手にスピーチをする予定なので、その草稿づくりをしているのだ。

と、

「やあ。伊藤公」

ひとりの男が、ずかずかと書斎に入ってきた。老人は顔をあげ、ふりかえって、

「おお、山県公か」

「しばらくぶりじゃな」

老人はわざと渋面をつくってみせて、

「これはまた謹厳をもって鳴る山県公にふさわしからぬ盗人同然のなさりよう。勝手に人の家の門をくぐり、わがもの顔でここまで来るとは」

「何を言うか。この家は、ついこの前までわしの家だったんじゃ」

公爵・山県有朋は、よっこらしょと長椅子のまんなかに腰かけると、きょろきょろ室内を見まわして、

「ふん。書斎の調度は変わっとらんようじゃ。だいじにせいよ」

老人は、苦笑いした。なるほど山県有朋は前の枢密院議長であり、したがってこの官邸のあるじだった。しかも在任は三年半の長きにわたったから、その後まだ四か月しか住んでいない老人などよりはるかに勝手を知っている。それにしても、もし四十年以上のつきあいでなかったら、いくら天下にこわいものなしの山県でもこうまで無遠慮なふるまいはしなかっただろう。

山県は杖をからんと肘かけに立てると、あごをあげて、

「ハルピン行きが決まったそうじゃな」

老人は筆を置き、まじめな顔になって、

「ああ」

「気をつけろよ。不穏な分子がうろうろしておる」

「めずらしいな。貴公がわしの身を案じるとは」

「陛下が案じておられるのだ。伊藤はいい年をして危地に向かわぬでもよいではないか、東京にとどまっておればよいではないかと、御座所でさんざんこぼしておられた。しあわせ者じゃのう」

「なーに」

老人は立ちあがり、山県のとなりに腰をおろして、

「心配はいらぬと陛下におつたえしてほしい。満州にいる外国人といえば清国人かロシア人だが、わしはどちらにも嫌われておらぬ」

山県はむぞうさに、

「朝鮮人には？」

「……む」

「ハルピンにも、朝鮮人はたくさんおるぞ」

（勝手なことを）

と、老人はいささか腹が立たぬでもない。もともと老人は韓国併合には反対だったのだ。それを山県たち多数派におしきられ、やむなく閣議決定を了承したという経緯がある。その不本意な閣議決定のあとしまつをしに老人はこれから満州へ行くというのに、当の山県が「気をつけろ」などと言うのは、

（まったく、盗人たけだけしいのう）

とはいえ山県は、こと暴力ざたに関しては独特の嗅覚がある。

若いころから長州藩の奇兵隊という士庶混淆の軍隊をひきいて幕府軍と対決したり、あるいは第一軍司令官として日清戦争の戦場へ向かったりしてきたせいだろう。文治的な政治家である老人にはわからない、血なまぐさい予感のひらめきがあった。老人は、

耳をかたむけぬわけにはいかない。

　口をつぐんだ。

　山県はひょいと長椅子から立ち、

「邪魔したな。伊藤公」

　杖を取り、歩きだした。老人はすわったまま、

「待てい」

「何じゃ」

　山県は足をとめ、首だけをこっちへ向けた。何じゃと言われても、老人にはべつだん言うことばはない。ただ胸のなかに得体の知れない感情がわきあがってきて、

「……達者で暮らせよ。狂介」

　山県は、鳩が豆鉄砲をくらったような顔をした。

　狂介（きょうすけ）というのは山県の旧幕時代の名前だが、御一新以後はほとんど称したことはない。四十年来の友人であり好敵手である老人でさえ、ひょっとしたら山県をこの名前で呼んだのはあのころ以来かもしれなかった。

　山県は、いやな顔をした。

「何が『達者で暮らせ』じゃ。今生のわかれでもあるまいし」

「取越し苦労じゃよ、狂介。わしはちゃんと日本にかえってくる」

　老人はにっこりしたけれども、山県は疑念が去らなかったらしい。こんなふうに老人

をやはり当時の名前で呼んで、書斎をあとにしたのだった。

「また会うぞ。シュンスケ」

1

周防国束荷村の百姓の子・利助は、百姓の子のくせに、いつも、

「わしは、さむらいじゃあっ」

腰に二本さしこんでいた。

ほんものの刀や脇差ではない。そのへんに落ちている桜か何かの木の枝なのだが、

（百姓は、いやじゃ）

そう思うだけの切実な理由がこの子供にはある。

「なーにが、さむらいじゃ」

と年上の悪童どもにからかわれても、だから利助はとりあわない。しれっとした顔をして、二本ざしのまま柿の木にのぼったり、めじろを獲ったりして遊んでいる。悪童どもは、こんどは、

「利助のひょうたん、青びょうたん。酒を飲んで赤うなれ」

などと囃しはじめたが、これも笑って聞きながした。しかし、

「利助のおやじは夜逃げした。引負（借金）こさえて夜逃げした」

と言われたときは、

「何いっ」

相手の胸ぐらをつかみあげた。利助はなみだを落としながら、

「父は、夜逃げなんかしとらん。萩のご城下へひとりで稼ぎに出とるだけじゃ。ととは、ととは、悪いこと何もしよらん」

「ふん。どうだか」

胸ぐらをつかまれたまま、悪童はにやにやして、

「お役人におさめる年貢米をごっそり勝手に売りとばしたのは誰か。お前のととや。だから村におられんようなったんじゃろ。大人はみんな言うとる。お前のととは、ぬすっとじゃ」

「……ぬすっと」

「お前はつまり、ぬすっとの子なんじゃ」

「さむらいを侮辱するかっ」

利助はいっそう相手の胸をつかむ手に力をこめた。が、相手のほうが年上であり、腕力もある。彼はあっさりと利助の腕をふりはらって、

「なーにが、さむらいじゃ」

利助の胸をどんと突いた。利助はかんたんに尻もちをついて、足で天をさしてしまう。が、すぐに立ちあがり、なみだを手の甲でぐいっと拭って、

「果たし合いじゃ。受けて立て。あしたの夕方、野良仕事が終わったら、氏神様の鳥居に来るんじゃ」

「ふん。返り討ちじゃ」

この悪童、名を辰次という。まだ十歳ながら、村ではもう「うなり辰」などと呼ばれて大人すら手を焼くほどのあらまし（乱暴者）だった。いっぽう利助は七歳そこそこ。体格の差は、虎と猫。

（斬ってやる）

猫はそう心を燃やし、辰次の顔をにらみあげている。

翌日、夕刻。

鳥居の下で辰次がざらざらと腕を撫しつつ仁王立ちしているところへ、

「ありゃりゃりゃあああ」

奇声を発しつつ、横から利助はいきなり殴りかかった。顔をねらったつもりだったが、辰次はおどろかず、ひょいと身をかがめる。利助のこぶしは空を切り、はずみで利助はたたらをふんだ。しかし二、三歩でふみとどまると、足もとの土をつかんで、ふりかえりざま、

「食らえっ」

辰次の目に投げつけた。これも不発だった。辰次はとっさに両手で目を覆ったのだ。と思うと、たかだかと跳躍して利助の前に立ち、おもいっきり利助の頰桁を張った。

「あっ」

利助はきりもみ状に回転しつつ、はるか一間もふっとんで、あおむけに落ちた。鼻の奥が血でにおった。

そこへ辰次がおどりかかる。グルルルと狂犬みたいなうなり声をあげながら両手のこぶしをふりおろす。利助はごろんと横へころがって避け、すばやく立ちあがると、とつぜん相手に背中を見せた。

あとも見ず、駆けだした。

「逃げるか！　ぬすっとの子」

辰次が追いかけてくる。図体（ずうたい）のわりに足がはやい。利助はけんめいに駆けた。

神社は、ごく小さい。境内はあっというまに尽きて野原になってしまう。野原はいちめんの枯れ藪（やぶ）だった。利助の背の高さほどもある草や木が、どういう天候の按配（あんばい）か、ことしはみな立ったまま死んで緑をうしなっているのだった。

利助は、とびこんだ。身をまるめ、がさがさと音を立てて進んでいく。

「どこへ行った」

とか、

「隠れるとは卑怯（ひきょう）じゃ」

などと呼ばわりつつ、どうやら辰次も突入したらしい。利助はときどき顔を上に出しては位置を確認し、さらに進んだ。がさがさ。がさがさ。あらかじめ考えていたとおり

の場所に来たところで、

「だーれが、隠れるか」

しゃがみこんで、ふところから石を二個とりだした。火打ち石だった。

かちっ。

かちっ。

何度かそれを打ち鳴らすと、うすぐらい闇のなかに火花が浮かび、八方へ散った。そのうちのひとつが蛍(ほたる)のように明滅しつつ、枯れ葉の先にちょこんと乗っかる。あかるさを増し、炎になる。炎はみるみる大きくなり、利助の顔ほどになった。新茶のような香ばしさが立った。

季節は、冬。

ここ一か月くらいは雨もふらず、雪もふらず、空気はかわききっている。火はあっというまに燃えひろがった。ひろがる方向は東の山のほう、つまり神社とは反対のほうだった。枯れ藪という可燃物の海のなかで、炎はごうごうと巨大化していく。

この異変には、もちろん辰次もすぐに気づいた。

火の向きとは逆のほうへ逃げ出した。当然、枯れ藪からおどり出たとき、彼はふたたび神社の境内に足をふみいれることになる。その正面に利助が立っている。

「あっ」

と、辰次はさけんだ。両手を合わせて利助をおがんで、

「悪かった。もうお前のととを腐したりせん」

「そのことが悪いのとちがう」

熱風がふきあれ、ふたりの着物をはためかせている。利助は例の刀をすらっと抜いて、上段にふりかぶり、

「わしは、さむらいじゃ。さむらいを侮辱したのが悪いんじゃあ！」

桜の木の棒はしたたか辰次のひたいを打った。辰次は手を合わせたまま、うしろへ木像のようにたおれた。激しい地ひびきが立ち、楠から椋鳥がいっせいに飛び立った。

空は、すっかり暗くなっている。

枯れ野の炎はうずを巻いて天にのぼり、一番星をも溶かしている。

どこかから鐘の音が聞こえる。ごんごん乱れ打ちに打たれている。誰かが村中に警報を発しているのだろう。

†

その晩。

利助の住む家に、大人どもが押しかけてきた。

全員、顔を煤でよごし、着物のあちこちを焦がしている。手には草刈り鎌やら、手桶やら、むやみと柄の長いひしゃくやらを提げていた。土間はせまく、四、五人も入れば

あふれてしまうため、男たちは家の外からも怒りにみちた罵声をあげることになる。

利助の母、名前はこと。

土間に降り、ひたいを土間にこすりつけて、

「すまんことした。うちの利助が、ほんまに相すまんことをした」

洟をすりながら繰り返したが、その程度では相手のほうも気がおさまらない。めいめい勝手に、

「何ちゅうことをしてくれたんじゃ、お前の息子は」

「あんな大火は見たことがない」

「わしら命がけじゃった。火のまわりの草を刈ったり、小屋をぶっこわしたり」

「たまたま風むきが変わったからよかったものの」

「そうじゃ。そうじゃ」

「あのまま東風が吹きまくっとったら、村中が灰になるところじゃった」

誇張ではなかった。この東荷村には、事実、山すそに建つ家が多いのだ。もしも火があのまま東の山に達していたら、山づたいに家を焼き、納屋を焼き、土蔵を焼き、どういう罪もない女子供をじゅうじゅう焼いたことはまちがいなかった。利助はこのとき、年貢米に手をつけるよりもはるかに重大な罪をおかしたことになる。

しかし利助は、反省するどころか、

（けっ、見ぐるしい。大の大人がおろおろしおって。これだから百姓はいやなんじゃ）

と、母親が、とつぜん利助の頭を手でつかんで押しさげ、

「お前も、ほら、みんなに謝らんか」

利助はしかたなく膝を折って、

「……すまんかった」

ようやく村人がみんな帰ってしまうと、ことの父の長左衛門が、土間にへたりこんだまま、

「えらいことをしでかしたのう、利助」

呆然とつぶやいた。長左衛門も老軀を折り、いっしょに土間で平蜘蛛になっていたのだ。ことは、

「すまんのう。父さま」

長左衛門へ頭を垂れた。娘というより、下女がご機嫌をうかがうしぐさだった。それでなくても夫が——利助の父が——二十里もはなれた萩の城下へ旅立って以来、もう一年ちかくもこの実家に厄介になっているのだ。食うだけでも大きな面倒をかけている。

(かか、よっぽど肩身がせまいんか)

さすがに利助も申し訳なくなった。うつむいたまま、ぽつぽつ申しひらきをした。

「辰次のほうが体もでかい。腕もふとい。ああした工夫もせなんだら、わしゃとても……」

「そこまでして勝つ必要があるか」

と母が叱り、長左衛門が存外やさしく、

「まあ、男の子には、あることじゃ」

しわだらけの黒い手で利助の前髪をなでたとき、

「ごめん」

ほたほたと入口の戸をたたく者がある。

三人は顔を見あわせ、ため息をついた。またぞろ村の誰かが文句をつけに来たのにちがいない。しぶしぶ母が立ちあがり、戸をすべらせると、

「失礼する」

入ってきたのは、若い武士だった。紋付の羽織を身にまとい、腰にほんものの大小をさしている。蠟色の鞘がつやつやと目に痛い。

（さむらいじゃ）

利助は、思わず立ちあがった。ざわざわと全身の肌に粟ができた。われながら何という滑稽なことだろう、ほんものの武士を見るのは生まれてはじめてだったのだ。若い武士は、じっと利助を見おろして、

「さむらい気取りの子供とは、そなたか？」

このみじかい言葉だけで人柄がすべて知れるような、折り目ただしい言葉づかいだった。利助はそれを美しいと思ったが、しかし口では、ぶっきらぼうに、

「気取りではない。わしは、さむらいじゃ」

「こら、利助」

と、長左衛門はまっさおになって利助の肩をひっぱった。武士はさわやかな声で、

「はっはっは。なかなか勝ち気な子だ。結構けっこう。そこまで言うからには、さだめし理由があるのであろう」

「聞きたいか」

「おお、聞きたい」

「なら、まずは名を名乗れ」

若い武士はきゅうに生まじめな顔になって、

「なるほど、これは丈夫を遇する礼を失したかな。拙者、来原良蔵。藩校明倫館の学生である」

「くるはら」

息をのんだのは、長左衛門だった。

萩城下の来原良蔵といえば、その雷名はこの束荷村にもとどろいている。おさないころから秀才のほまれが高く、十四歳のとき早くも長州藩主・毛利敬親（当時は慶親）の御前で即席の漢詩を賦したところ、たいへん優秀な出来だったため、藩主はただちに金三百匹をあたえたという。

逸話がある。

明倫館の先輩が、或るとき、

「来原はこのごろ学問をなまけている。試験してやる」

難癖をつけ、講堂へ来るよう言いつけた。もちろん来原はなまけてなどいない。衆人環視のなか、恥をかかせてやろうとしただけだった。

来原はあわてず、ふだん読んでいる書物をつぎつぎと講堂へはこびこんだ。何しろ無類の読書家だから経史百家の原典や注釈書がたちまち何本もの柱をなす。そうした上で、くだんの先輩に、

「どの本でもいい。試験してください」

先輩は、手あたりしだいに一冊ぬきだしては本文を読んで質問したが、来原はことごとく流暢かつ明確に正答を述べ、満座を驚嘆させたという。藩内にこの来原を上まわる秀才といえば、ただひとり、山鹿流兵学師範・吉田寅次郎（のちの松陰）あるのみというわさだった。その来原良蔵に、

「こんな田舎へ、どんなご用で？」

長左衛門は土間にひざをついたまま、おずおずと問うた。来原は、板の間の上がり口にやわらかに腰かけて、

「なあに。屋根の下にとじこもって勉強するのも大切だが、こんにち、時勢はいよいよ困難になりつつある。これまでの儒者や経世家のように書物から得た知識だけで応対しようとすると、わが藩にとどまらぬ、日本全体が大きなやけどを負うことになる。私は、菲才の身ではあるが、いずれ世を覆う仕事がしたいと思っている。その日のために、い

まから学業のあいまにご領内を巡歴しているのだ。生きた知識を得るためにな」

(立派なことを言う)

利助は、感動した。この人は、世にみちびかれるのではない。世をみちびく人なのだ。しかもこの武士、あらためて見ればまだ二十になるかならぬかという年まわり。利助の心に、はじめて、

(この人のようになりたい)

尊敬の念がきざした。温水に手をひたすような快感だった。と、来原は、

「さあ、私は名乗ったぞ。おぬしの理由を述べよ。お前がなぜさむらいを気取るのか、そのわけを聞かせい」

利助はもう、われを忘れている。

未知の体験に打たれるあまり、ぼーっと来原に見とれている。つい、母にも打ち明けたことのない大望を口にしてしまった。

「百姓では、天下が取れん」

「ほう」

来原が目を光らせる。利助は、

「わしは……わしは、一国の宰相になりたい」

「り、利助」

ちょうど奥から出てきた母親が、突っ立ったまま、目をいっぱいに見ひらいた。唇を

ふるわせ、神仏のたたりを恐れる顔つきで、

「お前はまあ、何という大それたことを。来原様、どうか子供のたわごとと思うて、お聞きながしを……」

それはそうだ。こんな江戸からも京大坂からも離れた僻村のせがれが一国の宰相になれるくらいなら、一寸法師だって海坊主になれる。身のほど知らずもはなはだしいだろう。しかし来原は、

「ふむ」

まじめに考える顔になると、腕をのばし、彼女がもってきたお盆から、ふちの欠けた茶碗をとって、

「いやいや、ご母堂。いいことばを聞いた」

愉快そうに茶を飲んだ。茶といっても、そのへんに生えている柿の木の葉をからからに乾かして煎じただけの薄味のお湯にすぎないのだが、来原はいかにも若いさかりの男子らしく、ごくごくと盛大な音を立てて飲んでしまった。そうして、からっぽの茶碗をお盆にもどして、

「字は、習うたか？」

利助に聞いた。利助はぷいと横を向いて、

「……まだ」

「村には寺子屋もあるのだろう？」

「はい。半里先に、三隅勘三郎(みすみかんざぶろう)先生の」

と口をはさんだのは、長左衛門だった。来原はおだやかに利助の頭をなでながら、

「よしよし。お前はあしたからそこへ通うのだ。年上の悪童といさかいを起こすひまがあったら、勉強するんじゃ。いいな？」

利助はまっすぐ来原を見あげ、目を輝かせて、

「うん」

「うんではない。武士の返事は『はい』だぞ」

「はい！」

「お前の名はおぼえておく」

そう言うと、来原はやにわに立ちあがった。母親が持ってきた二杯目のお茶をこれまた一気にあおってから、

「利助よ。もしもお前がほんとうに傑物なら、ほんとうに一国の宰相となる器量のもちぬしなら、天がかならず味方する。私たちを再会させる」

「さい、かい……」

「そのときは、私がお前を武士にしてやる。どこへ出しても恥ずかしくない、正真正銘のさむらいにな」

「はい」

「勉強しろ」

言いすてるや、来原は、まっくらな戸外へすたすたと出てしまった。そのうしろ姿を見て、利助は、

（あ）

ようやく気づいた。

来原良蔵、着ているものは寸分の隙もなし。が、足だけは、わらじも草履もはいていなかった。素肌をさらした左右のかかとが傷だらけで冷たい土をふんでいる。利助は戸口の柱にしがみついて、

「なんで、はだしなんじゃあ？」

聞こうとして、口をつぐんだ。それが武家の節度という気がした。

†

ぱん。

ぱん。

まわりの紅葉をふるわせるような高らかな柏手（かしわで）を打って、来原良蔵はふかぶかと頭をさげた。その姿勢のまま、

「感謝をささげ奉りまする」

来原良蔵、二十九歳になっている。

先月、国もとの妻にはじめての子供が生まれた。母子ともに健康、しかも生まれたのは玉のような男の子だというので、来原は歓喜のあまり、ついこの鎌倉の鶴岡八幡宮へお礼まいりに来たのだった。

いや、はるばる長州から旅してきたわけではない。来原は少し前から藩命により、この相模国に、

「駐屯」

しているのだ。

きっかけは四年前、嘉永六年（一八五三）六月の黒船来航だった。アメリカの東インド艦隊司令官マシュー・ペリーが軍艦四隻をひきいて浦賀に来航、翌年ふたたび七隻で来航して幕府要人との会談をせまり、開国をせまり、あまつさえ江戸湾内のあちこちを測量してまわるという勝手放題のふるまいにおよんだのだった。

これは幕府にとって衝撃だった。もちろん外交上もそうだけれど、さしあたって、それよりもはるかに重大なのは安全保障上の問題だった。江戸城のすぐ足もとの海をこうやすやすと侵されたのでは、条約交渉うんぬん以前に、たった一発の砲弾で将軍の五体がこっぱみじんにされかねないのだ。

幕府はただちに、諸藩へ、

「沿岸警衛」

を命じた。江戸湾をはさむ相模国と安房国へ陸兵を配備して、有事のさいには海から

の守りをかためられるよう体制をととのえようとしたのだ。

長州藩は、熊本藩とともに相模国を担当させられた。その長州藩士のひとりとして、来原良蔵は、いま駐屯の任に就いているのだ。本陣は三浦半島のやや内陸方、上宮田の地にもうけられているから、おなじ半島のつけ根にあたる鎌倉へは一日でじゅうぶん往復できる。

「さて、帰るか」

来原は参拝を終えると、本宮をはなれ、ふりかえって、石段を降りはじめた。われながらそそくさとした足どりだった。非番の日とはいえ、子供のためにわざわざ詣でに来たなどと同輩に知れたら気はずかしいと思ったのだ。足には草履をはいていた。

右手には、巨木がある。

鎌倉幕府のころ、例の公暁が三代将軍実朝を暗殺したとき隠れていたという有名ないちょうの木だ。樹齢九百年、いまは石段にくろぐろと濃い影を投げおろしているが、その影のふちまで降りたところで、

（おっ）

来原は、目をみはった。

下から六人ほど、若者がのぼってくる。みな二十歳前後というところで、ことばは長州なまり。おそらく来原とおなじように相州警衛を命じられた、ただし来原よりも身分のひくい足軽程度の連中だろう。彼らも非番を利用して名所見物に来たのかもしれない。

その六人のなかのひとりに、来原は、

（……こいつ）

遠い記憶を呼びさまされた。

或る意味、わが子のような相手だった。来原はななめに石段を駆けくだると、そいつの前をふさいで立ち、

「抜け」

そいつの腰の大刀をあごで示した。相手はさっと顔色を変えた。決闘を申しこまれたと思ったのだろう。腰をしずめ、刀のつかに手をかける。来原はわざと長州なまりを強くして、

「そういう意味ではない。二、三寸でいい。その鞘のなかみを見せてみろと言うのだ」

相手の若者はけげんそうな顔をしつつ、しかし言うとおりにした。きらっと銀色の光がのぞいた。ふれただけでも指が落ちそうな刀身がまぶしく陽の光を反射させている。

来原はにやっと笑って、

「桜の木の棒ではないのだな」

相手は一瞬、ぽかんとした。と思うと、みるみる顔に血をのぼらせて、

「来原良蔵様！」

「おぼえていたか。もう十年前のことになるがなあ、東荷村の利助よ」

相手はぱちんと刀を鞘におさめ、

「この日を、待っておりました！」

まわりの遊山客がいっせいにこちらへ顔を向けたほど馬鹿でかい声を出した。

顔にはまだ、あどけなさが残っている。頬がぷりぷりと垂れて顔全体をしもぶくれにしているところや、両耳がぴんと立って前後にひょこひょこ動くところは七歳のころを思い出させてあまりある。目のかがやきも子供そのものだった。

その様子を、来原はたいそう好ましく思いつつ、しかし口では、

「つまらん」

腕をのばし、とんとんと利助の刀を手でたたきながら、

「もうさむらいになってしまったのか。せっかく私が手助けしてやる気だったのに」

「はあ、まあ」

利助、ばつが悪そうに頭をかく。

「よほど変転に富んだこの十年だったようじゃ。利助、よかったら聞かせてくれんか」

利助はうしろの五人に目くばせをして、

「先に、行っとってくれ」

五人はうなずき、おずおず石段をのぼりはじめた。

空は、灰色の雲が厚い。ふたりっきりになったところで、利助はやや言いづらそうに、

「父が」

「ととが？」

来原がわざと農村の幼児語で念を押すと、利助は首までまっ赤になった。来原は、大いちょうの根っこに尻を落とし、あぐらをかいて、

「そういえば、あのときは家におられなんだな」

利助はとなりの土に腰をおろし、

「じつは」

利助の父・十蔵は、当時、ふるさとに妻子を置いてひとり萩の城下に出ていたのだが、もとより何のつてもない男一匹、はじめのうちは木こり、米搗き、小作人……およそ就けるかぎりの賤役に就いてようやく口を糊していたという。

そうしているうちに、蔵元付の中間・水井武兵衛という人の目にとまり、使用人になった。

「中間」

というのは、長州藩の職制では士席の下の卒席に属する。

つまり正式な武士階級ではない。ないが、まがりなりにも名字帯刀はゆるされるし(ただし名字は自称あつかい)、役にもよるが藩主から七十坪の宅地を拝領したりもする。まずは広義のさむらいに属するのだ。その中間の使用人にやとわれたのは、十蔵のような田舎出の百姓あがりには、それだけでもう天にものぼる出世だった。

しかも水井武兵衛は、ことのほか十蔵をかわいがった。

八十歳になろうという老齢のせいもあったろうが、自分の代理の仕事をさせ、水井の

姓まで名乗らせたあげく、とうとう十蔵を養子にしてしまった。十蔵は、ほんもののさむらいになってしまったのだ。もっともこれは、水井武兵衛に実子がなかったことも大きかったろうが。

（おいおい）

大いちょうの根の上にすわったまま、来原は顔をしかめて、

「ちょっと待て、利助。お前はまさか、十蔵が、その後お前と母を束荷村から呼び寄せたなどと言うつもりではないだろうな？」

「そのとおりです」

「そうして親子三人、そっくりその水井家に入籍したなどと言うつもりでは……」

「そのとおりなのです」

利助は、泣きそうな顔をした。来原はぷいと横を向いて、

「いくら何でも、そんなに都合よく偶然がかさなるか」

怒りにも似た口調になってしまった。そうではないか。なるほど農村の出の者が中間の傭人（ようにん）になることは、けっしてめずらしくないけれど、それにしてもたまたま気に入られた家のあるじが高齢で、子がなくて、好人物で、ふるさとの妻子をまるごと引き受けてくれて……などという物語をもしも大坂あたりの戯作者（げさくしゃ）が書いて売り出したとしたら、彼はたちまち読者から手ひどい非難をあびるにちがいないのだ。あり得ない、現実味に欠ける、おとぎ話じゃあるまいし。

だが利助は、もういちど、

「事実なのです」

申し訳なさそうに、しかし堂々と念を押した。来原は腕を組み、考えこんだ。利助という男、何という星の下に生まれてきたのだろう。

来原良蔵、二十九歳。このごろは、

「運」

というものが人生を生きる上でどれほど大切かが身にしみるようになっている。

それは単なる偶然ではない。いわゆる天の配剤ともちがう。この世には長い目で見れば運のいいやつと悪いやつの二種類がいて、それはもう太線を引いたように截然とわかれているのだ。ふだんの仕事ぶりとか、愛嬌とか、世間智とか、背すじののばしかたとかが微妙に作用するのだと思われるが、いずれにしろ、運のいいやつには未来がある。悪いやつにはない。若者ならなおさらだ。

「利助よ」

「はい」

「お前は、ほんとうに一国の宰相になる器かもしれんぞ」

利助は、顔をまっ赤にした。

そんなことまで憶えていたのかと言わんばかりの恥ずかしそうな表情だが、陰性のものではない。よく晴れた日に干したふとんのように香ばしい、とびきり陽性の目の色だ

った。どうやら利助は、この大それた望みを、

（捨てておらん）

来原はとつぜん立ちあがった。利助もあわてて起立する。来原は背すじをのばし、威儀をただして、

「あらためて聞く。お前の名は何という」

身分に変化があった以上、名前も変わったにちがいないと見たのだ。案の定、この十七歳の若者は、

「シュンスケ」

胸をそらし、声をはりあげた。

「伊藤俊輔（しゅんすけ）と申します」

雲が切れ、さっと陽の光がさしこんだ。

来原はうなずいた。姓が水井でないのが意外といえば意外だが、これは例の武兵衛が別に一家を立てたのか、あるいは武兵衛自身も養子であって実家にもどりでもしたものか。どちらにしても家柄の世界にはよくあることだった。むしろ気になるのは、

「俊輔という名は、どこから採った？」

「読み書きのつながりから」

若者は人さし指を立て、そらに字を書いてみせながら、

「利助はトシスケとも読む。トシスケは俊輔とも書く。そして俊輔はシュンスケとも読

みます」

こだわりのない命名法だ。いささか洗練を欠くうらみはあるが、

(ま、こいつらしい)

来原はふわっと自然に笑みをこぼすと、相手の両肩に手を置いて、

「俊輔。私の手付(てつき)になれ」

手付とは、身辺の雑務にあたる者をいう。いわば秘書と使い走りを合わせたような職だが、来原は、実際にその仕事をさせる気はなかった。そういう名目をあたえて自分のそばに置いてやろう、そうしてじきじきに武士たる者の心得を伝授してやろうとかんがえていた。俊輔としては、願ってもない申し出だろう。

が、俊輔は目をそらして、

「……それは」

「いやなのか?」

「とんでもない」

俊輔は急いでかぶりをふり、

「望むところです、来原様。ただ私は、すでに警衛総奉行手元役・田北太中(たぎたたちゅう)様の手付になっておりまして」

手元役というのは総奉行の一段下の役名で、まずは事務局長というところだが、しかしこの相州警衛の場合、総奉行は一種の名誉職であって、益田右衛門介(ますだうえもんのすけ)という藩の永代

家老――家臣の最高位――が他の役と兼ねて就いていた。しかも益田はこのころ江戸表につめっきり、ろくろく現場を知りはしない。

当然、その次位にある田北太中が実質的な総指揮をふるうことになる。その田北のところから人材を出し入れするのは、制度上、種々の困難をともなうと俊輔は判断したようだった。けれども来原は、

「ああ、田北さんか」

と、まるで親戚のおじさんでも呼ぶように言うと、いちょうの黄色い葉がつるつる陽光をはね返しているのを見あげながら、

「私から言っておく。俊輔、お前は私の手付だ」

よほどうれしかったのだろう。俊輔はこぶしを何度もふりあげ、ざらざらと足ずりまでして、

「はい！」

返事をするや、駆けだした。

石段のまんなかでは、さっきから近所の子供たちが足じゃんけんを繰り返しては階段をのぼったり降りたりしている。そのうちの年長らしい女の子へ、俊輔はひそひそ話しかけた。

と、次のじゃんけんを仲良くいっしょにやりはじめる。子供がいっせいに俊輔をはやす。俊輔も、

「やあ、お前ら、長州なまりを馬鹿にするな」

などと元気いっぱいやり返している。その自然さ、するりと魚が水に入るがごとし。

「大したものだ」

来原は、瞠目(どうもく)した。もしもこの自然さが大人に対しても発揮されたら、この男、

（どんな枢要の会議の場にも入りこめる）

俊輔はなおも、足じゃんけんに熱中している。

遊山客むけなのだろう、どこからか甘酒を煮るいいにおいが流れてきた。来原はそこに立ちつくしたまま、ふと首をかしげた。自分もまた、こいつの運のよさを手助けする存在なのだろうか、そんなふうに思ったのだ。

†

それはもちろん十年ごしの師ともいうべき来原良蔵に、

「手付になれ」

と言われたのだから俊輔はうれしかった。これも鶴岡八幡宮の祭神である応神(おうじん)天皇や神功(じんぐう)皇后のご霊験かと本気で信じたほどだった。当節流行の尊王論が、いよいよ感動をつよくする。

そんなわけだから、

（わしは、正真正銘のさむらいになる）

俊輔が決意をあらたにしたのは当然だったろう。いや、そればかりか、

（わしの人生、これで変わる）

とまで俊輔は確信したのだったが、しかし実際に来原の手付になり、個人教育を受けてみると、

「もう、やめじゃ」

着のみ着のままで宿舎から逃げ出そうと思うことが、いったい何度あったことか。

何しろ朝がはやいのだ。来原は毎日、それこそ畑の土が霜でまっしろになるような厳寒の日でも、まだ暗いうちに俊輔の宿舎にやって来ては、

「もう寅（とら）の刻（午前四時）じゃ。とっとと起きろ、なまけ者め」

伊藤俊輔、十七歳。それでなくても眠りたいさかり、しかも昼日中の警務でくたくたになっているところへこれが来るのだ。起きるのがつらいなどという以前に、まぶたがぴくりとも動かなかった。

来原は、容赦しなかった。眠ったままの俊輔を変死体のように小脇にかかえて海岸の道をずんずんあるき、勤番小屋にぶちこんで頭から水をぶっかけ、

「さて」

当たり前のように畳にすわると、馬乗り提灯（ちょうちん）の火をつけて『詩経（しきょう）』なり『書経（しょきょう）』なりの口授にかかるのだった。

夜ももちろん遊ばせてくれない。俊輔がちょうど晩めしを食い終わったところへ使いをよこし、来原自身の陣営に来るよう命じることがしばしばだった。

参上すると、来原はたいてい説教をはじめた。ただの精神訓話ではない。伯夷叔斉にはじまる中国古典の英雄名家をつぎつぎと拉し来ってはその行状を講述し、その名せりふを引用して、

「どうだ」

俊輔に意見をせまるのだった。

俊輔にとって、これはたのしい義務だった。うっかりと考え不足の答を返そうものなら即座に叱声をあびたけれども、何しろ話し手がおそるべき博覧強記の人だけに、俊輔にはひとりで聞くのがもったいないほどおもしろかった。

が、おもしろさはおもしろさとして、やはり眠気はさす。或る晩、来原がことのほか興に入ったことがあった。夜がふけても話が終わらない。咳唾が珠をつらねている。俊輔はたえきれず、正座したままこっくりこっくり船をこぎだした。来原は口をつぐみ、厳粛な表情のまま、

「俊輔よ。お前は、戦場でもそうするのか？」

横っ面をはりとばした。

翌日、来原はあらたな訓練を俊輔に課した。自分の用ではたらくかぎり、

「お前はもう、わらじや草履をはいてはならぬ」

と宣告したのだ。

「お前はまだまだ覚悟が足りん。武士の心はつねに戦場にあらねばならんのだ。俊輔、はだしに慣れよ。いざというとき『草履がないから戦えません』などとほざくような弱兵になるな」

（あっ）

俊輔はこの瞬間、ようやく十年前の疑問が氷解した。

あの日、たしかに来原ははだしだった。はだしのまま遠路はるばる束荷村をおとずれ、おさない俊輔をはげまし、そうして俊輔の母が出した柿茶をうまそうに飲みほしたのだ。

ということは、来原は、

（おなじ修業を、みずからに課してたんじゃ）

俊輔は、その場で草履をぬぎすてた。朝から晩まで素足で通した。雨の日も、晴れの日も。来原の用ではたらくときも、そうでないときも。相州はいなかだ。よく均された街道ばかり歩けるわけではない。俊輔はすぐに両足とも血でまっ赤にそまったが、それでも足を引きつつ歩みつづけた。

山みちで折れ笹をふみぬいたときは、さすがに心が萎えかけた。かかとの傷にずぶっと手の指が入ったし、その後、砂浜でうっかり傷をつめたい海水にひたしてしまったら、

「…………」

俊輔はうずくまり、ひざをかかえた。これまでに経験したことのない激痛だった。し

かし声は出さなかった。こういうときこそ見苦しくあるなというのが来原のおしえだったからだ。同世代の仲間たちは、

「もう見かねた。いくら何でも無理がすぎる」

「お前のかわりに、俺が上役にうったえてやる」

などと言ってくれたけれども、俊輔はぶんぶん首を横にふって、その夜またしても来原の陣営へと話を聞くため杖をつき、足をひきずっていくのだった。

俊輔は、豪放な男ではない。

むしろ繊細というか、神経過敏なくらいだった。束荷村にいた子供のころは他人の家でうんこができず、どんなに遠くで遊んでいても尻がむずつくと飛んで家に帰ったものだったし、萩の城下に引っ越してからも、奉公先（水井家とは別）で留守番を命じられたりすると、わずかの孤独にも辛抱できず、突っ立ったままましくしく泣きだすありさまだった。こういうところも、俊輔がかつて村の悪童に、

「青びょうたん」

と呼ばれた原因のひとつだったわけだけれど、来原の教育は、そんな繊細さから俊輔の身をめりめり音を立ててひっぺがす役割を果たしたのだった。俊輔はいまや、

（真のさむらいに、なりつつある）

精神の充実を感じていた。一本立ちの自分を感じていた。同世代の仲間のなかには、寒い日に「寒い」と言うやつがいる。暑い日に「暑い」と言うやつがいる。俊輔はそう

いう連中を、いつしか心のなかで、

（武士のくせに、弱音を吐くな）

見くだすようになっていた。あのとき予感したとおり、俊輔の人生は、まったく変わってしまったのだ。

伊藤俊輔が相模国に派遣されたのは、わずか一年。

俊輔だけではない。相州警衛に関するかぎり、駐屯者の任期は一年というのが基本的な藩の方針だったのだ。おまけに来原良蔵とは着任の時期に差があるため、来原の薫陶が受けられたのは正味のところ半年少々。あっというまの日々だった。

任期は、そろそろ切れようとしている。

俊輔が萩に帰る日がちかづいている。その瀬戸際に、しかし俊輔はとんでもない失敗をやらかした。

おそらく俊輔の生涯でもっとも忘れがたい日だったろう。俊輔はこのとき来原良蔵から、

（ぶんなぐられるほうが、まだましじゃ）

強烈な精神的衝撃をその身にまざまざと刻印された。

きっかけは、女だった。

†

その日。

「ありゃりゃりゃあああ」

奇声を発しつつ、俊輔は、その女をたたみの上に押したおした。そうして自分は立ちあがり、着物のすそをまくりあげた。

下帯は、はずしてある。

むきだしになった俊輔の腰のまんなかに、肉の刀がそそり立っている。先がぬらぬらと光っていた。俊輔は身をかがめると、両腕のひじで女の脚を割り、そのあいだの闇の奥へすばやく刀をつっこんだ。

女はじたばたと手先足先であらがっていたが、その刹那（せつな）、

「あっ」

顔をゆがめ、抵抗をやめた。

俊輔は運動を開始する。女ののどから息がもれる。息はしだいに荒くなり、やがて歓（よろこ）びの声に変わる。あたりをはばからぬその悲鳴にますます俊輔は目がくらんで、いっそう激しい運動へとおのれの体を駆りたてるのだった。

しかし女の頭には、まだ冷静さがあるらしい。男のなすがままになりながら、きれぎ

れに、

「俊さん、さ」

「………」

「せわしないのは興ざめだよ。服着たままなんてさ」

「そうか」

俊輔は、すなおな男だ。むっくりと上体を起こし、まず自分の着物をぬぎはじめた。もっとも、その間もせっせと腰はうごいている。

浦賀。

という街は、ペリー来航で有名になったのではない。それ以前からにぎわっていた。おそらく東海道すじを除けば相模国随一の街だったろう。

にぎわいのきっかけは、八代将軍徳川吉宗のころの享保六年（一七二一）正月、つまり百三十年あまり前、この地に、

「浦賀奉行所」

が設けられたことだった。要するに税関だ。この奉行所の設置以降、諸国から江戸に入ろうとする船はかならず浦賀で停泊し、検査を受け、石銭（通行税）を支払うことになった。みなとには常時、百艘単位の廻船が停泊していたという。

自然、陸はみなと町になる。

みなと町は、男があまると相場が決まっている。船乗りたちが疲れた体をやすめるべ

く一時的に上陸するためでももちろんあるが、この町の場合、さらに単身赴任の役人が多いという事情もあった。男があまれば遊所がさかる。浦賀という町の名は、近隣の男やもめどもにとって、またとない色里の代名詞でもあった。

俊輔もいつしか、通いはじめた。本陣のある上宮田からは片道三里半。けっして近くはないけれど、そこはそれ、若い体には遠いとも思われず、非番のたびに本務以上の精勤ぶりを見せたのだった。

なじみもできた。

「小菊（こぎく）」

などというそれらしい通り名をつけてはいるが、本名はこと、たまたま母親とおなじ名前だった。俊輔はそれで親しみをおぼえたのだ。小菊は、

「二十三だよ」

と初対面のとき俊輔には言ったけれど、ほかの女がこっそり俊輔の耳に入れたところでは、小菊はもう何年も前から客へは二十三だと言いとおしているのだという。してみると、本名もことだかどうだか知れたものではない。

「あんな下手物（げてもの）、どこがええんじゃ」

と、あそび仲間はしばしば俊輔をからかった。

「ひらめが釣針をひっかけたかと思うたわ」

言われてみれば、小菊はたしかに左右の目のあいだが極端にひろく、その目のあいだ

へ鼻がめりこんでいる。どう見ても美人ではない。けれども俊輔は、

「うるさい、黙れ。黙らんと斬る」

などと言いつつ、かえってまるで俊輔自身がほめられたかのように相好をくずすのが常なのだった。

さて、その晩。

いつものとおり東叶（ひがしかのう）神社の裏手の出合宿で、ふたりは密会した。俊輔は小菊とつながったまま、ようやく自分の着物をぬいだ。こんどは小菊の着物にとりかかるわけだが、

「あれっ。くそっ」

女の着物のめんどうさは、男のそれの比ではない。苦労して帯をとき、腰ひもをはずし、長着をぬがせ襦袢（じゅばん）をぬがせ、ようやく下帯に指をかけたところで我に返って、

「はっはっは」

上を向いて笑いだした。小菊はかすれ声で、

「……どうしたのさ」

「いや、これは悪かった」

肉の刀は、まだ肉の鞘（さや）におさまっている。俊輔はぐっと腰を一突きして女をまた叫ばせてから、

「わしは今夜はそんなに急ぐことはなかったんじゃ。先生はいま八王子（はちおうじ）におられるんじゃけえの」

「……先生って、あの来原とかいう？」

「そうじゃ、いま思い出した。先生はきょうの昼から、公儀の番所の修理か何かで八王子へ行っておられたんじゃ」

「ああ」

小菊が安堵の顔を見せた。隣国の武蔵国、この浦賀から十五里はある。

「そうじゃ、小菊よ。馬でも行くのに一昼夜はかかるところじゃ。したがって、あしたから当分、朝の講義はなし。今夜はゆっくりできる」

「うれしい」

小菊がむしゃぶりついてきた。俊輔は、小菊の下帯をむしり取り、ようやく相手をまっぱだかにして、

「これからが本番じゃ。かわいがってやる」

俊輔は、根がつよい。経験豊富なはずの小菊もぐいぐい突き込まれるたびに声をからし、唇をかんで、とうとう最後には気をうしなってしまった。

俊輔は、上きげんで宿舎に帰った。

放つものを一滴のこらず放ってしまうと、男の目にはどんなものも白に見える。まわりは昼のようにあかるかった。道ばたを歩く野良犬の顔までくっきりとわかるほどだけれども、実際はまだ宿舎の連中はぐうぐう眠っている時間だ。

俊輔は、そーっと宿舎の戸をあけた。と、なかから姿をあらわしたのは、

「精が出るな、俊輔」

来原良蔵だった。俊輔は身が凍り、棒立ちになった。かろうじて口をうごかして、

「せ、せんせい。いまごろ八王子におられるはずでは……」

「あほう。私が番所の修理を検分しに行ったのは、武蔵国の八王子ではない。鎌倉のすぐ向こうの八王子山じゃ」

「か、鎌倉……」

十五里どころの話ではない。徒歩でも日帰りで行けるではないか。来原は、怒りよりも憐憫（れんびん）のけしきを目であらわして、

「相模国の八王子山は、山でありつつ、海に突き出て岬になっている。またの名を小動（こゆるぎ）岬という。その上にわが藩の管理する遠見番所があることを、俊輔、お前まさか忘れたのではあるまい？」

ようやっと思い出した。その岬の上をゆくゆく大がかりに整地して台場を築こう、大砲をならべて新時代の沿岸警備に貢献しようという計画が、たしか藩の幹部のあいだで進められているという話だった。

来原良蔵は武官ではあるが、正式な肩書は作事吟味役、つまり庁舎や屯所など建築方面の監督をする役目に就いている。このたびの八王子ゆきも、してみるとその台場づくりの下見か何かをしに行ったのにちがいない。

来原は一歩ふみだし、俊輔を見おろして、

「俊輔よ。お前はたしかにさむらいだ。名目上はな。内実ははるかに遠い」

俊輔、ただただ立ってうなだれるのみ。来原はちょっと口をつぐんでから、

「ひとりの男が武士か否かを分かつ要素は、じつは、たったひとつしかないのだ」

「たったひとつ？」

俊輔は、顔をあげた。来原はうなずいて、

「わかるか」

「……女郎を買わないことですか？」

来原は悲しそうな顔をして、

「ちがう。来い」

来原は俊輔のわきをすりぬけると、ひとりでさっさと歩きだした。海へ向かう道だった。

†

砂浜へおりる山みちを歩きながら、来原良蔵は、

（もちろん）

と、思案をつづけている。

もちろん女郎買いが悪いのではない。俊輔は若いのだ。若いとは人間と動物が未分化

ということだ。多少のあそびは致し方ないし、そのために一度くらい朝の講義をすっぽかすのも見のがしてやって悪くないだろう。

だから女郎はどうでもいい。きっかけではあっても本質ではない。そんなことよりも来原がはるかに気になっているのは、

（もうすぐ、わかれる）

俊輔はぶじに任期を終え、萩に帰れば、いろいろ身辺がいそがしくなるだろう。自分もますます藩務がふえる。いままでのように毎日顔を合わせるのは永遠に不可能になるのだ。そうなる前に、この一粒種のような弟子にこれだけは伝えたい、これだけは忘れさせたくない、そんな焦りにも似た思いが来原をこのとき駆り立てていた。

それにしても。

来原はふと、おかしみを感じた。自分もつくづく教育好きだなと思ったのだ。しかし同時に、そこまで自分を熱中させるこの伊藤俊輔という若者もたしかに何ものかではあるようだった。ひょっとしたら世の中には、教える才能があるように、

（教わる才能というものも、あるのかもしれぬ）

足が、さくっと海岸の砂をふんだ。

来原はさらに進んで波打際ちかくに行き、やにわに正座した。うしろから来た俊輔は足をとめず、来原の前にまわり、ふりかえって正座する。師弟は対面する恰好になる。

俊輔の背後は、水平線。

波がさらさらと音もなく砂浜を這い（は）あがってきて、俊輔のはだしの足を、すねを、ひざをぬらした。無数の小さな傷口にもしみとおっているはずだが、俊輔の頬、ぴくりとも動くことなし。来原は、口を切った。

「俊輔よ。残念だが、私にはもうお前をみちびく時間はない。おそらく生涯ないだろう。いまのうち、ふたつのものを授けておく。ひとつは松下村塾（しょうかそんじゅく）」

「松下村塾？」

「そうだ。お前はまだまだ学問が足りぬ。帰国したのちも読書をつづける必要があるが、その読書の場としては山鹿流兵学師範・吉田寅次郎のいとなむ松下村塾ほど適したところはないだろう。寅次郎、号は松陰」

「吉田松陰、先生……」

「ああ。私のひとつ年下だ。私もむかしから学問ではこの男にだけはかなわなかったが、その吉田はちょうどいま、城下東郊・松本村（まつもと）に子弟をあつめて『孟子（もうし）』などを講義しているという。出がけに紹介状を書いてやろう。お前はぜひとも……」

「来原先生」

俊輔がぐっと顔をちかづけ、めずらしく来原のことばをさえぎった。そうして借金の返済でも催促するような口調で、

「もうひとつのお授けものは？」

来原はつい、くすっと笑った。どうやら俊輔にとっては、帰国後の身のふりかたより

も、現在ただいま真のさむらいになれるかどうかのほうが大切らしい。来原は、いずまいをただして、

「よし、伝えよう。先ほども言ったとおりだ。ひとりの男が武士か否かを分かつ要素は、ひとつしかない」

「その要素とは？」

「かんたんだ。腹が切れるかだ」

来原は腰から大刀を鞘ごと抜き、背後へ置いて、

「千石どりの家の出か、百姓の家の出かは関係ない。いざというとき未練なく腹が切れるのが真のさむらいなのだ。学問も、ふだんの立居振舞も、もちろん戦場でのはたらきも、すべての覚悟はその一点に集約される」

言いつつ、小刀も抜いた。ただしこちらは背後ではなく、ひざの前にそっと寝かせる。重みで砂がかすかに鳴いた。

俊輔は、沈黙している。

まっすぐ来原の目を見つめたまま、息をひそめている。あたりではさっきから紙のように薄っぺらな波がさーっ、さーっと単調な音をくりかえしている。夏の終わりの、まるで子守唄のような海のおだやかさだった。

「よく見ろ、俊輔」

来原はそう言うや、着物のえりを左右へひらき、ぐっと押しさげた。

ひきしまった腹の筋肉があらわになる。来原は小刀をとり、鞘をはらい、銀色の刃(やいば)をいきなり左の脇腹に突き立てた。

「あっ。何をなさる」

俊輔は腰を浮かし、抱きつこうとした。

この俊輔の行動は、来原にとって意外だった。来原は俊輔を左手で押し返そうとしたが、そのため右手のほうに不用意に力が入った。切っ先がぐっと腹に入り、血のにおいが湧きたつ。

「見ておれ」

来原が一喝すると、俊輔はまるで突き飛ばされたように尻(しり)を落とし、ふたたび正座の姿勢にもどった。その呆(ほう)けたような若い顔を見て、

(ばか)

たしかに自分は切腹を見せるつもりだった。その実例を見せるつもりだった。覚悟などというものは口で言っても伝わらない、というより口で伝えた瞬間うそになるところにこそ神髄があるからだった。

ただしもちろん、ほんとうに切ってしまっては元も子もない。実例として見せられるぎりぎりのところ、まずは腹の皮にうっすら傷をつくる程度にとどめておこうと来原はかんがえていた。が、俊輔の軽率さが刃をふかぶかと入れてしまった。

(ふん。かえって好都合じゃ)

来原は歯をくいしばり、刃をおなじ深さのまま右へすべらせた。

はじめての経験だから加減がわからない。力みすぎてしまったのだろう、へその上のあたりで刃先にふっと抵抗がなくなった。

どうやら、腹腔へつきぬけたらしい。

傷口からヒュウという笛の音のような音がもれ、臓物のなまぐさみが噴出した。案外、潮のかおりと似ていた。このまま行ったら、

（腸がとびだす）

これまで知らなかった恐怖をおぼえたが、しかしどうやら天はまだ来原を見すててはいなかったらしい。とびだす前に、刃のほうが腹の右のはしに達したのだった。

来原は、小刀を抜いた。

そのとき海から大きい波がおとずれた。海水はサーッと音を立てて砂の坂を這いあがり、来原のひざにぶつかった。水しぶきが腹にはねる。ジュッと傷口にしみこむ。

「ぐわっ」

さすがに声が出た。しかし手はとめなかった。来原はおなじ小刀で、こんどはのどを突き刺した。刃先がのどぼとけの骨にふれ、こつんという音を立てた。その音を聞くや、来原は小刀を抜き、最後にどすっと砂に刺した。

血まみれの小刀が、ひざの先で直立している。

朝の陽光を受けて鮮烈な赤をきらめかせている。その向こうには俊輔のひざがあり、

俊輔の顔がある。俊輔はじっと来原の腹を見おろしつつ、なみだを流しているようだった。俊輔はようやっと目をあげると、

「それが、武士ですか」

「そうじゃ」

「先生は、国もとに奥様がおられる」

俊輔は、意外なことを言いだした。錯乱したわけではないらしい。真剣そのもののまなざしで、

「お子さんもおられる。お名前は、たしか彦太郎殿でしたな。もう生まれて半年になられましたか」

その瞬間。

来原の脳裡に、まだ見たことのない赤んぼうの顔が浮かんだ。

妻や親類からの手紙によれば、彦太郎は近所でも評判になるほど成長がはやいという。首もすわったし、寝がえりも打つし、このごろは「あーあー」などと喃語を発しつつ、つぶしがゆまで食いはじめているのだとか。大人の庇護のいちばん必要な時期だろう。

「先生のお命は、先生だけのものではありません。どうかおん身おん大事に……」

「ばか。それが未練だと言うのじゃ」

来原は、俊輔のことばをさえぎった。われながら強すぎる口調だったのは、もしかしたら、むしろ自分自身の未練を断ち切ろうとしたのかもしれなかった。

「しかし、先生」

と俊輔が言い返そうとするのを手で制して、

「お前なぞ、まだまださむらいではないわ。一国の宰相など夢のまた夢じゃ」

腹を手でおさえつつ、腰をあげた。体がよろっと横にかしいだ。

「先生」

来原の体を、俊輔が受けとめた。受けとめたまま来原とおなじほうへ体を向け、脇の下に頭を入れる。背中に手をまわす。

「その肩、借りよう」

と来原が言うと、俊輔は、来原をひきずるようにして足をふみだし、

「勤番小屋までお連れします」

「ああ」

「着いたら、医者を呼びます。死んではなりませぬ」

いつになく断固たる口ぶり。どちらが師かわからないくらいだった。

（そういえば、十七だったか）

来原はみょうに興をおぼえて、

「心配するな。私は生きる。命は大事だ」

ひとりほほえんだ。われながら武士の笑いではなく、ただの父親の笑いだった。

2

萩に着くや、俊輔は旅装のまま城下をまっすぐ東へつきぬけ、松本川をわたり、松下村塾をおとずれた。

「塾」

といっても、独立した塾舎はない。俊輔の目の前にあるのは、一軒の家にすぎなかった。吉田松陰の実家である杉家の屋敷。そのかたすみの一部屋がどうやら講義室になっているらしいのだが、それがどこかは、戸外からはわからない。

門を入ったところの塀のかげで、十歳くらいの男の子が薪割りをしている。その男の子に、俊輔は、

「おたのみ申す」

来原良蔵の紹介状をわたし、取り次ぎをたのんだ。

男の子はいったん家に入り、また出てきた。先生はお会いになりますという。俊輔は緊張しつつ、草履をぬぎ、あがりこんだ。家そのものは三、四十人はじゅうぶん住めそうなくらい大きいのに、松陰の部屋はそこだけ三畳半とせまっくるしく、うすぐらかっ

た。

（これが、松下村塾）

その三畳半のいちばん奥、文机のむこうに、松陰はぴんと正座している。

正座しつつ、男の子にひそひそ耳打ちをしている。男の子がうなずいて部屋を出て、ぱたぱた草履の音を立てて屋外へ駆けだしてしまうと、松陰は、

「たいへんな災難でしたね」

俊輔へほほえんでみせた。俊輔ははっとして、敷居の手前にひざをつき、

「申し遅れました。わたくし伊藤俊輔と申します。このたびの帰萩にあたり、ぜひとも松陰先生のお教えを受けたく……」

松陰はくっくっと含み笑いしながら、

「たいへんな災難でした、相州では。あの来原さんに見こまれたのでは、伊藤君、さぞかし仮借のない教育を受けたのでしょうね。『書経』の講義は聞きましたか。はだしでの行軍も強いられましたか。しかし良い経験になったはずですよ。あなたにはぴったりの修業だと思うが、どうですか」

いたわりに満ちた、やさしい声だった。俊輔は反射的に、

（いやだな）

論理ではない。この吉田松陰という男が全身からただよわせる空気そのものが不快というか、生理的に受けつけられなかったのだ。

早い話が、顔だった。まるで針をぴしっと突き立てたように、あまりにも極端にほっそりしていた。しかも両目はおっそろしく吊りあがっているし、頬はこきざみにふるえている。これはもう不快をこえて、完全に、

(狂人の相じゃ)

俊輔はそう決めつけた。もしも故郷の束荷村の畦道をこんな男がひょこひょこ歩いていたら、村中の百姓が「きつね憑きじゃ」とか何とかさけんで石を投げはじめるだろう。声のやさしさも、おだやかな笑顔も、俊輔には剃刀をつつむ薄紙のようなものだった。

秋の、すずしい昼さがり。

昼だというのに、庭では鈴虫がちろちろ鳴いている。

師弟の対話は、なごやかにすすんだ。松陰は相模国の最新の地誌や人心に関していろいろ質問をしてきたし、俊輔はそれに答えつつ時務に対する意見もおずおず述べた。と、松陰はふいに庭のほうを向いて、

「来たようです」

「え？」

「さっそくだが、伊藤君。わが塾の、自慢の門人を紹介しましょう」

濡れ縁ごしに庭を見ると、ふたりの人物が駆けてきた。ひとりはさっきの男の子、これはすぐに門のほうへ帰っていく。きっと薪割りを再開するのだろう。問題はもうひとり。腰に大小をさした、俊輔とおなじような旅装の若者だ。

「あっ」

俊輔は師の前であることをわすれ、つい腰を浮かした。相手も呆然とこっちを見あげて、

「お前は……伊藤利助！」

「お前は……吉田栄太郎！」

俊輔はなつかしさで息ぐるしくなる。胸をおさえ、眉をひそめ、

「栄太郎、お前ちょっと太ったようじゃな。どうして旅じたくなんかしとるんじゃ？」

栄太郎はたくましく成長した、しかし根本的にはあのころと少しも変わらない生意気まみれの顔をやや照れくさそうに赤らめて、

「江戸に行くんじゃ。お役目をおおせつかってな。しばらく萩には帰らんと思う。そう言うお前こそ、なんで旅じたくなんじゃ。利助」

「いまの名前は俊輔じゃ」

と、こぶしで胸をたたいてみせてから、

「わしは逆じゃ。相州警衛のお役目から、ちょうどいま帰ってきたところじゃ」

「ふたりとも、会えてよかった」

口をはさんだのは松陰だった。松陰は俊輔のほうを見て、

「伊藤君があと半日どこかで休むか寝るかして、ここに来ることを怠けていたら、再会は何年後にもなるところだった。わかりましたね。身が軽いのは美徳です」

吉田栄太郎。

のちに稔麿を名乗ることになる。姓はおなじ吉田だけれど松陰との血縁はないし、そもそも身分は中間だから松陰のはるか下、むしろ俊輔と同階級だった。

身分ばかりではない。

俊輔と栄太郎は、年齢もおなじだった。子供のころは日が暮れるまですもうを取ったり、松の木にのぼったり、いっしょに笛を吹いたりして飽きなかったから、性格もまあ似ていたのだろう。体つきの小ささも、口のききかたもおなじようなものだった。

その上、おなじ学び舎でまなんでもいる。

俊輔が東荷村から萩に来たのは嘉永二年（一八四九）、九歳のころだが、十三歳のときから例の水井家のちかくの久保五郎左衛門という人の寺子屋へかよいはじめた。読み書きそろばんを習ったわけだ。俊輔はたちまち頭角をあらわし、七、八十人の生徒中つねに二番の成績だったが、どうしても一番になれなかったのは、この吉田栄太郎がいたせいだった。

もっとも、栄太郎はせせっこましい競争意識とは無縁の男で、しばしば俊輔をはげましもしたし、読んだ本をくれたりもした。

「自分はいっぺん読んだらもう不要です。その不要物があいつの利益となるなら結構なことです」

などと父親にはうそぶいていたらしい。とにかく俊輔と栄太郎がそういう無二の親友、

無二のおさななじみの仲であることを、

「先生は、どうしてご存じなのですか？」

俊輔と栄太郎は同時に首をねじまげ、同時に松陰に聞いた。松陰はやっぱり文机のむこうに端座したまま、にこにこして、

「あの寺子屋の久保五郎左衛門さんは、私の叔父にあたる人です。私はこれでも幼少のころから人の師をしていましたからね。見どころのある子弟のうわさを耳にしたら、忘れないほうですよ」

（この人は、教育者じゃ）

俊輔は、強烈にそう思わされた。来原良蔵に対してもそう思ったけれど、来原とはその質がちがっていた。来原をかりに一対一の人、つまりたったひとりの弟子とさしむかいになる情況でもっとも強い感化力を発揮する型の人物とするならば、この吉田松陰はむしろ、

「一対多」

の人だった。すなわち多数の門人どうしを引き合わせたり、競わせたり、連携させたりというような人材操作のたくみさによって影響力を行使する型の人物。べつの言いかたをするならば、来原良蔵は一子相伝型、吉田松陰は天下普及型。

（この人、ただのきつねではない）

尊敬とも警戒ともつかない複雑な意識が、俊輔の心を支配した。生まれてこのかた経

験したことのない意識だった。

松陰は、にこにこしている。

にこにこしながら栄太郎のほうへ手をふって、

「行ってらっしゃい、吉田君。江戸に着いたら手紙をください」

相変わらず、頬をぴくつかせている。

†

意外にも、松下村塾は成長した。

すこやかに樹木のように成長した。松陰はあの母屋（おもや）のはしっこの三畳半から足をふみだすことを許され、塾舎まで新築して、そこへ移った。その塾舎も三か月後には手狭になり、門人たちが、

「増築しましょう」

と言い出して、三畳、三畳、四畳半、合計十畳半をそなえる一棟をつくって合体させてしまった。俊輔にとっては入門後わずか半年のあいだの出来事だった。気がつけば、何人もの弟子ができている。

（ええことじゃ）

俊輔はよろこびつつ、しかし心のすみの懸念はやはり消えることがない。ほかの師家

宗匠ならばともかく、吉田松陰という人にかぎっては、健全な成長などということはあり得ないのではないか。

もともと。

俊輔は、この塾の門をたたくにあたっては、悲壮な覚悟をかためていた。

うわさに聞く松陰の経歴があまりにも波乱にみちたものだったからだ。六歳のときに山鹿流兵学師範の吉田家をつぎ、十歳にして藩校・明倫館の教授となったまではいいとしても、二十二歳のときには藩の許可を待たず勝手に東北遊歴へ出るという罪をおかし、あまつさえ例のペリーの再来航時には、

「密出国」

までこころみた。豆州下田の沖でアメリカ軍艦ポーハタン号にこっそり漕ぎ寄せ、自分のほうからアメリカ人に、

「連れていってくれ」

と申し出たのだ。結局、松陰はこの密出国に失敗したことで捕縛され、藩内幽閉の処分を受けたわけだが、その幽閉処分がいまだ完全に解かれないうちに声望が高まり、門人があつまり、松下村塾の師としての指導がはじまってしまった。俊輔が入門を乞うたとき松陰があの母屋のすみの三畳半のうすぐらい一室を講義室としていたのは、あれは講義室ではない、一種の監獄だったのだ。

そういう札つきの悪漢のところへ、いざ弟子入りしてみると、

（なんじゃ）

俊輔は拍子ぬけしてしまっている。こんな無害な塾だとは予想もしていなかった。寺子屋とさほど変わりないではないか。

†

安政(あんせい)五年（一八五八）四月。

入門から七か月あまり。初夏のさわやかな朝霧のなか、俊輔は、黒い鉄鍋(てつなべ)をかかえて塾舎の土間へとびこんで、

「朝めしじゃ、朝めしじゃあ。気をつけろ、むごう（とても）熱いぞおっ」

草履をぬぎすて、跳躍した。が、跳躍の高さが足りなかったか、

「あっ」

あがりがまちに足をひっかけ、前のめりになった。

鉄鍋のなかの味噌汁(みそしる)はまだぐらぐらと湯玉をあげている。俊輔はのめりつつトトトとおよぎ、とうとう増築部分の四畳半の部屋でうつぶせに倒れてしまった。

部屋のまんなかには粗末な綿布が敷かれていて、その上に金輪が置かれている。俊輔は、倒れる直前にめいっぱい両手をのばし、その金輪にごつんと鍋をすえた。味噌汁はほんのわずか周囲に散っただけだった。門人たちが寄り集まって、

「ばか、俊輔」

「やけどしたら何とする」

「俺たちはええが、もしも先生のおん身に……」

「まあまあ。諸君」

松陰はとなりの八畳間からのっそりと出てきて、小鼻をうごかし、

「おっ、磯のかおりだ。ぐべ汁ですね」

ぐべ汁というのは、この萩の地でよめがさら（嫁が皿）と呼ばれる雑貝をたっぷりと入れた味噌汁のこと。よめがさらは磯でいくらでも採れるため、沿岸部の漁民だけでなく農村に住む人々もごく当たり前に口にする。塾の全員、鍋をとりかこむよう着席すると、

「うん。うまい」

松陰がお椀から口をはなし、また口をつけた。しばらく全員が無言で箸をつかう。と、七、八人の門人のうち、佐々木梅三郎という古参の先輩が、

「おっ、これは……俊輔、お前が入れたんか？」

汁からたけのこを引っぱりあげた。俊輔は、白いめしを掻き込みながら、

「はい。私がけさ、陽ものぼらぬうちに掘ったものです。それから山をおり、杉家の台所をお借りして、ぐべ汁を……」

「まさか、お前がこしらえたと言うのか？」

「はい。子供のころ母の実家におりましたから、いろいろ自分から手伝いを申し出たものです。煮炊きのほかにも、米搗き、縄綯い、薪割り、縫いもの……ひととおり何でも」

「それはいかんぞ、俊輔。お前はもう百姓ではないのだ。武士たる者、かりそめにも婢女下男のやることには……」

「いや、それはちがうでしょう」

会話に割って入ったのは、松陰だった。こりこりと気持ちいい音を立てて白蕪の漬物をかんでから、

「伊藤君のその手わざ、なかなか貴重な才能です。そういえば、この建物の建増しのときも、伊藤君はじつに上手に土をこねてましたね」

松陰はほめ上手だ。ほめてもほめても照れることがない。俊輔はもうすっかり得意顔で、茶碗と箸をお膳に置いて、

「先生にもこんどお教えしましょう。あれにはこつがあるのです。まずは土のねばりの具合を……」

と講釈をはじめたものだから、佐々木梅三郎が、

「調子に乗るな。俊輔」

「いやあ、調子に乗ってなどおりません。松陰先生はつねづね言行一致の大切さを説いておられる。そこでひとつ先生ご自身にも……」

俊輔がけろっと反論するので、門人たちが、

「言行一致の意味がちがうわ、あほう」

「これだから百姓あがりは」

「だいたい何じゃ、このたけのこ。ちゃんと切れとらん」

「それですよ」

松陰は、とつぜん鋭い口調になって、

「それが伊藤君の最大の才能です。煮炊きや土いじりをはるかに上まわる」

一座はいっせいに箸をとめ、松陰のほうを向いて、

「才能？　それは何です？」

「まだ入門して半年あまりなのに、もう十年もいるような顔をしているでしょう。単なる図々しさとはわけがちがう。すでにそこに成立している人間関係のなかへ単身するりと入りこむのは、じつに周旋家むきの才能です。都会へ出れば花が咲く」

「都会？」

「江戸です」

松陰は腕を組み、目をとじた。

松陰ははやくから江戸での遊学経験を――これは合法的なもの――積んでいるし、その遊学中には洋学者・佐久間象山や、儒者・安積艮斎というような著名人士といろいろ交わりを持ってもいる。その経験と都市感覚が、どうやらいま、江戸で俊輔を生かす方

法をあれこれ思案しているらしい。

(気になる)

俊輔は箸をにぎりしめ、じっと師の顔を見た。この人材操作の天才が、いったい自分をどう料理してくれるのか。

どこかから、鳥のさえずりが聞こえる。

庭先だろうか、はるか遠くの山だろうか。いや、鳥にしては声が高すぎる。子供が草笛を吹いているのだろう。

松陰は、目をひらいた。俊輔のほうへ顔を向けて、

「桂小五郎君」

「え?」

「私の教え子のひとりです。江戸には彼がいる」

ふたたび柔和な顔にもどった。

†

桂小五郎は、松下村塾の塾生ではない。

松陰が藩校・明倫館の教授だったころの兵学の生徒だ。もともとは和田昌景という萩城下・呉服町に住む医者の息子で、さほど腕力のあるほうではなかったが、しかし小五

郎と江戸をむすびつけたのは意外にも剣術だった。

斎藤新太郎。

という江戸の高名な剣術つかいが、少し前からしばしば萩をおとずれていた。萩では明倫館で剣術指南をつとめたり、藩主に助言したりと顧問のような存在感をしめしていたが、或るとき、藩に、

「前途有為の剣士を五人えらんで江戸に派遣し、いろいろ経験させたらどうか。かならずや将来に資するところ大だろう」

という提案をした。藩はよろこんで受け入れ、内々の選抜試験をおこなった。かねてから江戸遊学を志望していた小五郎はこれに応じ、豪気にも、

「斎藤先生じきじきにお試しありたい」

ふたりは明倫館の道場で立ち合うこととなった。

「勝負一本」

の合図とともに両者は立ちあがり、竹刀をかまえた。にらみあうこと数秒ののち、しかし斎藤新太郎はあっさりと竹刀をおさめ、

「ご苦労でござった」

一礼し、背中を向けた。打ち合うまでもないと判断されたのだ。実際、小五郎はこのとき全身が糊でかためられたようにこわばってしまい、新太郎の背中にすら太刀をあびせられなかった。

小五郎は、選から洩れた。

しかしあきらめなかった。体がだめなら頭のはたらきで勝負とばかり、新太郎を説き、藩庁を説き、とうとう、

「費用はすべて自分で出します。藩には銀一匁の迷惑もかけない」

とまで言いだして江戸ゆきの希望を容れさせてしまった。弁舌の勝利というべきだった。もっとも、これには多少の幸運もある。小五郎はたまたま前年に実父・和田昌景をなくしたのだが、この父が生前かなり人気のある医者で、診療収入が多かった。小五郎は近所の桂家へ養子に出されていたにもかかわらず、

「銀十貫目を相続させよ」

という実父の遺言によって、このときはちょっとした財産家になっていたのだった。

小五郎は、江戸に出た。

江戸では当然、斎藤新太郎とおなじ九段坂上の三番町の練兵館にかようことになるが、この練兵館のあるじは新太郎の父・斎藤弥九郎で、これがまた江戸では新太郎よりもさらに名高い剣客だった。剣技の妙もさることながら、後世、俗に「三大道場」と称される、

北辰一刀流・千葉周作の玄武館

鏡新明智流・桃井春蔵の士学館

神道無念流・斎藤弥九郎の練兵館

の一角を占める一大企業の経営者だったのだ。

その練兵館に入門するや、小五郎はめきめき腕をあげた。竹刀をとっては兄弟子に勝ち、弟弟子をあしらい、同時期にいっしょに萩を出た五人の選抜生をあっさり置き去りにして、次の年にはもう塾頭にまでなっていた。誰もが予想しなかった進境だった。

この、

「塾頭」

という地位が、はるかなる西陬の地に起居する俊輔にはきらびやかに見えてしかたがない。俊輔はまだ桂小五郎という男の——八つほど年上らしいが——顔すら拝んだことがないのだが、その江戸での生活というのは、

（どんなものじゃろう）

あのぐべ汁の朝以来、夢のように想像するのが日課のようになっていた。

練兵館の塾頭ともなれば、もはや単なる剣客ではないだろう。全国六十余州から集まる門人にびしびし稽古をつけたり、酒を飲ましてやったりしつつ、逆に全国の人情風俗をおそわったりもするのだろう。そうして一歩、道場の外へ出れば、諸藩の有志とさかんに会って、国事を論じているにちがいないのだ。

桂小五郎には、人脈がある。

しかもそれは単なる手づるとはちがう。現今ただいまの国事政道にまっすぐつらなる生きた議論の網の目であり、生きた知識の網の目なのだ。その網の目へ、単身するりと、

（入ってみたい）

俊輔の胸のなかで、のぞみは日に日にふくらんでいく。萩には長州藩しかないが、江戸には日本国があるのだ。

†

その意志をとうとう松陰にうちあけたのは、ぐべ汁の朝から一か月後だった。

季節は、初夏から梅雨に変わっている。この年はどうしたわけか気温があがらず、風がやみ、しとしととふる雨がときに氷雨になったりした。

この夜も、ふりつづいている。

「それでは先生、失礼します。またあした参ります」

俊輔は土間に立ち、かまちの上の師を見あげた。松陰はきちょうめんに会釈してから、心配そうに、

「もう四ツ半（午後十一時）ですよ、伊藤君。泊まるほうがいいと思いますが」

俊輔だけを特別あつかいしたのではない。松下村塾にはもともと決まった始業時刻や終業時刻はなく、門人が来ればそれが講義のはじまりという融通無礙（むげ）の体制――または無体制――だったから、誰かが塾舎でめしを食い、寝泊まりするのは当たり前になっている。実際、この夜も、まだ三人ほどが八畳の講義室で読書をつづけているのだ。俊輔

は、

「ありがとうございます。ですが、その、このところの気候の不順のせいでしょうか、母がかぜを引いているようでして」

「おことさんが？」

「はい」

「それが伊藤君のいいところです」

松陰は、にっこりとした。例のほめ上手を発揮して、

「あなたのような年ごろの男子は、口では孝をうたいながらも、実際はたいてい母親のことを話すのを照れくさがるものです。高杉（晋作）君などその最たるもの。あなたは照れない。それも言行一致です。高杉君より見こみがあります」

「はあ、あの名高い高杉様よりも……」

「そのとおり。私もどうやら来原さんに顔向けができる」

（来原先生）

俊輔の脳裡で、あの思いが鮮烈にきらめいた。がさがさと桐油紙の雨具をはおる手をとめて、

「そのことで……ご相談があるのですが。松陰先生」

「何です？」

「私を、その、桂小五郎様の手付にしてくださるよう、お口添えいただきたい」

「私は、江戸に行きたいのです」

堤防が、切れた。

俊輔の口から言葉の洪水があふれ出た。自分は国事に奔走したい。この国をうごかす人の輪にとびこみたい。もう十八になったから早すぎはしないと思うし、それはまた松陰先生のおっしゃる言行一致にもかなうはずだ。残念ながら、現在の来原良蔵は、

「あまりにも藩務で忙殺されすぎておられます。相州警衛の任をはなれてからも、江戸へ行ったり、萩へ来たりと席のあたたまるひまがない。ならば、いっそ……」

松陰は立ったまま、鶴のように首をひねって、

「理由は？」

「来原さんが納得するでしょうか。君にはずいぶん目をかけているのです」

「きっとわかっていただけます。そもそも来原先生にとって桂様は他人ではありません。松陰先生もご存じのとおり、来原先生の奥様は、桂様の実妹にあたられる。いわば兄弟同然の……」

「性急でしょう」

松陰は、唇をすぼめた。そうして、あしたの天気を気にする程度のそっけない口調で、

「あせる気持ちはわかりますが、伊藤君、組織というのは海とおなじです。むりに泳いだら波にのまれる。そもそも手付の制度は若者の教育のためにあるわけではありません。ここでじっくり本を読むことです」

やっぱり、だめか。俊輔はがっくりと首を垂れた。

（松陰先生も、しょせんは常識人じゃ）

くるっと体の向きを変え、挨拶もせず、雨の戸外へおどり出てしまった。

†

その松陰が、二か月後、とつぜん、

「桂君の手付になりなさい」

文机ごしに俊輔に言った。

まったくの命令口調だった。俊輔はとっさに反応できず、たたみの上に突っ立ったまま、

「はあ」

「おすわりなさい」

「はい」

俊輔はようやく正座したが、その間にも松陰は、脳天を割るような甲高い声で、

「桂君ですよ、桂小五郎君。あなたは江戸に行きたいのでしょう？」

「それはそうですが、先生、その、組織はむりに泳いだら波にのまれると……」

「そういう悠長なことを言っている時期はすぎたのです。わからないのですか、伊藤君。

いまは神州日本の存亡のとき。来原さんへは私が手紙を書きます。藩庁へも推挙しておきましょう。この人事、ものになるまで私は手紙を書きつづける」

言い終わらないうちに松陰は机の上の小筆をとり、巻紙におろした。字は極端な右肩あがり。一点一画、まるで彫り師が版木を彫るような濃密きわまる筆はこびだった。

俊輔は、松陰の顔をうかがった。

目が吊りあがっている。両頬がぴりぴり痙攣している。あんまり痙攣がはげしすぎて耳たぶまでがゆれていた。俊輔は初対面のときのたとえようもない不快感を思い出した。

(きつねが、出た)

きっかけはあきらかだった。この年、つまり安政五年の六月、徳川幕府は、アメリカ総領事ハリスとのあいだに、

「日米修好通商条約」

をむすんでいる。その前の嘉永七年にペリーとむすんだ日米和親条約があくまでも「国交を樹立します」という抽象的な宣言の性格の濃いものだったのに対し、こちらは物産の輸出入、貨幣通用、人的交流等に関する具体的な合意が明文化されている点で画期的だった。

実際、この条約の締結以降、国内の物価は上昇し、庶民の暮らしは苦しくなっている。しかしながら、そういう実質的なことよりも、

「勅許がない」

という純然たる形式論のほうが松陰にとっては問題だった。条約締結の一報を聞いた刹那、松陰はみるみる目を吊りあげ、頰を痙攣させて、

「天朝の臣たる徳川家が、天朝のゆるしを得ることなく国家の大事を決定した。これほどの凶逆はありません。後醍醐帝に弓を引いた足利尊氏にもまさる大罪」

その後の言動は、もはや常軌を逸していた。白昼平然と、

「老中・間部詮勝を暗殺しましょう」

とか、

「大原重徳卿（条約反対の急先鋒の公家政治家。京都出身）を萩におむかえすべし」

とかいう暴論をつぎつぎと吐くし、吐くだけでなく実際に老中暗殺のための武器まで調達しようとした。藩がこれを一大事と見てふたたび松陰を萩城下・野山獄に投じたのは当然の結果というほかなかった。門人たちは困惑した。このとき江戸桜田の藩邸に起居していた、

「松門の双璧」

と称された高弟である久坂玄瑞および高杉晋作でさえ、

「松陰先生の論は正論です。しかしいまは実行の時機ではありません」

という自重をうながす手紙を送ったほどだった。獄中の松陰、ただちに桂小五郎あての手紙のなかで、

「僕は忠義をするつもり。諸君は功業をなすつもり」

と、かえって門弟たちを俗物あつかいするありさまだった。もはや松陰の発言は至誠以外のあらゆるものを欠いていた。誰もが手がつけられなかった。松陰はほどなく萩から江戸に送られ、幕府の手にわたり、伝馬町の牢屋にぶちこまれた。松陰は手紙を書きつづけた。あの極端な右肩あがりの字をおくりつづけた。

そんなわけだから、あのとき松陰が——これはまだ投獄前のことだったが——俊輔に、

「桂君の手付になりなさい」

と命じたのも、しょせんは俊輔を過激思想の出先機関にしたかったまでの話であって、俊輔自身の才能をのばしてやるという教育的配慮ではまったくなかった。俊輔は、

(この先生、おかしい)

と思いつつ、しかし結局さからうことはしなかった。江戸ゆきの希望を実現させる方法はほかに存在しなかったからだ。虎穴に入らずんば虎児を得ずの心境だった。

†

結局。

俊輔が桂小五郎の手付になるのは安政六年(一八五九)九月。一年以上もかかってしまった。

ふたりは、萩ではじめて顔を合わせた。小五郎がちょうど藩の所用で帰国していたの

だ。ただちに江戸へもどる予定になっていたため、俊輔は、深くおじぎをして、

「道中、おとも致します。よろしくお願いします。桂様」

「桂さんでいい。そのほうが面倒がない」

小五郎は、おもしろくもなさそうに手をふった。

九月十五日、萩を出発。ふたりは江戸をさして歩いた。途中、伊勢国関の街にわらじをぬいだとき、俊輔は、夕餉の膳に向かいつつ、

「桂さん」

「何だ？」

叱られるかと思いながらも、あえて聞いた。

「桂さんは最初、剣のほうでは斎藤新太郎殿にはみとめられなかったと聞いております。その桂さんが、どうして江戸に出るや、たちまち練兵館の塾頭にまでのぼりつめることができたのでしょう」

小五郎は例のつまらなそうな顔をして、鮎の煮つけを箸でむしって口に入れながら、

「剣の道ではどんな流儀でもまず型というものを教わるが、むかしから私はこの型というものの由来を徹底的にかんがえるたちだった。どうして右足を先に出すのか。どうして剣先をうごかしてはいかんのか、いちいち納得しなければ先にすすまないから時間はかかるが、納得したら一躍、手があがる。強くなる。私には腕力や体格は足りないが、そのぶん頭でおぎなったということだ」

「同流に、好敵手はありますか」

「なし」

「他流には？」

「坂本龍馬」

言下に言うと、自分の茶碗にちょろちょろと番茶を入れ、俊輔へもついでやりながら、

「北辰一刀流免許皆伝、千葉定吉門下の大才だ。剣技の質は私とは正反対、それこそ巨体と膂力でぐいぐい押していく品に属するが、私はむしろ彼の人柄のほうに興味がある。世のなかの悪いこと醜いことをあそこまできれいに忘れられる男はめずらしい。一年中春のようなやつだ。いまはもう郷里の土佐に帰っていると聞くが、一夜ゆっくり酒でも酌み交わしたい相手だった」

即答即決、ことばによどみなし。この桂小五郎という人には、ためらうとか迷うとかいうことは、

（ないんじゃろうなあ）

俊輔は茶をすすりつつ、漠然と感心した。そのくせ切り口上という感じがせず、無愛想でもないのがふしぎだった。もしも来原良蔵や吉田松陰が師であることの天才としたら、桂小五郎は、あるいは、

「兄」

であることの天才かもしれなかった。

十月十一日、江戸到着。

到着後、すぐに松陰が死体になった。

†

同月、二十九日。

まだ江戸府内での生活にもろくろく慣れていないというのに、俊輔はこの日、府外の、それも名高い、

「骨ケ原」

の地にたたずんでいる。小塚原ともいう。ここには品川鈴ケ森とならぶ大規模な幕府刑場が置かれていて、打首、獄門、磔、火あぶり等に処された罪人の霊はこれまでに十万とも二十万ともいわれている。この世のなかのあの世だった。

季節、冬。

時刻、七ッ（午後四時）。みかん色の太陽ははやくも西にしずもうとしている。上空はからすの影がおびただしく、それでなくても暗い空をいっそう暗くしている。俊輔はぼんやりと見あげて、

（ねぐらには、帰らんのか）

もっとも、俊輔は刑場にいるわけではない。刑場のとなりの回向院（別院）という寺

の境内にいる。北西のすみの塀ぎわだから人の往来はなく、凄然たることこの上ないが、この場合、それはむしろ好都合なことだった。事は内密にはこばれなければならない。

「来た」

と、桂小五郎がつぶやいた。

俊輔は顔をもどし、南のほうへ目を向けた。塀と庫裡のあいだの狭い通路を、ふたりの男が歩いてくる。ひとりは飯田正伯、ひとりは尾寺新之丞、どちらも松下村塾にゆかりのある長州藩士だ。かねてからの打ち合わせどおり、飯田は素焼きの大甕を、尾寺は大石をかかえている。

「来ました」

俊輔が、こんどは手近な藁小屋をゆびさした。

藁小屋からは幕府役人がふたり出てきた。ふたりでひとつの四斗樽をかかえている。木製の、おそらく元来は塩か酒を入れていたのだろうその樽を、ごとんと俊輔の足もとへ立てる。投げ捨てるにちかかった。

「あらためろ」

幕吏のひとりがささやいた。小五郎が上ぶたをはずす。上空のからすがギャアギャアと狂ったように叫びはじめた。

俊輔は、のぞきこんだ。

（うっ）

松陰の顔が、こっちを見ていた。

目はもう吊りあがってはおらず、子供がすやすや眠っているように見える。それはなつかしい、静かな、条約締結の報を聞く前の師のあの温顔にほかならなかった。俊輔はつい、

「先生……」

ほほえみかけたほどだった。温顔は、体につながっていなかった。体は着物をはぎとられ、まるはだかで窮屈そうに正座しているのだが、顔はそのひざの上でころりと上を向いている。

小五郎が、てきぱきと指示を出した。

「時間がない。はじめよう。まずは私と俊輔が先生のお首をおきよめ申し上げる。俊輔、水をくんでこい。飯田さんは乱れた髪のゆいなおしを。尾寺さん、あなたには萩への報告書の執筆をおねがいします。この場の情況、問答、それに私たちの処置の内容をくまなく記録してください」

俊輔は水場へと走りながら、

（これが、桂さんじゃ）

なかば感動してしまっている。人をかなしみから救うのはよろこびではない。事務的な作業の連続なのだ。小五郎は人間心理を熟知している。

作業が、はじまった。

体のほうは刑場から借りてきた獄卒にいくばくかの金をあたえて洗わせたが、首のほうは一指もふれさせず、小五郎とふたりで丹念にすすいだ。俊輔がひしゃくの水をそっとかけ、小五郎が布で血をぬぐう。その作業が終わったところで、

「そうじゃ」

俊輔は、小五郎に命じられていない仕事をした。ひしゃくの柄を折って、サクリと首の断面につきさしたのだ。そのまま首を体のほうへ持っていって、体の断面へさしこもうとする。小五郎はびっくりしたような顔をして、

「接ぐのか、俊輔」

「はい」

「それはいい」

小五郎がにやっとしたのと、幕吏どもが、

「それはこまる」

あわてて駆けてきたのが同時だった。俊輔は立ちあがり、

「なぜじゃ」

「この者は、罪を負うたが故に首を打たれたのである。その首がつないであっては、ののち検視があったとき私たちが上役への説明に窮する。棒は抜け」

(役人め)

俊輔はその顔へつばを吐いてやりたかったが、言われるとおりにした。飯田と尾寺に

聞いたところでは、この遺体のひきとりを実現するためには府内伝馬町の――松陰は伝馬町の牢屋(ろうや)内で処刑された――役人六、七名へかなりの賄賂(わいろ)を散じなければならなかったという。総額二十両。こんなところでいさかいを起こして、大金の成果をふいにするわけにはいかなかった。

遺体のきよめをすませると、彼らは次に着物を着せた。まず飯田が黒羽二重(くろはぶたえ)の下着を着せ、その上に小五郎が襦袢(じゅばん)を着せた。俊輔はくるくると自分の帯をといて師の腰にまきつけた。

それから全員で、飯田がもってきた素焼きの大甕のなかへ遺体をおさめ、甕ごと寺内の墓地へはこんで埋めた。土の上には石をすえた。石にはあらかじめ、故人の生前の意志によって、

二十一回猛士之墓

の八字がきざみこまれている。二十一回猛士は松陰の別号。

太陽は、とっくに沈んでいる。

あたりは薄闇に支配され、鬼が哭(な)くような風の声に支配されている。俊輔は、このありあわせの墓石をじっとにらみつけながら、

（先生。自業自得じゃ）

胸に怒りがこみあげてきた。

くやしくてたまらなかった。おなじ討幕をくわだてるにしても、もうちょっと地に足がついていればちがっていたはずなのだ。俊輔の目には、吉田松陰という人は、犬死にとまでは言わないけれども死を急ぎすぎた。この世でもっともっと仕事をすべき人だったのだ。

とはいえ。

俊輔には、もうひとり師がいる。来原良蔵。いまはもう彼の手付ではないけれど、まだまだ教わることは、

（山ほどあるわい）

俊輔は、心のどこかで安心している。

†

その来原良蔵が、藩邸内で自刃したという。

（まさか）

と思いつつ教えられた部屋へ入るや、

「お美事」

俊輔は、拍手したい衝動にかられた。

それくらい来原の死体は完璧だった。部屋のまんなかに正座したまま、うつぶせに上半身をたおしていたのだが、その周囲にはまず腸がとびだしていなかった。おそらく腹を左から右へ切り裂いたとき、はじめは短刀をふかぶかと突き入れ、まんなかに至って浅くしたのだろう。想像を絶する激痛にみまわれながら、来原の意識には一点のくもりもなかったのだ。

腹をすっかり切ってしまうと、来原はおそらく短刀をのどに刺し、それから目の前のたたみに突き立てた。情況から見てまちがいあるまい。ということは、つまり、

（あのときの砂浜と、おなじ作法じゃ）

俊輔は即座にわかったが、ただしあのときと唯一ちがうのは、短刀がぐにゃりと「く」の字なりに曲がっていることだった。のどを突いた力があまりにも強すぎたのだろう。それにしても来原は、これほどの行を、

（藩邸内の、ほかの誰にも気づかれんかった）

俊輔は、むしろそっちに呆然とした。いくら深夜か未明におこなったにしても、藩士のなかには夜どおし蠟燭をともして読書にふける者もある。酒を飲みあかす連中もいる。もしも来原がちょっとでも声をあげたりすれば、誰かが飛びこんでくることは確実だったのだ。

来原の顔は、決意にみちている。

目をかっと見ひらきつつ、顔だけをたたみの上で横に向けている。

その頭の先に、遺書が四通、きれいに横にならべられていた。俊輔は歩み寄り、そのうちの一通をおもむろに取った。文面はごくみじかいが、墨色はしっかりしている。おそらく自刃直前ではなく、何日かまたは何か月か前に用意しておいたものなのだろう。

幼少といへども忠孝の心がけ第一のことに候。とかく士は死に遅れぬこそ肝要たるべく候。以上。

来原彦太郎殿

同　正次郎殿

（お子さんへのじゃ）

その瞬間、俊輔は、こみあげるものをおさえかねた。遺書をはらはらと手からこぼして、

「ああああああっ」

号泣した。藩邸中にひびくような声だった。泣きながら、

「来原先生。来原先生」

たたみの上にひざをつき、いざり寄って来原の頭をかき抱こうとした。まわりの仲間があわてて俊輔のえりがみを引っぱって、

「よせ。このようなご立派なされぶりを、損のうてはならん」

「お前らに何がわかる。何がわかる」

「見ぐるしいぞ、俊輔」

　ぽいと別室にほうりこんでしまった。三年前の松陰の死のときには涙ひとつ見せなかった俊輔が、この日はいつまでも部屋から出ず、慟哭をやめることをしなかった。壁にがんがん頭をうちつけ、爪がはがれるまで柱をがりがり掻きむしりながら、

（来原先生は、殺された）

　俊輔はそう思った。確信にちかい感情だった。

（殺されたんじゃ。わしら松下村塾の塾生に）

　長州藩。

　この表高三十六万石、しかし実高は百万石ともいわれる西国の雄は、この直前まで、日本一開国に熱心な藩だった。

　その熱心さは、もっぱら長井雅楽というお小姓あがりの藩主側近（直目付）ひとりが担っていた。長井のとなえた、

「航海遠略策」

　という政治理論が、藩主および藩内要路はもちろん、江戸幕閣、京都朝廷、全国各地の諸侯たち……藩外の政治家をもつぎつぎと魅了したのだ。その要点は、
　１　幕府は開国政策を推進すべし。攘夷を実行すべからず。
　２　ただしその推進は、あらかじめ朝廷がこれを幕府に命じるべし。

というもので、当時なかなか相容れないと思われていた開国論と公武合体論がきれいにむすびついている。

なるほど、もしもこれが――特に2が――実現すれば、日本の国論はおのずから統一され、ゆくゆく武威を海外へ雄飛させる希望も生まれるだろう。日米修好通商条約締結の事実をとにかく認めるという点でも現実的だったし（この時点での京都朝廷はそれを公式には認めていない）、この航海遠略策という長州藩の公式見解は、理論的には一点の非の打ちどころもなかった。

が。

この藩論が、一転した。

一転させたのは藩内の血気さかんな連中、とりわけ久坂玄瑞、高杉晋作をはじめとする松下村塾系の若者たちだった。彼らの目には航海遠略策の現実性など単なる姑息な妥協としか見えず、また長井雅楽の雄弁もただの佞弁としか見えなかった。彼らはひたすら、

「攘夷断行」

「条約破棄」

をさけんだ。それだけが彼らの看板だった。どちらも現実性のまったくない大言壮語にすぎないのだが、それだけに世間しらずの、時勢に敏感な若者の体には麻薬のようなきき目があった。彼らは日に日に勢力をました。

彼らは長井雅楽を非難した。あまりにも激しい、あまりにも幼稚な、あまりにも執拗な攻撃のかずかず。なるほど吉田松陰の――死の直前の松陰の――門下生にふさわしい物狂いではあった。やがて藩庁はうごかされ、長井雅楽は失脚し（のち切腹）、それと同時に藩論も攘夷破約に変わったのだった。

以後、長州藩では、こんな単純な二項対立の人物評価がまかりとおるようになった。

開国を説くのは、怯懦の者。

攘夷をさけぶのは、勇壮の者。

そうして長井雅楽の失脚したいま、その開国を説く「怯懦の者」の筆頭は、ほかならぬ来原良蔵ということになってしまった。来原自身、おそらく当初はわけがわからなかったのではないか。

来原は、はやくから長井の論に賛成だった。とはいえ政治論を展開することはあまりせず、むしろ藩の内実を長井の線できたえることに夢中になった。具体的には、藩兵の、「洋式化」だ。今後長州藩が――ひいては日本が――欧米列強とわたりあうには兵力の増強が必要で、そのためには欧米の優秀な軍事技術を積極的にまなぶべしというのが来原の現実的な判断だったのだ。

じつを言うと、俊輔はここでも来原の教育を受けている。

俊輔がいまだ桂小五郎の手付となる前のこと。来原は、或る日とつぜん、

「長崎に来い」
と俊輔に告げた。長州藩士のうちの有望な若者を、
「海軍伝習所」
という当時幕府が運営していた調練学校で修業させる、その修学旅行についてこいと
いうのだった。教官は全員オランダ人。少し前まで伝習生のなかには勝麟太郎（海舟）、
榎本釜次郎（武揚）というような優秀な幕臣もいたほどの高等教育機関だった。
俊輔は、西洋に接した。
ほんのみじかい期間だったけれども、長崎でオランダ語の号令をおぼえたり、雷管の
つくりかたをおぼえたりした。何より西洋式の組織行動そのものの法則をおぼろげなが
ら体得した。生まれてはじめての経験だった。
その後、桂小五郎の手付となり、見知らぬ江戸での生活がはじまったが、俊輔のすぐ
れた吸収力はここでもぞんぶんに発揮されることになる。俊輔はたちまち、この将軍お
ひざもとの大都会を、
（飽き足りん）
と思うようになったのだ。江戸に日本国があるとするなら、日本国はこの程度でしか
ない。もしも海外に出られるならば、そこにはたぶん、
（世界がある）
心を決めると、俊輔の行動ははやい。さっそく小五郎にねがい出たが、しかし小五郎

は元来こういう問題にあまり関心をしめすほうではない。そこで来原に手紙を書いて、

「私儀、昨年より英学修業したい旨をたびたび藩庁に申し出ておりますが、なかなか事がはこびません。先年の長崎の例もありますし、ぜひ来原先生のほうから藩庁にかけあってくださいませんか。大望を遂げさせてほしいのです」

来原はよろこんで承諾し、いろいろ周旋してくれた。

周旋は実をむすぶかに見えた。しかしながら結局、来原はあの長井雅楽の失脚のあおりを食って藩内の居場所をうしない、怯懦の者あつかいされて……憤激のあまり切腹した。事はうやむやになってしまった。

来原が切腹したのは、文久二年（一八六二）八月二十九日。辞世の歌は、

雲霧をはらへる空にすむ月を
　よみちにはやく見まほしきかな

というものだった。尊王攘夷などという誤った精神論の雲霧がいずれ晴れること、かがやかしい現実主義の満月がこの国のゆくすえを照らすことを痛切に念じた一首だった。「よみち」はもちろん「夜道」と「黄泉路」をかけているのだろう。

俊輔は、もう号泣してはいない。

胸をはり、前を向いて、平蔵という下男とともに東海道をどんどん歩いていく。目的

地は萩。江戸詰の藩士の代表という格で、来原の実家へ遺髪をとどけるところなのだ。

街道ぞいは、杉並木がつづいている。俊輔はさっきから足をはこびつつ、ひとり、

「わしは、生きる」

何度も何度もつぶやいている。

来原はかつて、真の武士とは何かを教えてくれた。いざというとき未練なく腹が切れるのが真の武士だと。それだけが男子を分かつのだと。

そのとおりだろう。このご時世、いのちを惜しんでは国家の大事など実現できるはずもないし、俊輔自身、つねづね覚悟しているつもりではいる。がしかし、だからこそ、

(いのちは、無駄にせん)

俊輔の心では、いまやこの決意がはっきりと定まっている。吉田松陰のように破滅的な言動へ向かうのではなく、来原良蔵のように命じられてもいない自刃をするのでもない俊輔自身の身の処しかた、それは、

「死ぬまで生きる。生きてこの世の役に立つ」

俊輔は、どんどん歩いていく。

3

四か月後。

俊輔はその旅籠へとびこむや否や、足を洗うのもそこそこに、

「小菊う。小菊はおるかえ」

廊下をすすみ入り、奥の小部屋のふすまを横にすべらせる。部屋のなかから、

「俊さん」

女がむしゃぶりついてきた。すでに夜具がのべられている。俊輔はその上へやさしく小菊を押したおして、

「おお、おお。きょうは格別べっぴんじゃのう」

言ったときにはもう右手をふかぶかと八つ口にさし入れている。小菊はあごを天井に向けて、

「あっ。あっ」

着物の上から手で胸をおさえるが、俊輔の手はとまらない。やわらかな丘をなでさすり、指のつけ根でこりこりと葡萄の玉をもてあそぶ。

「そんな、俊さん。いきなりなんて。……およしよ、およし」

あえぎつつ、小菊のほうも手をするすると俊輔の袴のすそにしのびこませ、内部の怒張をにぎりしめた。俊輔が歓喜のうめきを洩らす。

小菊。

あの浦賀でのなじみの女だった。俊輔は相州警衛の任をとかれると同時にぱったりと浦賀から足が遠のいてしまったのだけれど、二年後、はじめて品川宿に来たとき、この相模屋という品川でも一、二をあらそう食売旅籠にわらじをぬいで、

「どれどれ。世態人情の研究じゃ」

およのという名の食売女（公認の遊女）を呼ばせた。あらわれたのは、あのなつかしいひらめ顔。

「お前は、小菊！」

「あらあら、俊さん」

稀有な偶然、というほどのこともなかったろう。徳川幕府が例のハリスとのあいだに日米修好通商条約を締結するや、勅許の有無をめぐって京都朝廷がにわかに全国的な注目をあびるようになった。いきおい各藩藩主や脱藩浪士の入洛がふえ、江戸との往来がさかんになる。東海道がにぎわうことになる。

となれば、その第一宿――江戸からかぞえて――の品川宿もますます景気がよくなる道理で、遊女小菊も、

（その金をひろいに、浦賀から出てきたんじゃろう）

俊輔と小菊は、ふたたび品川でなじみになった。この夜も、袴の下でそのものをにぎられたまま夜具の上でもみあっていると、

「俊輔えっ！」

ふすまがあき、男の声がふってきた。俊輔は、小菊の口から口をはなして、

「ありゃ、高杉さん」

あわてて立ちあがる。手の甲でよだれをぬぐう。高杉は廊下に突っ立ったまま、こわい顔をして、

「何をしている。俊輔」

高杉晋作。

何度見ても見なれないほど顔がながい。が、それは馬面というより、

（うりざね顔じゃな）

と俊輔はかねてから思っている。馬よりもはるかにつくりが上品なのだ。高貴の相という点では、おそらく松下村塾の仲間の誰もがこの二十四歳――俊輔のふたつ年上――の男にはかなわないだろう。実際、高杉家は二百石どり、ぬきんでて高級な藩士の家だった。

ところが彼の言動はというと、これがまた、これほど高貴から遠いものもなかった。ちょっとでも気に入らないことがあると暴れる、どなる、大酒をくらう。この点にかぎ

っていえば馬のほうがはるかに人間らしかったろう。高杉晋作はひとりっ子で、おさないころ病弱で、ろくろく世間の風にも当てない過保護なそだてかたをされたと聞いている。わがままを矯める機会がなかったのにちがいない。

その高杉の高貴の相が、いまは俊輔をにらみおろしている。俊輔は頭をかきかき、

「ご覧のとおり」

腰を前につきだした。袴がまだ痛々しいほどふくらんでいる。高杉はそのふくらみを手の甲でピシッとひっぱたいた。

「いてっ」

「今夜はほかの夜とはちがうんじゃぞ。攘夷実行の夜なんじゃぞ。わかっとるのか？」

「わ、わかっとります。毛唐どもを震撼させてやります」

「ほかの仲間は、全員、すでに西側の二階の座敷に集結しちょる」

と、高杉はそっちのほうへ長いあごをしゃくってみせて、

「すぐ来い」

廊下をさらさらと歩いていった。俊輔はそーっとふすまを閉めて、くるっと体の向きを変え、

「さあ、つづきを」

ふたたび小菊におそいかかった。小菊は息をのんで、

「いいのかい？」

「ええんじゃ」

「高杉さんだよ。あとがこわいじゃないか」

「手早くやるわい。手早く」

俊輔は着物をぬぎ、着物をぬがせて、小菊のそれにそれを入れた。

気づいたときには、たっぷり一刻（二時間）も経っている。さすがに俊輔、

「しまった！」

腰のうごきを止めた。立ちあがり、着物をつけ、ぐったりとした女の肢体をそのまま置きのこして廊下を走る。どたどたと走る。ただし指示された部屋へはすぐには行かない。店の小女を呼びとめ、三味線を一棹もってこさせるあいだ、じっと階段の下にたたずんでいた。

「俊輔！」

三味線をもらうや、階段をあがり、ひざをつき、座敷のふすまを慎重にあけると、
高杉の声が天井板をふるえさせた。俊輔はただちに高杉のひざへ三味線とばちをすべりこませて、

「お願いします。ぜひ一曲」

「ごまかすな」

「いいじゃありませんか、高杉さん。どうせ決行は夜中です。まだ一杯やる時間はあるでしょう。ひとつ全員で朗吟して、大いに士気を鼓舞しようじゃありませんか。のう、

みなさん？」

一同、にやにやと高杉と俊輔を見くらべている。

久坂玄瑞、志道聞多（のちの井上馨）、山尾庸三、赤根武人、白井小助というような松下村塾系を中心とした攘夷派の群れだった。なかには世が世なら百姓あがりの俊輔など顔もおがめないような身分の藩士もあるけれど、いまは全員同輩という空気だし、もとより俊輔も遠慮はしない。

その同輩のうちの何人かが、たたみの上の茶碗に酒をつぎながら、

「俊輔の言うとおりじゃ」

「三味線をとれ、高杉」

などと囃したてる。みんなみんな危険な任務を前にして、気分が高揚しすぎているらしかった。高杉は、

「やむを得ん」

ばちを手にとり、三味線をかまえた。元来、ほかの誰よりも遊び好きな男なのだ。高杉ののどからもれる都々逸のふしまわしの渋さ、たくみさ、とうに素人の域を脱している。

山のさくらの散るたよりにも
散らせざらまし恋の花

「こいつはいい」

志道聞多が声をあげ、再吟をうながした。こんどは全員が唱和する。三度、四度とくりかえすうち全員しだいに感奮して、久坂玄瑞のごときは目になみだを浮かべはじめた。俊輔にはその理由がよくわかった。これはただの恋の句ではない。自分たちの今夜置かれた情況への決意が、ことばの裏に、

（込められとるんじゃ）

きっと高杉がこの夜のために案じた新作なのだろう。俊輔はこのとき、この松下村塾の大先輩の意外にこまやかな心くばりに一本とられた気がしたのだった。

御殿山。

という山が、品川にはある。

いや「あった」と言うべきだろう。俊輔たちがいま高歌放吟している相模屋からも目と鼻の先のその山は、数年前、日本の国土から忽然とすがたを消してしまったからだ。

桜の名所だったという。毎年春になるとたくさんの花見客でにぎわい、露店なども出て、それはそれは日本的なうららかなながめを呈したばかりか、秋には秋で櫨の木のもみじが美しく、やはり人々の目をうっとりと楽しませたとか。しかしながら嘉永六年六月のとつぜんのペリー来航により、徳川幕府は、防備のための、

「お台場」

をきずく必要にせまられた。お台場とは砲台（この場合は海上砲台）のことであり、建設地は品川沖。すなわち、春のうららの桜の名所の御殿山は、そのお台場建設にともなう埋め立てのために切りくずされ、ただの土砂のかたまりとして海へ投じられた。一山そっくり霧散したのだ。

もっとも、多少はのこった。単なる高台になってしまったという程度には御殿山はのこった。しかしながら徳川幕府は、その高台にさらに欧米各国のため、

「公使館」

なるものを建てようとしている。桜という日本人の心のもっとも深いところに咲く花の里だった場所にだ。高杉のような血の気の多すぎる攘夷派にとっては許しがたい暴挙、屈辱外交、神州日本の蹂躙行為にほかならなかった。そんなわけだから「散らせざらまし恋の花」という都々逸の文句も、ことばの裏では、

（われらの大和だましいは不滅、ちゅう決意を込めとるんじゃなあ）

高杉の心事をそんなふうに忖度したとき、俊輔は、しかしもう相模屋の座敷にはいない。ほかの十一人の仲間とともに相模屋をぬけだし、目と鼻の先のこの御殿山の高台にのぼっている。

草むらのかげに、うずくまっている。

あたりはしんとしていた。横には高杉がいる。高杉も俊輔とおなじように体をまるめて、毛の長いすねを抱いていた。俊輔は、

「高杉さん」

「何じゃ」

「星が、きれいです」

夜空をゆびさした。高杉はちょっと上を向いて、はじめて気づいたという目になり、

「ほう。色とりどりの……砂絵の砂をまいたようじゃ」

と、いかにもこの男らしい詩的な感想を述べたけれども、俊輔は首をふって、

「ちがいます。星があんなにくっきり見えるのは、空気がからからに乾いとるからです。われらの義挙には絶好の気候ちゅうことです。あの建物も、さぞかしよう燃えるでしょう」

こんどは草むら越しに、はるか前方をゆびさした。

イギリス公使館。

完成まぢかの、いわば大英帝国の日本藩邸。それは俊輔のまったく見たことのない形状をしていた。

全体が、巨鳥がつばさをひろげたように長い。そのつばさの内側には無数の列柱が垂直に立っていて、その柱のあいだに人の背の高さのガラス窓がふんだんに嵌めこまれている。窓は四角ではない。上部だけが弓なりだった。外国人が、

「アーチ型」

と呼ぶあの力学的に完璧な曲線。俊輔は目をしばたたいた。どこから見ても世界文明

そのものとしか言いようのない白亜の殿堂がそこにあった。

その殿堂から、

「まだ火の手はあがらんのか」

高杉の声が、あせりを帯びはじめた。火の手どころか、煙ひとすじも立ちのぼる気配がない。

建物のなかへは、すでに三名の仲間が潜入したはずだった。志道聞多、堀真五郎、福原乙之進。三人とも火薬の入った紙づつみをもっている。のこりの九名は周辺に待機して警戒にあたり、変事があれば対応することになっていた。

その待機組のひとりとして、俊輔は、さっきから高杉とともに草むらのかげで泥棒よろしく目を光らせているのだ。

（これが、攘夷か）

と、俊輔は、いくぶん疑わぬでもない。松門の双璧とうたわれた逸材であり、また今回の挙の首領格でもある高杉や久坂は、しきりと、

「焼討ちじゃ」

とか、

「天誅」

とか勇ましい言いかたをするけれど、実態はただの付け火（放火）ではないか。付け火なら、こっちは七歳のころにやっている。たしかうなり辰という年上の悪童とのけん

かに勝つため、山すその枯れ野で石をたたいたのだったが、それと似たような無分別をいまさら無人の建物相手にやったところで何になるのだろう。

そのくせ俊輔は、この義挙をおこなう自分にすっかり陶酔しきってもいるのだった。攘夷と聞くと、血がさわぐ。わけもわからず、

（男を見せてやる）

という気になってしまう。われながら軽薄きわまりないが、この衝動あってこそ高杉、久坂というような先輩たちが俊輔を弟のように愛してくれることも事実だった。こんな自分をまのあたりにしたら、あの長崎好き、洋式好きの、

（来原先生は、何とおっしゃるか）

火の手は、まだあがらない。

十二月なかばのことだった。吐く息は白く、いつまでも雲のように口の前に浮いている。俊輔は、

（こまったな）

さっきから、もじもじと尻をふっている。あんまり長いこと地べたの近くにしゃがみこんだためか、腹がしぼられるように泣きだしたのだ。まさか高杉にここで野糞をさせてくれとも言えないし、それにやっぱり慣れたところの便所でしたい。どうしようかと思っていると、

「あっ」

高杉が声をあげ、立ちあがった。

俊輔も立った。編笠をかぶった武士がふたり、公使館のほうへ歩いていく。番兵役の役人にちがいない。ほうっておけば彼らは建物のなかへ入るだろう、入れば聞多たち三人の仲間は斬られるだろう。少なくとも義挙が不発に終わることはまちがいなかった。

高杉は、草むらからおどり出た。

「行くぞ、俊輔」

こういう場合どうするかも、あらかじめ相模屋で打ち合わせてある。

（斬る）

俊輔は、走りながら抜刀した。剣術もだいぶん上達したつもりだった。桂小五郎ほどではないにしても、とにかく三番町の練兵館では塾頭・小五郎みずからが目もくらむほどきたえてくれたのだ。

俊輔は、刀を頭上にかかげた。そうして左右にふりまわしながら、

「こらあっ！　お前ら、何をしとるかあああっ！」

まるで相手のほうが不審者みたいな言いかただが、それを滑稽に感じる余裕はなかった。俊輔はぴょんと跳躍し、まっこうから切りさげた。

目測をあやまった。

俊輔の刃先は、ほんのわずか相手の編笠を裂いただけだった。着地点には石がちらばっている。俊輔はそれにつまずいて、ばったりと土の上にうつぶせになった。わざわざ

敵の足もとに背中をころがしてやったようなものだった。

（斬られる）

思わず目をつぶり、のけぞったが、次の瞬間、相手が予想外の行動に出た。

「わあっ」

編笠をほうりなげ、ばたばたと逃げ出したのだ。急いで俊輔はひざ立ちになる。相手はとっくに夜闇のなかへ姿を消してしまっていた。

（高杉さんは？）

高杉の相手も、やはり戦わずして逃げたようだった。高杉は刀をぶらぶらさせつつ、さんまを食いそこなった猫みたいな顔をして、

「ふん。つまらん」

俊輔は高杉のほうへ行って、しきりとうなずいてみせ、

「つまらんです。せっかく攘夷の軍神の血祭りにしてやる思うても、ああも腰ぬけでは」

「腰ぬけじゃな」

「まったくです」

刀をおさめつつ、じつは俊輔はほっとしている。この瞬間、おのれの心の奥底にあるものにはっきりと気づいたからだった。

（殺してはならん）

自分はすでに決意した。吉田松陰や来原良蔵のように死ぬことを急がず、生きてこの世の役に立つ決意をした。ならば他人がそうすることも認めるべきだろう。武士か否かは関係ない。攘夷派かどうかも関係ない。人はみな死ぬべきではない。生きてまなび、生きて愛し、生きて戦い、そうして、

（生きに生きたあげく、死ぬべきなんじゃ）

俊輔は、高杉から顔をそむけた。そのとき。

どん。

轟音（ごうおん）が地殻をふるわせた。俊輔ははっと公使館のほうを見た。まっしろな巨鳥の内部があかあかと心臓のように燃えている。その炎のゆらめきに応じて、手前の列柱が黒い影をうごかしていた。やにくささが風に乗ってくる。煙も来る。俊輔はごほっと噎（む）せかえった。

「やったぞ、聞多！　攘夷ののろし火じゃ！」

高杉は、とびあがった。どこかから早くも半鐘がじゃんじゃん鳴りはじめたが、高杉はそれよりもさらに大きな声で、

「退散じゃ、俊輔」

あらかじめ決めておいた段どりだった。火が出れば、あとはおのおの勝手にその場をはなれるべし。十二人の仲間はじきにふたたび相模屋へあつまり、こんどは祝杯を交わすことになるだろう。

逃げながら、俊輔はふりかえった。公使館の二階の屋根から火の粉がしきりと舞い散っている。そのさまは、俊輔の目には桜の花ふぶきにも見えた。

†

攘夷の風は、なおやまない。

「塙次郎（はなわじろう）を、斬る」

と言いだしたのは、久坂玄瑞だった。

温厚で責任感のつよい桂小五郎を長兄的、奔放でさみしがりやの高杉晋作を次兄的とするならば、さてこの久坂はどういう性格をしているだろうか。桂小五郎とはちがった意味で、

（長兄かな）

俊輔はかねがねそう思っている。気ぐらいが高く、むやみと人をひっぱって行きたがるが、それだけに親ぶりたがる意識もつよい。親というのはこの場合、むろん吉田松陰のことだった。俊輔はうっかり、

「え？　久坂さん、誰を斬るですって？」

「塙次郎じゃ。国学者の」

「ただの学者を、なんで斬らねばならんのです」

久坂は立ったまま、できそこないの末っ子でも見るように俊輔を見おろして、

「ばかもん。だからお前はにぶいと言うのだ。あやつほどの国家有害の徒は、ほかにはおらんのだぞ」

まさしく松陰ばりの情熱的な口調で、久坂は説いた。

塙次郎について述べるためには、まずその父である塙保己一という盲目の国学者にふれなければならない。保己一は、徳川時代全期をつうじて、もっとも優れた学者のひとりだった。

或る夜、人にまねかれて『源氏物語』の講釈をしたことがあった。部屋に風が吹きこんで灯りが消えてしまったが、保己一は盲目だから気づかない。どんどん話を進めようとすると、人々があわてて、

「先生、お待ちください。いま灯りをつけます」

保己一は笑って、

「さてもさても、目あきの方々はご不自由なことです」

と言ったという。真偽のほどはさだかではないが、とにかく有名な逸話だから俊輔もどこかで聞いたことがある。その塙保己一の、とりわけ顕著な業績は、

「群書類従」

という史料集の編纂だった。全国各地にぽつりぽつり散らばっている貴重な古文献をあつめ、校訂をほどこし、整理して刊行する。約四十年という長大な年月を経て完成し

たそれは、五百三十巻六百六十五冊におよぶ日本最大の叢書となったのだった。

もっとも、事業はこれで終わりではない。全国にはまだまだ貴重な古文献がねむっている。火災や散佚の憂き目にいつ遭ってもふしぎではない。保己一はただちに続篇の刊行に着手したけれど、さすがに二年後、七十六歳で没した。そうして彼の偉業をひきついだ者こそ塙次郎、おさないころから保己一の薫陶を受けた実の息子（四男）にほかならなかった。

「ちょ、ちょっと待ってください、久坂さん」

俊輔はあわてて久坂の話をさえぎった。久坂は半びらきの口のまま、不満そうに、

「なんじゃ」

「そんな大した学者なら、わしらは斬ってはならんのでは」

「だからおぬしは甘いと言うんじゃ。あの家は、そもそも保己一の代より幕府から多大な給禄を受けておる。あとつぎの次郎もやはり幕府老中・安藤信正の腹心だったのだ。その腹心時代に命じられた先例調査は、安藤失脚後の現在もひそかに継続されているという」

「先例調査？」

「塙次郎は、廃帝の歴史をしらべておるのだ」

「えっ」

俊輔は、目をむいた。廃帝、つまり天皇の廃位。もしもそれが真実ならば、なるほど、

徳川幕府がいま何をしようとしているのかは火を見るよりもあきらかだ。先例にかこつけて孝明天皇を退位させ、あるいは離島へ配流にして、もっと意のままになる者を即位させる。そうすることで現在のこの朝幕二極というべき困難な政局をのりきっていこうというのだろう。もっとも強引かつ傲慢な、

「公武合体」

のたくらみといえる。そうしてその口実づくりのための人材として、塙次郎という全国の豊富な古文献をおもうさま読むことができる国学者はまさに打ってつけではないか。

「じゃが、しかし……」

俊輔がとっさに返事できないでいると、まわりに松下村塾系の仲間があつまってきて、

「やれやれ、俊輔」

「し損じるなよ。相手を棒きれと思うんじゃ」

「男になってこい」

などと童貞の子供を吉原へおくり出すようなことを言う。彼らの口調がことごとく善意にあふれていることに、俊輔はかえって戦慄した。もしかしたら自分は、

(この集団に、するりと入りこみすぎたか)

もはや、あとには引けなかった。二日後の夜、俊輔は、飯田町九段坂の坂下にいる。旗本・能勢河内守邸の板塀のかげで、ひざを抱いてうずくまっている。イギリス公使館への放火からまだ十日も経っていないというのに、

「急な仕事じゃな、どうも」

俊輔は、そう相棒に声をかけた。相棒はぽつんと、

「そうじゃな」

と答えただけだった。

相棒の名は、山尾庸三。この前の放火のときの一味のひとりで、その経歴は俊輔によく似ていた。周防国吉敷郡二島村の農家に生まれ、寺子屋にかよい、萩城下に出て武家の中間にとりたてられた。その後、江戸に出たところ、桂小五郎に目をかけられたため、松下村塾系の仲間いりをした。

年は四つも上だけれど、そんなわけで、俊輔には気がゆるせる相手のひとりなのだった。もっとも、性格はあまり明るくない。誰もいない本堂でひとりぽつんとお灯明をまもっているようなところがある。

その山尾庸三が、

「来たぞ。俊輔」

立ちあがり、往来へひょっと出てしまった。もともと口かずの少ない男なのだ。俊輔もあわてて前のめりに出る。そうして、ちょうど組橋をわたりきった男のかげへ、

「……塙次郎忠宝じゃな？」

俊輔と庸三は、同時に問うた。男は、

「いかにも。塙です」

まのびした声だった。暗殺の対象になるとは夢にも思っていないのだろう。俊輔は刀に手をかけ、

「貴様、おそれ多くも廃帝の故事をとりしらべ、亡国の密計に加担したること天下万人の知るところ。その罪、万死に値する」

「はあ？」

「万死に値する」

俊輔は、かちんと刀の鯉口を切った。相手はようやく、

「ち、ちがう」

ざりっと盛大な音を立ててあとじさりする。

俊輔が一歩ふみこむ。塙次郎は一歩さがる。また一歩。また一歩。塙次郎、腰の刀には手をかけようともしない。

（こいつは、ちがうのでは）

俊輔の胸に、疑いがきざした。もともと確たる証拠がある話でもなし、何かべつの話があやまって伝えられたのではないか。

雲が、晴れた。

月光がするどく塙次郎の顔を照らした。ふっくらとした丸顔に、しわが幾重にもきざまれている。どう見ても六十前後だった。よしんば廃帝の故事をしらべたにしても、若者がこんな老人をおそうのは人の道にもとるだろう。俊輔は、

（殺してはならん）

耳の奥で、警鐘が鳴りだした。人はみな生きるべきだ。生きに生きたあげく死ぬべきなのだ。俊輔は、ひとつ大きく息をつこうとした。が。

山尾庸三が、横で、

「問答無用。天誅(てんちゅう)」

さけぶのを聞いたとたん、目がくらんだ。

（男を見せる）

何もかんがえられなくなった。俊輔は刀を抜き、ふみこんで、

「ありゃあーっ」

袈裟(けさ)がけに刀をふりおろした。庸三も同時にふりおろしたようだった。

ざあっ。

清冽(せいれつ)なせせらぎの音がした。何のことやら俊輔はさっぱりわからなかったが、気がつけば、庸三の顔がまっ赤にぬれている。目だけが異様にぎょろぎょろと白い。ああそうか。俊輔はやっと思いあたった。それはせせらぎなどではなく、返り血のほとばしる音だったのだ。あごを手でなでる。ぬるりと生あたたかく、めしを炊いたようなにおいがした。

俊輔は、地を見おろした。

老人は腕を虚空にのばしつつ、堀池の手前であおむけになっている。肩から胸へ二本のノの字がくっきりと描かれて、そこからまだ血の泡がぷくぷくと山のように盛りあがっている。

息たえていた。

†

日が経つにつれ、俊輔は、

(無益じゃった)

そんな気になっている。

塙次郎には病気がちの妻がいたという世間のうわさを耳にしたり、そのくせ廃帝故事に関する話はまったく聞かなかったりすると、後悔の念はさらにつよくなった。これでは彼を暗殺したことは攘夷の実行でも何でもない、単なる辻斬りとおなじではないか。

それもこれも、みんな、

(松陰先生のせいじゃ)

俊輔はふと、腹立ちまぎれに思わないでもない。あの人が自分にこんな教育をほどこしたから、というか自分をこんな過激な生徒の一群に放りこんだから、自分はとうとう人殺しまでするはめになった。これはもう、ほとんど、

（人間とちがう。豺狼の群れじゃ）

もっとも、その群れのなかにはゆくゆく俊輔の生涯の友となる男もいた。

志道聞多。

例のイギリス公使館焼討ちの実行犯だ。あのとき聞多は、堀真五郎、福原乙之進というふたりの同志とともに館内へしのびこんで火薬のつつみに火をつけるや、事前の打ち合わせどおり脱兎のごとく逃げ去ったのだが、聞多ひとりは足をとめ、首をひねって、

「ちと、つきが悪いのう」

駆けもどり、足でがんがん戸板や壁をこわしはじめた。ただの木ぎれと化した建材をがらがらと梯子段の下に積んで、あらためて火薬のつつみを置いて火縄に火をつける。これはたちまち巨大な炎となって二階へすべるように這いのぼっていった。聞多は、

「ええわい。ええわい」

手を打ってよろこび、ようやく公使館を出たのだった。すでに四周は半鐘乱打の音でみちていたというが、聞多はゆうゆうと相模屋にかえり、ふだんとおなじく一杯やってから熟睡したという。

そういう剛胆といえば剛胆、軽率といえば軽率なこの男と、俊輔は、

「俊輔」

「聞多」

気がつけば呼びすてにしあう仲になっていた。もともと聞多の生家・井上家は世禄百

石の正式な藩士ながら周防国吉敷郡湯田村（現在の山口県山口市湯田温泉）の地侍の家であり、朝起きたらまず一臼の米や麦を搗くというような半士半農の生活をいとなんでいたから俊輔とは育ちが似ていたという事情もあるけれど、それよりもはるかに大きいのは、人間そのものの肌合いがぴったり合ったことだった。

わすれもしない。

俊輔は九歳のとき、はじめて萩の街へ足をふみいれたのだが、ふみいれた瞬間、

「暗い街じゃ」

なみだをながした。母のことが聞きとがめて、

「ご城下じゃぞ。めったなことを言うな」

こわい顔をしてみせたが、この第一印象はいまでも俊輔の体の芯に濃厚にのこっている。おなじ藩内でも山陽側の束荷村から来た俊輔にとって、山陰の萩の天気はいかにもカラッとしておらず、息苦しく鼻腔の奥にねばりつくように感じられたのだった。

天気だけではない。

人間もまたそうだった。萩出身の連中はたいてい生まじめで厳格で、よくも悪くも人格におもみがあった。吉田松陰や桂小五郎や久坂玄瑞はもちろんのこと、あの高杉晋作にすらそんなところがある。彼らはみんな日本海の産物なのだ。

しかし志道聞多はちがう。陽気でおっちょこちょいで向こう見ずで、きらきらの瀬戸内の海そのものの人柄をしている。それは俊輔にとっては故郷の菓子のようになつかし

いものだった。聞多の出身地・湯田村は、どちらかというと山陽側にある。聞多も俊輔とおなじように感じているのにちがいなかった。

その聞多が、この夜ばかりは陰鬱な顔で、

「……俊輔よ」

「何じゃ」

「……あのな」

「どうした、聞多。言いさすとはおぬしらしくない。はよう言え」

俊輔は酒杯を置き、先をうながした。

ふたりはいま、藩務の関係で京にいる。河原町御池の藩邸から歩いて行ける祇園の魚品という料理屋で、なじみの芸妓に酌をさせながら、

「あのな、俊輔。俺はイギリスに行く」

「はあ？」

俊輔もやはり、横に芸妓をはべらせている。梅路という去年からのなじみだった。俊輔は、梅路の尻から手をはなし、お膳のふちを手でたたいて、

「いま何と言った、聞多？」

「イギリスに行くと言ったんじゃ」

「密航か？」

「幕府にとっては密航だが、長州藩にとっては正式な留学生の派遣じゃ。留学生はぜん

ぶで三人。ほかのふたりは山尾庸三、野村弥吉、これももう決定ずみ」

「そいつらはええ」

俊輔は手をふり、顔をしかめた。山尾、野村のふたりはずいぶん前から藩内の洋学担当という役どころだったし、すでに蝦夷地（北海道）の箱館へおもむいて武田斐三郎という幕府の著名な洋学者——五稜郭の設計者でもある——のもとで国内留学もすませている。まずは順当な人選だろう。しかしながら、

「どうして聞多がそこに割りこむんじゃ。場ちがいもええところじゃ」

「何を言うか。俺もいちおう江戸詰のころ肥前出身の岩屋玄蔵先生に就いて蘭学をまなんだし、藩公からは海軍の研究を命じられてもいる。海外渡航はかねがね志望するところだったんじゃ」

俊輔はそっぽを向き、ふんと鼻を鳴らして、

「ふだんは攘夷攘夷と念仏みたいにとなえとる男が」

「その素志にはみじんも変わりはない。開国なんか犬に食わせろじゃ。しかし残念ながら、そのためには結局のところ毛唐どもの進んだ文明をとりいれるほか方法がないことも事実。おぬしもそう思うじゃろ、俊輔？」

俊輔は、口をつぐんだ。まったく同意見だった。

「留学期間は五年じゃ、俊輔。こころよく送り出してくれ」

「ふん」

俊輔はさかずきをとり、手酌で乱暴に酒をついだ。がぶっと一気に飲んでしまうと、また自分の手でなみなみとつぐ。じゃあじゃあと酒がこぼれる。

(ばかにしおって)

わかっている。

聞多はやはり、百姓あがりの自分とは種がちがうのだ。いまや萩城下二百五十石どりの藩士・志道家の養子におさまり、藩主の小姓に任ぜられ、聞多という名前すら藩主じきじきにたまわったほどの寵臣なのだ。家老級へも顔がきくし、自分の志望を通すことなど針に糸を通すよりもかんたんなのにちがいない。

そのいっぽう、自分はどうか。以前から何度も留学をねがい出ていたというのに、選ばれるどころか、そもそも藩にそんな計画があることすら、

(知らされとらんかった)

外へ出ると、雪がふっている。

京都の冬は、江戸とはちがう。京都の冬はあきらかに山陰的に沈痛で、万物を芯から凍らせる。人からあらゆる逃げ場をうばう。けれども俊輔は羽織もはおらず、草履もはかず、はだしのままで河原町通をどんどん北へと歩いていく。

「伊藤様。おかぜを召しますえ」

と梅路が傘をさしかけるのも、

「ええわい」

邪険に手でふりはらってしまう。われながら酔いざまがわるい。もともと酒につよいほうではないのだ。

背後から、足音がする。

どうやら駆けているらしい。どんどん近づいてきて、俊輔の肩をつかむや、

「さっきの話じゃが」

俊輔は足をとめ、ふりむきざま、こぶしで聞多の顔をなぐりつけた。

聞多はひょいと身をかがめてそれをかわし、下から顔をつきあげた。ひきしまった小さな顔が俊輔の目の前にあらわれる。俊輔はとびしさり、けんかを売る口調で、

「何の話じゃ！」

「イギリスの話じゃ」

「それがどうした」

「おぬしも行かんか。俊輔」

「……は？」

こぶしをふりあげたまま、俊輔は、あんぐりと口をあけた。

酔いが、ふっとんだ。まさかと思いつつ、そろそろと腕をおろして、

「おぬしの厚意はありがたいが、いくら何でも……」

「俺のではない。藩公ご自身が、おぬしのゆくすえを気にしておられる」

（藩公が）

長州藩三十六万石の藩主・毛利敬親ともあろう人が、この藩士ですらない一介の軽輩に目をかけているというのか。

俊輔はじわじわと胸の熱くなるのを感じたが、しかし俊輔という男、生来、かるはずみに感傷におぼれる男ではない。やにわに足もとの雪をつかんで懐中へねじこむと、着物の上から手でおさえて胸をむりやり冷やしながら、

「ああ、わかったぞ。藩公はこの俺というより、先月の塙次郎の件の犯人が気がかりなんじゃ。塙次郎は幕府の有力者。犯人がうちの藩におると知られたらどんな大事になるかわからんから、そうなる前に高飛びさせようと」

「そうではない。塙次郎には関係なく、おぬしそのものを気にかけておられる」

「なぜ？」

「おぬしが来原さんの弟子だからじゃ」

聞多は、ゆっくりと藩邸のほうへ足をふみだした。

俊輔も体の向きを変え、おなじく歩きだしたため、ふたりは横にならぶことになる。その外側へそれぞれのなじみの女がそっと寄りそい、傘をさしかけた。女たちの駒下駄がかすかに雪を鳴らしている。聞多はつぶやくように言った。

「藩公は、来原さんに負い目があるんじゃ」

半年前、来原良蔵が江戸藩邸で切腹したのは、何も悪事をはたらいたためではない。武士道にもとる行為のためでもない。あれは藩主への諫死だった。

藩論をあれほど現実的な「航海遠略策」から空理空論の最たるものと言うべき「攘夷破約」へと百八十度あっさり転じてしまった長州藩主・毛利敬親その人への——最終的な責任は藩主のものだろう——無言の抗議、究極の一喝。

それは決して無駄死にではなかった。藩主の胸にしかととどいた。藩主はこれを気にやんで、来原が最後までこだわった俊輔のイギリス留学についても、

「ありがたく懸念してくださっているんじゃぞ、俊輔」

聞多はそう言うと、肩の雪を手ではらった。

「来原先生……」

歩きながら、俊輔は呆然としている。どうやら来原良蔵は、

(とんでもない遺産を、このわしに)

「なあ、俊輔」

聞多は立ちどまり、まるでこれから飲みなおそうとでも言うような軽い調子で、

「いっしょに行こう。イギリスに」

俊輔は、なみだもろい。

と同時に女好きでもある。うれしさのあまり梅路の肩をぐいっと抱き寄せ、うなじに顔をうめて、

「聞多のあほう。なんで最初にそのことを言わんかった」

洟をすすりあげた。聞多は言いづらそうに、

「じつはひとつ、問題がある」

「問題?」

俊輔が梅路から顔をはなし、ふたたび聞多へ顔を向けると、

「金じゃ」

聞多は、むつかしい顔になった。

今回の留学について山尾庸三がこっそり横浜在勤のイギリス領事A・A・J・ガワーに相談したところ、留学にはさしあたり一人につき一千両はかかると答えたという。莫大な船賃がかかるのはもちろん、目的地のロンドンは世界一物価のたかい都市でもある。留学中の生活費もそうとう見つもるべきだというのがガワーの意見だった。

「一千両」

俊輔は、絶句した。聞多はつづけた。

「もちろん俺たち選抜生は、すでに藩から資金を支給されている。しかし一人につき二百両、三人あわせても六百両じゃ。これじゃあおぬしをねじこむどころか、留学事業そのものが頓挫してしまう。どうにかせんことには……」

「金なら、あるぞ」

「ほう?」

(ばれたら、切腹じゃな)

と思いつつ、俊輔は、

「俺は最近、アメリカから鉄砲を買いつける内命をたまわった。そのための資金が麻布の下屋敷にあるはずじゃ」

「額は？」

「一万両。もっとも鉄砲の買いつけは、いまの藩の状態ではすぐに実現しそうもない。いわば眠り金になっとるから、それを……」

「われわれの留学にまわすよう願い出るのか？　そりゃあ無理だ」

「なら、だまって持ち出そう」

俊輔がけろっと言いはなつと、聞多はちょっと絶句したが、

「やっぱり無理じゃろ、俊輔。どの蔵にあるかわからんし、わかっても一万両はおもすぎる。石臼を十個はこびだすより骨が折れるぞ」

そう言われれば、そのとおりだった。俊輔は梅路の肩から手をはなし、腕を組んで、

「うーん。どうするか」

「思いついた」

聞多はにやりと笑って、自分の頭をゆびさしてみせた。もともと志道聞多という男、女よりも金のあつかいに天稟があるのだ。

「俊輔よ。俺はその一万両には一指もふれず、しかし留学費用はちゃんと工面してみせる。まあ見ておれ」

†

四か月後。

文久三年（一八六三）五月十二日未明、長州出身の五人の若者がこっそりと横浜港に集結した。

全員、まげを落とし、洋服に身をつつんでいる。五人の姓名および年齢は、

井上聞多（二十九、旧姓志道）
遠藤謹助（三十八）
山尾庸三（二十七）
伊藤俊輔（二十三）
野村弥吉（二十一）

聞多の姓が実家のそれに復しているのは、

「この挙が養家の迷惑になるのを避けるため、離別する」

という理由によるものだった。ただし「この挙」というのが海外留学そのものをさすのか、それとも例の一万両を担保にして横浜の御用商人伊豆倉から藩の名前でむりやり五千両の金を借り出したことをさすのか、どちらかは誰にもわからなかった。どっちにしても、留学資金はできたのだ。

遠藤謹助というのは、江戸詰の藩士。俊輔と同様、もともとは選抜にもれた人間だった。しかし前年九月、聞多とともに藩のイギリス船購入の仕事にたずさわったことが縁となって、やはり聞多にさそわれて一行にくわわることとなった。おとなしい学者肌の人間だった。

五人は、船にのりこんだ。

のりこんだのは、英国ジャーディン・マセソン社所有の蒸気船チェルスウィック号。

出航にあたり、俊輔はこんな歌を詠んだ。

ますらをのはぢをしのびてゆくたびは
すめらみくにのためとこそしれ

いかにも不器用で幼稚な歌だけれども、本人は大まじめで胸をはり、

「古今集以来の大傑作じゃ」

師・松陰がアメリカ密航に失敗してから九年後のことだった。

†

上海。

東アジアの巨大な西洋。

アヘン戦争後の南京条約によって強引に開港させられ、欧米人の居住がはじまった。そんなふうな歴史を聞いていたから、俊輔たちははじめ、

「要するに、横浜に毛がはえたやつか」

などと言いあっていたのだが、来てみると毛どころの話ではなかった。チェルスウィック号の甲板上から見えるのは近代文明の繁栄そのものだった。

沖には軍艦、帆船、蒸気船などが数百隻も停泊しているし、それらと陸とを往復する小型のボートはびっしりと満天の星のように海面を覆っている。よくもまあ、おたがい、

（ぶつからんもんじゃ）

俊輔はつい見とれてしまった。陸はかなり遠くだけれど、官公庁、銀行、ホテル、教会、病院、博物館……洋風建築がひしめいているのが沖からもわかる。どうやら競馬場まであるらしい。あらゆるものが俊輔の想像を超えていた。

「……開国じゃ」

つぶやきが、聞こえた。

俊輔のとなりには、気がつけば井上聞多が立っている。

顔いっぱいを目玉にしている。俊輔は首をねじって、

「何か言うたか、聞多？」

「開国と言うたんじゃ」

聞多は俊輔のほうを向くと、ようやく声に力をこめて、

「攘夷いうのは誤りじゃった。泰平日本の迷夢じゃった。もはやわれらは一刻もはやく外国との通商をさかんにしなければならん。外国人と親しく交わらねばならん。そうしなければ日本は衰亡の一途をたどることになる」

「はあ？」

俊輔は、あいた口がふさがらなかった。聞多の頰をぴたぴたとたたいて、

「聞多、おぬし、自分が何を口走っとるかわかっとるのか？　日本を出てまだ四、五日しか経ってないのにもう初志を変じるとは、男子たるもの、恥ずかしいとは思わんのか？」

「初志をつらぬくのが勇気なら、前論をひるがえすのも勇気のはずじゃ。何ら恥じるところなし」

「それは詭弁じゃ」

「勇気ある前進である」

一行は、上陸した。

上陸後、聞多は重大な失言をした。ジャーディン・マセソン社の上海支店を訪問し、支店長ケスウィックと会談したさい、ケスウィックが英語で、

「君たちのイギリス行きの目的は何か」

と問うたのに対し、

「海軍（navy）をまなぶ」

と言うつもりで、

「航海術（navigation）をまなぶ」

と言ってしまったのだ。似て非なるものだった。ケスウィックはにっこり笑って、

「わかりました。そのように手配してさしあげましょう」

五人の若者は、二手にわかれてロンドンに向かうことになった。

俊輔と聞多は、三百トンの小型帆船ペガサス号へ。ほかの三人は、五百トンの帆船ホワイト・アダー号へ。しかし俊輔と聞多のほうは、船賃をはらって乗りこんだ乗客であるにもかかわらず「航海術の訓練のために」ただの水夫あつかいを受けることになってしまった。

要するに、酷使されたのだ。

甲板のそうじや食事の用意を毎日することは当然として、きついのは帆綱の曳き子の仕事だった。海上ではしばしば風向きが変わる。帆船はそのつど帆の向きを変えなければ前にすすむこともできないため、水夫はときに一日じゅう力を合わせて太いおもい帆綱をぐるぐる左右へ曳かなければならないのだった。

また唧筒（ポンプ）での水のくみあげも重労働だった。ペガサス号では帆走の安定のため、飲み水はぜんぶ船底にためておくことになっていたが、それを食事のたびに水夫全員のぶん甲板上まで揚げる。回数も量もおびただしいから腰が板のようになった。

俊輔と聞多は、とうとう船長室にとびこんで、

「こういう虐待を受ける理由はない」

英語でたどたどしく抗議した。けれども船長は、

「これくらいのことができないようでは、航海術は身につかんぞ」

とむしろ熱心にはげますありさま。善意に発しているだけに埒があかない。結局、俊輔も聞多も、ひたすらこき使われるしかなかった。食事もろくなものではなく、ビスケットや塩漬けの肉のような乾燥品ばかり。大量の水でむりやり腹へながしこむより手のほどこしようがないしろものだった。

この水が、わるかったのだろう。

何しろ暗い船底にしずみっぱなしの飲み水なのだ。インド洋にさしかかるあたりから、俊輔は猛烈な下痢におそわれた。

ペガサス号は、三百トン。

木の葉のような小型船には、水夫用の便所はなかった。水夫はみな甲板から突き出した横木にまたがり、その木の穴からぼたぼたと落とした。落ちたものはそのまま海の魚のえさになるわけだ。風のつよい日には排泄者本人がふりおとされることもある命がけの仕事だった。

そういう仕事を、俊輔は一日に何度も敢行しなければならなかった。しまいには腰に縄をしばりつけ、

「聞多、たのむ」

縄のはしっこを船の柱にかたくかたく結んでもらってようやく用を足すありさま。われながら泣きたいくらい情けないけれども、

(国のために死ぬならともかく、これで死んだら末代までの恥じゃ)

おさないころは他人の家でうんこができなかった俊輔の、これが二十三歳の日々だった。四か月後、ロンドン着。

†

ロンドンに着くと、もはや俊輔も聞多と同様、開国派に転じないわけにはいかなかった。

その繁栄は、そぞろに道を歩くだけで刺すように実感された。道の左右には五階建ての高楼があたりまえのように延々とつらなっているし、工場から噴きあがる黒煙は太陽のかがやきをさえ痛めつけている。蒸気機関車の快走ぶり、人々の混雑ぶりは言うまでもなし。

しかし何より、俊輔が、

(こいつは、かなわん)

心底そう思わされたのは、一冊の本だった。

到着から一か月がすぎて、少しは英語も読めるようになると、俊輔は、大学のちかくの古本屋で一冊の本を購入した。ぶらりと公園に寄り、ベンチに腰かけてページをめくると、

「な、何ちゅうことを書きやがる」

やおら立ちあがり、下宿にとんで帰って、

「これを読め」

まっさおな顔をして本をテーブルの上にほうりなげた。

下宿というのは、俊輔たちの通うロンドン大学ユニヴァーシティ・カレッジの化学教授、ウィリアムソン氏の自宅だったが、やや手狭なため、俊輔のほかには遠藤謹助と野村弥吉だけが世話になっている。遠藤と野村はふしぎそうな顔をしたが、年かさの遠藤がその本をとりあげて、

「おりじん・おぶ・すぴしーず……奇妙な題じゃ。たねのもと、とでも訳すんかのう」

のちに『種の起源』と呼ばれることになる本だった。

遠藤のとなりの野村弥吉が、これは留学生中最年少のくせになかなかきかん気のつよい男だったが、さも興味のなさそうな顔をして、

「ああ、その本なら有名ですよ、俊輔さん。たしかチャールズ・ダーウィンとかいう博物学者が四、五年前に出して、そうとう売れたんじゃなかったかな」

と、まるで刊行時にはもうロンドンに住んでいたかのように言う。二歳年上の俊輔は

テーブルの上のカップを勝手にとり、がぶっと紅茶を飲んでから、

「弥吉、お前はこれを読んだんか？」

「いや、読んでませんが、評判はいろんなところで耳にしますよ。やっぱり人間の先祖は猿だって言いきったから読者はびっくりしたんでしょう。ま、私はおどろきませんがね。しょせん、はったり屋でしょう」

俊輔はあいている椅子に腰をおろし、弥吉と相対して、

「人間の祖先が猿だろうがぼうふらだろうが、そんなのはどうでもええ。俺がおどろいたのはそこじゃない。その本にはな、堂々とな、すとらぐるちゅうことが書いてあるんじゃ」

「すとらぐる？」

「つまり生存闘争じゃ。鮒(ふな)なら鮒、蜂なら蜂、つる草ならつる草、この世のあらゆる生物はおなじ仲間どうしで戦っている。かぎりある食物や水や光をうばいあっている。その戦いに勝利した個体だけが生きのこり、将来のために子孫をのこすことができると、こういうわけなんじゃ。俺はな、弥吉、これほどおそろしい説はないと思う」

「どうしてです、俊輔さん？　ただの博物学じゃありませんか」

「博物学とちがう。人間学じゃ」

「人間学？」

弥吉が、細い目をいっそう細めた。俊輔はうなずいて、

「そうじゃ。ダーウィンがどういう気で書いたかは知らんけれども、少なくともイギリスの読者はそう受け取っとる。鮒や蜂やつる草とおなじように、人間もまた生存のため戦っているとな。それが自然のありさまじゃとな。これを逆に言うとどうなるか。負けたやつは子孫がのこせず、この世から消えても仕方がないちゅうことじゃ。それが自然なのだから」

俊輔の目には、国家がある。

というより、国家しかない。そういう高い見地からすれば、一六〇〇年代以来イギリスという最強国がインドを支配し、清国を蹂躙(じゅうりん)し、いままた日本へと手をのばしているのは——そのために日本人がどんな辛苦をなめようとも——罪悪でもなく、不道徳でもなく、ただただ自然の法則なのだった。彼らには、うしろめたさはまったくない。死にたくなければ勝つしかない。

「文明いうのは、無慈悲なもんじゃ」

俊輔はテーブルの上に両腕をのばし、あらためて戦慄(せんりつ)した。イギリスでしか生まれ得ない、強者の論理としか言いようがなかった。こういう連中をもしも正面から相手にしたら、

(平然とふみつぶされるわい。紳士の靴が蟻をふみつぶすように)

つばをのんだところへ、こんこんとノックの音が聞こえて、

「日本人の学生さーん」

ドアごしに、品のいい英語が聞こえた。

「お友達が、いらっしゃいましたよ」

下宿の奥さんの声だった。遠藤謹助が立ちあがり、ドアを内側からひらきつつ、

「ありがとうございます、ウィリアムソン夫人……」

と言うことばも終わらないうちに、奥さんのうしろから井上聞多と山尾庸三がどかどかと靴音あらく入ってきた。ふたりとも血相が変わっている。奥さんは青い目をぱちくりさせた。

俊輔は、椅子にすわったまま、顔の横で手をふって、

「おいおい、奥さんに失礼じゃぞ。もっと静かにせい」

が、聞多は俊輔のうしろに立ち、頭ごしに紙きれを目の前にぶらさげて、

「読め」

俊輔はその紙をとり、目を落とした。

一八六三年（文久三年）十月十日付の英字新聞「イラストレイテッド・ロンドン・ニュース」の切り抜きだった。俊輔の目に最初にとびこんできたのは、
SIMONOSEKI
という語だった。下関（しものせき）。防長（ぼうちょう）二国最西端のみなと町。俊輔たちは、ふつう馬関（ばかん）と呼ん

でいる。

「うっ」

記事は簡潔に、以下の事実をつたえていた。日本の長州藩という好戦的な領主国が、さる五月二十六日、馬関海峡でとつぜんオランダの軍艦メデューサ号を海上および陸上から砲撃した。メデューサ号はからくも撃沈をまぬかれたものの、メインマストや煙突に被弾して乗組員四名死亡、五名重傷。

「……とうとう、やりおった」

オランダ船ばかりではない。それより前の五月十日にはアメリカ商船ペンブローク号が、二十三日にはフランス軍艦キンシャン号が、やはり同様のいわれのない奇襲を受けて死者や重傷者を多数出した。

「もしも江戸の中央政府（幕府のこと）がこの無法きわまる領主国にしかるべき懲罰をくわえることをしないならば、欧米諸国はあえて自由行動をとるであろう」

という断固たる文言もその記事にはある。自由行動ということばがこの場合何をあらわすか、理解するのに特別な英語力はいらなかった。俊輔はぽつりと、

「すとらぐるじゃ」

とつぶやいた。

長州は、ふみつぶされる。ただ自然の法則の故に。

†

悩んだ末、俊輔と聞多は、

「日本にかえる」

ことを決心した。藩主や家老へじかに攘夷の無理を説き、この無謀なふるまいを一日もはやく中止させようとしたのだった。

「それはいけない」

と言ったのは、下宿のあるじであり、英語や数学の師でもあるウィリアムソン教授だった。

「ロンドンに来てまだ半年ではないか、伊藤君、井上君。君たちは勉強をつづけるべきだ」

実際のところ、それは安全の点からも適切きわまる助言だった。いまの長州藩は攘夷の興奮でみちみちているだろう、ぐらぐらと沸騰する大鍋のようなものだろう。そんなところへ洋装のままとびこんで「攘夷はやめろ」などと言ったところで氷片をほうりこむほどの効果もない上に、かえって氷自身がとけてしまう。つまり俊輔も聞多も、

「いのちの保証は、ありません」

「もとより承知の上です。教授」

聞多はそう胸をはった。俊輔も死を覚悟している。われながら、どうかんがえても、

(分のわるい選択じゃが)

もともとは、聞多はひとりで帰国するつもりだったらしい。

たとえ俊輔をつれていっても俊輔は正式な藩士ではなく、要路の人間をじかに説く資格はない。ただ殺されに行くようなものなのだ。そんな目に遭わせるよりは、

「俊輔よ、おぬしはロンドンに腰をすえろ。英語をまなび、法律をまなび、やがてきっと来るであろう次の時代にそれを生かすことを念じるんじゃ。おぬしの留学はおぬしだけのものではない。死んだ来原良蔵さんのものでもある」

聞多はさんざん俊輔を説得したのだが、しかしこのとき俊輔の頭には、

(一国の宰相になる)

あの幼時からののぞみが稲妻のように明滅していた。自分は学者や技術者になりたいのではない。為政者になりたいのだ。とすれば、むしろ興廃の瀬戸際こそ勉強の場であり、飛躍の機会であるはずだろう。来原良蔵も生前は、

「宰相か。なれるものならなってみろ」

大いに励ましてくれていたのだから、事ここに至っては、

「帰国するほうが来原先生の遺志にかなうんじゃ、聞多。誰にも文句は言わせんぞ」

結局、聞多は俊輔におしきられた。

そうしてウィリアムソン教授は、俊輔と聞多におしきられた。元治(げんじ)元年(一八六四)

三月、ふたりはロンドンを出航し、三か月後、横浜に着いた。もはや水夫の労働をすることはなかったし、下痢になやまされることもなかった。ただ暴風雨で船そのものが沈没しそうになっただけだった。

のこりの三人は、その後もロンドンで勉強をつづけた。

遠藤謹助はロンドン到着二年半後の慶応二年（一八六六）に、山尾庸三と野村弥吉はさらにあとの明治初年に、それぞれようやく日本の土をふんだ。

三人とも、幕府崩壊後の明治政府のすぐれた技術官僚となった。遠藤謹助は大蔵省造幣局長となって近代的な貨幣制度や銀行制度をととのえたし、山尾庸三は工部省を設置して殖産興業の指揮者となった。例のきかん気のつよい野村弥吉にいたっては、井上勝と改名して鉄道頭となり（のち鉄道庁長官）、逢坂山トンネルを開通させるなど一生のあいだ日本中の鉄道敷設にたずさわり、後世、

「鉄道の父」

と呼ばれることになった。長州藩は、留学生に金をかけたかいがあった。

4

横浜へ着くと、事態はますます深刻になっている。

俊輔と聞多はさっそくイギリス領事館にかけこんで、領事ガワーをおとずれた。ガワーはふたりが密出国するときにも大いに力を貸してくれた人だが、今回もまず俊輔たちの船旅のつかれをねぎらう間もなく、ざっくばらんに、

「わが国、アメリカ、フランスおよびオランダ四か国は、すでに連名で幕府に対して警告を発しています。外国船が馬関海峡を自由に通行できることを二十日のうちに保障しなければ、四か国はすみやかに連合艦隊を派遣して長州藩への報復を開始するであろうとね」

破局寸前ではないか。俊輔と聞多は、くちぐちに返答した。

「軍事行動は待ってくれ」

「われわれふたりが死力をつくして藩の態度をあらためさせる」

「きっとあらためさせるから」

ガワーはうなずいて、

「お気持ちはわかります。公使に相談したらいかが」

と、その日のうちにイギリス公使ラザフォード・オールコックに会う手はずをととのえてくれた。

オールコックは本来ならば、こんなところ（横浜の領事館）にいるはずがない。とっくのむかしに品川御殿山に新築した広い公使館へと引っ越しているはずだった。が、何しろ一年半前、どこぞの不逞のやからどもが普請中の公使館に火をつけてしまったため、いまのところは不本意ながらもこの横浜を根城にしている。

（その放火犯が、ほかならぬ俺たちじゃと知られたら……）

（ああ、俊輔。その瞬間に談判は破裂じゃな）

俊輔と聞多はそんなふうに目くばせしつつ、この五十歳をすぎた円熟期の外交官へ、

「しばらく猶予をくれ。ぜったいに藩を説得してみせる」

おなじようにうったえた。さいわいにも、ふたりは親英的と見られたのだろう、オールコックはしぶい笑いを見せて、

「わかった。他の三か国と相談の上、十二日間の猶予をさしあげよう」

「十二日間？」

俊輔がおどろいたふりをして、

「それはあまりにみじかすぎる。ご覧のとおり、われわれは洋服すがた、散髪すがたじゃ。これでは陸路の旅はいろいろ支障も生じるだろう故、長州へたどり着くだけでも三

十日はかかると見てもらわなければ」

と言ったのは、もちろん旅の困難を主張したのではない。軍事行動の猶予期間をさらに延長させようとしたのだった。オールコックはその手には乗らない。にやっと笑って、

「わが国の軍艦をお貸ししよう。おふたりを藩まで送りとどけてさしあげる」

「それはこまる。そんなことをされたら敵国の手先だと思われてしまう。説得がいっそう困難になる」

「ならば藩内ではなく、藩外の島で下船してはどうか。豊後国の姫島あたりなら長州にちかく、適当だと思われるが」

「……わかった」

俊輔は、負けた。このへんのところ、七つの海を支配する大英帝国の百戦錬磨の外交官は、

(ひとすじなわでは行かんのう)

俊輔は、むしろ感心してしまっている。

ロンドンで『種の起源』に接したとき痛感させられた強者の論理はやはりここにもうかがわれるけれど、それはそれとして現場のやりとりは機知と情報の一本勝負。或る意味とてもわかりやすく、公平でもあるやりかただった。日本の武家社会における交渉事が、たいていの場合、交渉というより上から下への一方的な示威と通告の連続にすぎず、それにもかかわらず――あるいはそれ故に――むやみやたらと儀礼や慣例や裏取引にこ

だわることをかんがえると、この一事だけでも、

（開国は、正しかった）

もっとも、あとで聞いたところによれば、このときオールコックは俊輔たちの藩の説得にほとんど何の期待もしていなかったという。期待どころか、俊輔も聞多もほぼまちがいなく、

「帰藩したら、首を斬られる」

と見ていた。斬られればそれがまた軍事行動を起こす口実になるだろう。大英帝国のわかりやすくも公平な外交の場は、同時にまた、冷徹な現実認識の場でもあった。

†

俊輔と聞多は、姫島で軍艦をおりた。

姫島からは漁船をやとって瀬戸内側から本州に上陸し、陸路、山口に入った。

山口というのは、どちらかというと山陽にちかい内陸の盆地の街であり、この前年、藩庁は萩からこの地にうつっていた。いうなれば俊輔たちは、このあたらしい、

「ご城下」

に到着したわけだった。

山口では、竪小路（たてこうじ）の豪商・万代屋利七（ばんだいやりしち）の家に滞在することにした。筆をとり、紙をひ

ろげ、帰朝報告の手紙をさらさらと書いて藩庁へとどけにやってしまうと、

「さて」

俊輔はごろっとあおむけに寝ころんで、

「どうしたら、重役連にお目通りがかなうかのう」

天井へつぶやいた。

聞多なら、こんな思案は必要ない。もともと藩主の小姓だった聞多にとっては、むしろ目通りがかなうほうが当たり前なのだ。しかし俊輔はちがう。百姓あがりの、しかも藩士の手付にすぎない。じかに藩庁をうごかしたいなら一細工も二細工もする必要がある。この身分制度という高いぶあつい塗り壁を、

(どうしたら、打ち破れるか)

この思案は、ほどなく無駄になった。重役のほうが相次いで万代屋をたずねてきたからだ。それも、

直目付・毛利登人

参政・山田宇右衛門

蔵元役・波多野金吾(のちの広沢真臣)

世子側近・渡辺内蔵太

というような平時ならば爪のあかを煎じて飲むこともできないような面々だった。これにはさすがの俊輔も、

（夢のようじゃ）

茫然自失としてしまう。

もっとも、すぐに意識をとりもどした。逆に言うなら、長州藩はそれほど切羽つまっているということではないか。いくら洋行がえりとはいえ、いくら聞多の同行者とはいえ、俊輔ごときの意見をわざわざ向こうのほうから聞きに来るのだから危機意識はそうとう深いと見るべきだった。

とりわけ深いのは、直目付・毛利登人のようだった。この人は、戦国時代の西国の雄・毛利元就の九男である小早川秀包をはじまりとする、

「吉敷毛利」

と呼ばれる藩主一門の末家の出。六百余石どりの門閥士族の嫡子ながら、俊輔と聞多が血まなこになってロンドンでの見聞を語るのへ、

「なるほど」

とか、

「そういう見かたをするものか。外国人は」

とか、しばしば熱心にひざをたたいた。毛利登人はもともとかなりの攘夷派のはずだが、その彼でさえこの謹聴ぶり、

（説得の余地はある）

俊輔は、かすかな光明を見る思いがした。やっぱり本音では、この人たちも、

(四か国艦隊との決戦は避けたいんじゃ)

そこで俊輔が、思いきって、

「貴殿は直目付の要職にあられる。ぜひとも藩公にわれわれふたりの復命を聞いていただけるよう取り計らってもらいたい。伝言ではなく、じかに拝謁した上で」

と申し出ると、毛利登人はよほど骨身にしみたらしく、

「わかった。相努める」

翌日、聞多ひとりが藩庁に召された。

聞多ひとりが藩主親子に拝謁した。俊輔はむなしく万代屋での待機を命じられたが、しかしこのとき聞多が藩主親子の面前でいろいろと俊輔のことも引きあいに出してくれたため、さらに次の日には、

「井上聞多、伊藤俊輔。ふたりとも御前にまかり出るように」

という命をたまわった。

俊輔は、とうとう藩主親子へじかに意見を述べる機会を得たのだ。

あくまでも臨時の措置であり、非公式の接見ではあるけれども、

(この俺が、宰相の仕事を)

うれしくも何ともなかった。というか、うれしさを感じる余裕がなかった。

この時期、山口のあたらしい城はまだ完成していない。

藩主親子が起居しているのは、ないし藩の重役があつまって政務をとっているのは、

ただの御茶屋（参勤交代時の宿泊所）に手を入れた小さな建物にすぎなかった。

当然、接見用の広間もあまり広いものではない。俊輔はその広間のいちばん下座でぎこちなく平伏しつつ、しかし思いのほか近いところで息づいている藩主親子へ、

「この戦争は、負けます」

はっきりと、ことばで告げた。

「わが藩には万にひとつも勝ち目はありません。おそれながら御前には、すみやかに攘夷方針を撤回し、そのことを欧米四か国に通告し、もって喫緊の問題の解決をはかるのが最善の策かと愚考します。なるほど屈辱の選択ではありましょうが、しかし戦って敗れる屈辱にくらべればはるかにまし。巨額の賠償金をうばわれるばかりか、事によったらご領土の割譲までも要求されますぞ」

返答なし。

俊輔はなおもたたみを見つめたまま、

「しかし私が申し上げたいのは、単なる今日明日の問題ではありません。百年の大計についてであります。わが藩はこれから大いに通商をさかんにし、外国や横浜へどんどん人を派遣して、積極的に海外の文明をとりいれる努力をすべきなのです。とりわけ軍備においてしかり」

かすかな衣ずれ（きぬ）の音がした。どうやら藩主が身をうごかしたらしいが、それ以上のことはわからない。あらかじめ差し出しておいた世界地図を手に取りでもしているのだろ

うか。俊輔はもう、のどがからからだったけれど、

「わが藩が軍備を充実させ、三百諸侯がその跡をふむことをすれば、おのずから皇国日本そのものの威光が世界中を照らすことにもなりましょう。これこそが真の尊王、真の攘夷にほかなりませぬ。おそれながら御前には、区々たる藩利藩略ではなく、もっと日本全州をおかんがえになるのが肝要かと存じまする」

遠慮なく言いきった。藩主の反応は異様だった。

「うむ」

小さなうなり声をあげ、かすかにため息をついて……それっきりだったのだ。

肯定とも取れる。否定とも取れる。俊輔はつい顔をあげた。藩主・毛利敬親も、そのとなりの世子・元徳(もとのり)（当時は定広(さだひろ)）も、どちらも真摯(しんし)な目でじっと俊輔を見おろしているが、それ以上の感情はうかがえない。ただ真摯なだけの顔つきだった。少なくともイギリス公使の、

（オールコックなら）

俊輔は、反射的にかんがえた。あの青い目の外交官なら、こういう場合、ただちに肯定か否定の返事をあたえるだろう。即答が無理ならそう言うだろう。どっちにしろ明快なことばの出る幕になるはずだった。

しかし藩主親子には、おそらく人間の美徳のすべての要素があるのだろう、すべての教養があるのだろう。ただひとつ、ことばだけが存在しなかった。いくら待っても降っ

てこなかった。

「うむ」

もういちど藩主がうなったのを機に、そばで控えていた家老・浦靫負が、

「ご苦労だった」

おもおもしく言った。俊輔は、

「ははっ」

もういちど平伏してから、聞多とともに退出した。これが宰相の仕事だった。

翌日、つまり六月二十七日、藩政府は正式な御前会議をひらいた。

会議には藩主親子はもちろんのこと、要路の家臣がことごとく陪列した。家老・宍戸備前、浦靫負、清水清太郎。蔵元役・波多野金吾。所帯方・村田次郎三郎（のちの大津唯雪）、その他その他。直目付の毛利登人も出席したし、高杉晋作の実父・小忠太も、世子定広の奥番頭という立場で出席した。

とにかく可能なかぎりの大会議だった。さすがに公式のものだから俊輔は召集されなかったけれど、俊輔はむしろ、

（聞多が、召された）

そのことに胸がおどった。

（俺たちの意見に耳を貸さん気なら、わざわざ聞多を呼び出しはしないじゃろう。藩公はやはり攘夷の藩論を撤回するおつもりなのでは）

このことが、俊輔のこころに油断を生んだ。

またぞろ例の虫が起こった。俊輔はその日、夕暮れまで万代屋にとじこもって聞多のかえりを待ったのだが、待てども待てども聞多はあらわれない。

「ええい。どこぞで勝利の美酒にでも酔いしれとるんじゃ」

ひとり決めして、ぶらりと色町へ出かけてしまった。帰国してから、まだいちども女を抱いていなかった。

今出屋という建ったばかりの妓楼で酒を飲み、佐穂という田舎くさい名の女をたっぷりと責めて一息つくと、時刻はもう四ツ半（午後十一時）をすぎている。

「いかん」

いくら何でも聞多はもう万代屋にいるだろう。やきもきしながら俊輔のかえりを待っているだろう。俊輔は袴に足を入れ、羽織をはおり、夜道へばたばたと駆けだした。

月が、出ている。

道の左側には寺があるが、その寺の屋根瓦の数すら指でかぞえられるくらい明るすぎる夜だった。寺の塀が切れたところで、横からふいに、
ぽい。

手鞠のようなものが投げこまれた。俊輔はそれを手ではたき落とし、なおも数歩駆けてからふりかえった。路上でめらめらと炎をあげはじめたものがある。提灯だった。

「伊藤俊輔、じゃな」

　という声とともに、路地から武士がひとり湧いた。月あかりで顔がくっきりと見える。目がほそく、片方の耳がつぶれている。

「いかにも伊藤じゃ。おぬしは？」

「峰坂半次郎。この山口で馬指をつとめておる」

　馬指というのは宿駅で人馬の継ぎ立てを管理する足軽級の職名だが、もとよりそんな男にこんな夜ふけに呼びとめられる理由はない。どうせ職名も姓名も、

（うそっぱちじゃ）

　と思いつつ、

「その馬指が、何の用じゃ」

「馬指にも国を憂うる心はある。売国奴を斬る」

「売国奴？」

「おのれのことだ。伊藤俊輔」

　相手は刀のつかに手をかけ、いまにも抜こうと身がまえて、

「藩の要人をたぶらかし、いままた藩公親子をたぶらかして藩そのものを毛唐どもに売り渡そうとする獅子身中の虫。夷人の間者」

「目をさませ、峰坂とやら」

　と、俊輔の人のよさは、この期におよんでもまだ相手をことばで説得しようとするところにあった。

「おぬしは外国を見たことがないから仕方ないんじゃ。ええか、いまの日本と諸外国は、おぬしが思うよりもはるかに力の差が大きいんじゃ。大人と子供以上なんじゃ。攘夷のこころざしはよくわかるが、暴挙はいかん。いまは落ちついて……」

「言うなっ」

さけぶやいなや、きらっと抜き、上段から打ちおろした。

(自業自得じゃ)

せまりくる白刃を見つめながら、俊輔はぼんやりと思った。危険だから外出はするな、ことに夜には出歩くなと毛利登人からも万代屋利七からもさんざん念を押されていたというのに、どうやら自分という人間は、

(ふぐりだけ、べつの生きものらしい)

がっ。

飴色の鉄粉がとびちった。

俊輔が刀を抜き、かろうじて頭上で受けとめたのだ。

受けとめたが、相手の刃はなおじりじりと俊輔のひたいに近づいてくる。すさまじい膂力だった。俊輔は耐えられず、がっくりと腰が落ちてしまった。

腰は、地上一寸の位置にかろうじて浮いている。両ひざが外側にひらいたため、ちょうど野糞をするような恰好になってしまった。われながら戦えるような姿勢ではない。

「観念しろ、伊藤俊輔」

相手がいっそう力をこめ、かすかに笑った。その瞬間、俊輔はむしろ自分のなかの、

（海に落ちる）

記憶のほうに戦慄した。上海からロンドンへ行くときに乗りこんだあの小さな帆船ペガサス号。甲板からちょいと突き出した横木。それの上での排泄行為は、毎度毎度、血の気がひくほどおそろしかった。

その思い出が、ひとりでに俊輔の体を動かした。

まるで雨蛙がぴょんと跳びあがるように前に跳び、そのいきおいで相手の刀を押し返した。意外な反撃に相手はよろめきながら後じさりする。そこへ俊輔が、猛然とつめよって、

「わあっ」

相手の腹を蹴った。相手は一間半もふっとんだあげく、どさっと尻もちをついた。

（斬れる）

俊輔は刀をふりあげたが、同時に、

（斬らん）

あの塙次郎のおびえた顔がかすかに脳裡をよぎって消えた。もう人をあやめて寝ざめのわるい思いをするのはごめんだった。馬指だか何だか知らないが、こんな男でも生きていれば誰かの支えになるだろう。俊輔は刀をおさめ、きびすを返し、

「達者でおれっ」

いっさんに駆けだした。

追ってくるかと思ってうしろを向いたが、相手はまだおなじ場所にいた。藍紙(あいがみ)のように薄あかるい闇のなか、尻に小さな火をくっつけて、

「水、水」

蚤(のみ)のように跳ねまわっている。どうやら尻もちをついたちょうどその場に、さっきの提灯がころがっていたらしい。俊輔は、もう二度とふりかえらなかった。

†

あとで聞いたことだが。

この日の御前会議は、はじめから議論が百出したという。

午前、昼、午後、夕方。なんと五刻(十時間)以上ついやしても決着がつかなかった。すっかり日も暮れてから、配膳(はいぜん)役がまかり出て、

「御前の夕食のご用意がととのいましたが」

おずおず申し出たのをしおに一同ようやく退出したという。聞多はこの長時間のあいだ、勝利の美酒どころの話ではない、米のひとつぶすら口にしなかったのだ。

結論は、二日後に出た。

六月二十九日、毛利登人が万代屋にあらわれ、

「藩公の命である」

と前置きしてから、以下のように通告した。

「井上聞多、伊藤俊輔。そこもとらが身命をなげうち国家の将来を憂慮する精神はまことに嘆賞に値する。しかしながら、いかんせん全国人心の向かうところは攘夷にあり、いまさら中止することは甚大な混乱をまねくであろう。そこもとらの意見を容れる余地なし。以上」

俊輔は、呆然とした。

もはや決定をくつがえすことはできない。ふたりは完全にやぶれ去ったのだ。

聞多が唇をかんで、

「防長二州が、焦土になる」

つぶやいた。俊輔はたたみの上にひっくり返って、

「日本が、ほろびる」

両手で顔をおおってしまう。

†

藩主は、虫がいい。

いまさら開国論には転じられぬ、このまま攘夷をつらぬきとおすと俊輔たちに申し渡

したわずか三日後、またしても毛利登人を万代屋につかわしてきて、

「イギリスと交渉せよ」

と命じたのだ。

俊輔は、目をしばたたいた。聞多と顔を見あわせてから、

「はあ?」

「あ、いや」

と、さすがの毛利登人も今回ばかりは手の甲でひたいの汗をぬぐいぬぐい、

「つまり、こういうことなのじゃ。イギリスを中心とする四か国艦隊のわが藩への軍事行動は、これを三か月間、自重してくれるよう相手方と……」

「ぼけたれっ」

と周防なまりでどなったのは、聞多のほうだった。

「ご自分が何を言っているか理解しておられるのか、直目付殿。最初に外国船を砲撃したのはこっちなんですぞ。その上で、こっちは攘夷を継続するからお前らは矛をおさめろなどと言えというのか。どこの誰がうんと言うか」

「わしではない。藩公の命なのじゃ」

と、毛利登人は目を八の字に垂らして、

「おぬしらがイギリスの軍艦で横浜を出てから、ちょうど十二日。藩内説得の期間はきょうで終わりじゃ。おぬしらはどっちにしろ、あしたには再度イギリス人のところへ談

判に出ねばならん身じゃろうて。出るなら、のう、言い出すだけは言い出してくれ」

　それまでだまっていた俊輔が、

「三か月間ともなると、文書が必要になりますな」

　腕を組み、やや冷静に口をひらいた。毛利登人は、

「書類？」

「藩公のお名前の入った正式な願状をわたすのです。いくら何でも、口約束を交わしましょうでは話を聞いてすらもらえん」

「それは無理じゃ、俊輔。わかっとるじゃろう。藩庁には夷狄どもへ時候の挨拶ひとつするのも有史以来の屈辱とかんがえる連中がおおぜいいるのじゃ。ましてや願状など」

「お山の大将には外交はできません」

「ともかく、な。たのむ。聞多、俊輔」

　翌日。俊輔と聞多は山口を発し、三田尻から船に乗って姫島に向かった。姫島の沖にはイギリス軍艦バロッサ号が停泊している。半月前ふたりを横浜から送りとどけた軍艦が、そのまま待機していたのだった。

　船尾ちかくの艦長室へまねき入れられるや、俊輔と聞多は、かわるがわる藩の申し入れを伝えた。艦長のダウエル大佐は、

「三か月か」

　いかにも海軍の軍人らしい日焼けした顔をしかめると、万年筆の尻でこつこつ机をた

たいて、

「虫のいい話だな」

「私もそう思います」

とは、まさか言うわけにもいかない。俊輔はデスクに両手をつき、ぐっと身をのりだして、

「そこを何とか」

「書類はないのか？　こういう場合は、貴藩領主が公式に書類を発するのが国際的な常識だが」

（言わんことじゃない）

俊輔は言葉につまったが、ここは横に立っていた聞多が機転をきかして、

「しからば、いま私たちが口頭で述べたことを、これから文書にしたためましょう」

「これから？」

「はい。藩主じきじきの署名をつけることはもちろん、京からの勅令の謄本も添えて横浜の貴国大使へ送付することにします。もともと長州藩の攘夷実行はあくまでも単独行動にあらず、朝廷の命によっておこなったものでありますので」

（うまい）

俊輔は内心で手を打った。勅命の謄本など、いまの政治情況では手に入れるのには三か月どころか三年以上もかかるだろう。相手の行動をひきのばす恰好の口実になり得る

のだ。

もっともこれは、六年前の幕府とまったくおなじ態度だった。幕府はアメリカ総領事ハリスを相手に日米修好通商条約をむすんださい、勅許を得るという名目のもと、ずるずるべったり結論を先おくりした。

あのときは日本中の有志がそれを悲憤して、決断力がないとか、因循姑息だとか、天皇を私に利用する気だなどと言ったものだが、長州藩ではほかならぬ松下村塾の連中がもっとも声高にそれをやることで――事あるごとに朝廷をもちだすことで――注目され、いきおいを増し、こんにちの政局上の地歩をかためている。

(徳川さんを責められるかのう。俺たちが)

俊輔がふと皮肉な思いにとらわれたとき、がたんと大きな音がした。ダウエルが椅子から立ちあがったのだ。

立つと、おっそろしく背が高い。天井から俊輔たちを見おろすような感じになる。怒りで顔をまっ赤にして、こめかみをふるわせながら、しかし口では譲歩した。

「そういう問題について意見を述べる権限を、私はあたえられていない」

「でしょうな」

聞多がにこにこ答えると、ダウエルは乱暴にすわりなおし、顔の横で手をふって、

「貴藩のしたいようにするがいい」

俊輔と聞多はひとまず安堵しつつ下艦したが、しかし翌日、やっぱりダウエルは軍艦

を姫島から離れさせ、横浜方面に向かったという。きっとオールコック公使のところへ行ったのにちがいないが、まさかこっちの延長申請をそのまま取り次ぐはずはないから、復命の内容はやはり、

「長州藩には、敵対方針をあらためる意志なし」

というものになるだろう。なれば四か国艦隊による長州砲撃も現実化する。もちろん三か月以内にだ。

(どだい、無理な話だったんじゃ)

俊輔は、呪わしい気分になった。この世では自分と聞多だけが被害者だ、そんな妄想にさえとらわれた。

そのくせ山口に帰れば、ふたりだけが藩への加害者だと見なされた。血気にはやる藩士たちはふたりを毛唐の手下、売国奴などともはや政事堂内でも公然とののしったし、彼らのなかには、ふたりをいつまでも斬首に処さぬ藩庁政府こそ腰ぬけであるなどと攻撃の矛先を変える輩もあらわれるしまつだった。聞多などはこらえかねて、

「事ここに至っては、武士の面目が立たん。いさぎよく自決する」

往来のまんなかで立ったまま白い腹をあらわにしたほどだったが、俊輔はうしろから抱きついて、

「やめろ、聞多。望みは捨てるもんとちがう」

「この情況のいったいどこに望みがある言うんじゃ、俊輔?」

「いや、それは俺にもわからんが」

「わからん？　わからんのにおめおめ生きながらえろ言うんか？」

「うん、まあ、そのとおり」

「お前はつくづく楽天的にできとるのう」

聞多は、毒気を抜かれたらしい。あきれ顔をしつつ、しぶしぶ脇差を鞘におさめ、袷のえりをもとどおりにした。

(俺は、楽天家か)

俊輔はわからない。自分では意識したことがない。このときはただ、

(早まるのは、来原先生だけでええ)

そのことしか頭になかった。

もっとも、さすがに藩主父子は気にしてくれたのだろう。数日後、またしても毛利登人を万代屋につかわして、

「これほど人心の激昂がはなはだしくては、そこもとらの身の上にどういう災禍がふりかかるやもしれぬ。ふたたびイギリスに渡航して海軍の講究をつづけたらどうか」

という破格の提案をさせたのだが、俊輔も聞多もかぶりをふって、

「この非常時のさなか、身の安全のために君国をはなれるなど、われわれのなし得るところにあらず」

さらに数日後、ふたりに藩命が伝えられた。井上聞多はこのまま藩内にとどまって、

藩公および上層部の人物のご下問にそなえよ。

「俺は？」

俊輔がおのれの鼻を指さすと、伝達役の家老・清水清太郎は厳粛きわまる顔になって、

「藩外へ出よ」

「藩外のどこへ？」

「京へ」

清水清太郎は、今生のわかれだ、という顔をした。

「京に入れ」

†

京。

には、いま長州藩士はほとんどいない。

前年（文久三年）の朝廷内のクーデター、いわゆる八月十八日の政変によって、藩主ぐるみ追放されたからだった。京にのこることを許されたのは河原町の藩邸で事務をおこなうほんのわずかの邸吏のみ、それも幕府・京都守護職の厳重な監視下に置かれて夜間の出入りもままならぬありさまだった。

それ以前には、長州藩ほど京でのしている勢力はなかった。

何しろ京の人々は、上は公卿から下はお店者にいたるまで、外国人を——見たこともないくせに——ことさらきらう風があったし、そうして長州藩は日本でただひとつ、攘夷を実行した藩だったからだ（薩摩藩が鹿児島湾でイギリス軍艦と交戦したいわゆる薩英戦争はもう少しあとのこと）。長州の連中もそのへんをよく心得ていて、

「攘夷はみかど（孝明天皇）のご尊意である。わが藩公はそれを実行する勇がある。ほかの諸侯にはなし」

などと上級下級の公家たちへさかんに吹きこんだものだから、朝廷内では一大長州閥が形成され、廟議における発言力がいや増しに増した。逆に、幕府や諸大名は劣勢に立った。京都政界の政権与党は、まぎれもなく長州藩だったのだ。

庶民のあいだでも、人気は高まるいっぽうだった。けだものくさい紅毛人をやっつけてくれた頼りがいのあるお武家様という評価はもちろんながら、それ以上に、

「毛利はんとこは、えろう景気がええさかい」

お大尽だという評価のほうがものを言った。防長二州から来た者は、老いも若きも、石取りも陪臣も、人心掌握のためと称しては藩邸から公費をひっぱり出して祇園や先斗町へと夜ごと繰り出し、じゃんじゃん浪費したのだった。

俊輔も、このうまみを大いに吸ったひとりだった。

藩命を口実にしてさかんに京にのぼっては、酒色にふけった。祇園の料亭・魚品で梅路という舞妓と出会ったのも、このころのことだった。

梅路は、それまでの女とはまったくちがっていた。俊輔は三たび逢瀬をかさねても抱かなかった、というか抱けなかった。恋の手管を知らぬいなか者とさげすまれるのをおそれたのだ。俊輔には絶えてないことだった。

(今夜こそ)

四度目にようやく決心したが、その夜は、われながら滑稽にも、

「なあ、梅路よ」

「はいぃ?」

「俺はなあ、じつは正式な藩士ではないんじゃ」

頭をかきかき告白した。梅路は小首をかしげて、

「はあ」

「それでも、その、まくらを交わしてくれるじゃろうか」

梅路は、雪洞がともるようにほほえんで、

「俊輔はんは俊輔はん。それで構しまへんえ」

あとはもう、天にも昇るここちだった。

梅路の肌はつきたての餅のようにあたたかく、やわらかく、そのくせ芯にはずみがあった。犯しているが犯していない、熱烈だけれど静謐な、ふしぎな惑乱のひとときだった。

事が終わるや、俊輔は女の上につっぷした。ゆたかな乳房に顔をうずめ、そのまま寝

入ってしまった。宝船の夢を見た。どういうわけか蒸気船だった。

目ざめると、梅路もすうすう寝息を立てている。が、

「梅路」

と呼びかけると、女はきゅうに顔をしかめ、身をよじって、

「うーん……」

俊輔はあわてた。しらずしらず乱暴にあつかってしまったと思ったのだ。そうではなかった。梅路は目をとじたまま、歓喜のうめきをもらしていた。寝ているあいだも梅路のなかに入りっぱなしだった俊輔のそれが、またしても、入ったまま屹立をはじめていたのだった。

このときが、長州藩の絶頂だった。

転落のきっかけは、

「大和行幸」

を計画したことだった。桂小五郎、久坂玄瑞、益田右衛門介などという俊輔もよく知っている指導者たちが、過激な中納言・三条実美を抱きこんで孝明天皇の内諾を取り、こんな発令をさせたのだった。

「みかどは、きたる八月二十七日より、大和国へ行幸する。神武天皇陵へご参拝になり、春日大社へもご参拝になり、そのまましばらく逗留せられる」

むろん、単なる神だのみの旅ではない。ほんとうの意図は、攘夷実行をさらに進めた、

「攘夷親征」

にあった。何もしない幕府にかわって天皇みずから号令し、みずから発輦し、錦の御旗をひるがえして外国人をうちはらう。そうして神代以来のきよらかな日本をまもりぬく。大和行幸はその手はじめの示威行為であり、なおかつ実際の軍備の第一歩でもあった。事実上の遷都。いくら何でもやりすぎだった。

ただし長州の敗因は、計画それ自体にあるのではなかった。誰かがうっかり、調子に乗って、

「討幕」

と口をすべらせ、孝明天皇の不信を買ったことにあった。天皇としては幕府に対して討つほどの罪をみとめているわけではないし、何より江戸には妹の和宮がいる。

——内親王は、どうなるのじゃ。

孝明天皇は、そう声をふるわせただろう。この十八歳の皇妹は、前年二月、第十四代将軍・徳川家茂に降嫁している。いまは江戸城の大奥で、

「御台所様」

と呼ばれて畏敬されている大樹夫人にほかならないのだ。それを討つとは何事だろう。

この不信に、反長州派がごっそり乗じた。

おなじ外様の大身でありながら最大の政敵である薩摩藩。幕府の京都守護職として禁裏の治安維持につとめる会津藩。それに公家では三条実美の跳梁をよろこばぬ中川宮朝

彦親王や前関白・近衛忠煕といったところの面々がひそかに御所へ参集し、天皇の前で密議をこらし、とうとう、

「長州人の参入を禁ず」

つまり朝廷からの締め出しを決議したのだ。

この急報が河原町の長州藩邸にとどくや、藩邸からは家老・益田右衛門介がただちに藩兵をひきいて出発した。支藩の藩主まで連れて出た。そうして御所南側の堺町御門――ついきのうまで長州藩が警備を担当していた――に押し寄せ、ずらっと銃隊をならべながら、

「開門させよ。参内つかまつる」

しかし御所の内外はすでに会津、薩摩等の武装兵でかためられているし、堺町御門もあらたに京都所司代の手勢（このときは淀藩兵）によって警護されている。はげしい押し問答があったけれども、結局、朝廷から堂上家の柳原光愛が使者として派遣されるにおよんで、長州側の益田右衛門介は、

「帰国の上、攘夷の先鋒たらん」

という内容の書を呈し、そのまま三条実美ら攘夷派の公家七人とともに長州に落ちた。長州人は、京都から排除されたのだ。

このクーデターの勃発したのが八月十八日。大和行幸の出発予定日のわずか九日前のことだった。桂小五郎も久坂玄瑞もこの政敵のうごきにはまったく気づかなかったとい

うから、やはりどこか慢心があったのだろう。

その京へ、

「行け」

という命令を、つまり俊輔は下されたことになる。

†

出立の前夜。

万代屋の奥の座敷で、俊輔と聞多は、さしむかいに正座している。

ふたりの前にはそれぞれ黒うるし塗りの膳がすえられていて、その上にひとつずつ、素焼きの徳利とさかずきが置かれている。聞多は自分の徳利をとって、

「注ごう、俊輔」

しめやかな手つきで前へ出した。俊輔はさかずきに受ける。こんどは俊輔が徳利をとり、聞多のさかずきを透明な液体であふれさせた。

「さらばじゃ、俊輔」

聞多はいっきに飲みほして、口のはしを手の甲でぬぐった。

ふたりのあいだには、鉄の燭台にさした百目蠟燭が一本あるだけ。小さな炎がゆれるたび、彫りの深い聞多の顔がすさまじく黒い影をひるがえした。

俊輔は、飲まない。

さかずきを鼻先へちかづけて顔をしかめたかと思うと、かたんと膳にもどしてしまった。聞多はこわい顔になって、

「何をしとる」

「よそう、聞多」

俊輔はどさっと尻もちをつき、足を前へ投げだして、

「縁起でもない。水さかずきなんぞ」

「何を言うか。俺たちはもうこの世では会えんのじゃぞ」

十中八九、聞多の言うとおりだった。

聞多はあしたからも山口にとどまるのだから身の危険はいまさら言うまでもない。矯激な同僚にいつ斬られてもおかしくないだろう。しかし聞多よりもいっそう死ぬ確率の高いのは、俊輔のほうだった。俊輔は、わざわざ京のみやこへ殺されに行くようなものだった。

その原因をつくったのは、おさななじみの吉田栄太郎だった。

子供のころから俊輔はこの男とすもうを取ったり木にのぼったりして遊んだ上、おなじ寺子屋へかよいだした。成績はいつも栄太郎が一番で俊輔が二番だったけれど、栄太郎はそんな競争相手へも、

「自分はいっぺん読んだら不要だから」

などとうそぶいては気前よく本をくれたりした。ふたりはほんとうに仲がよかったのだ。

その吉田栄太郎と、七年前、ひさしぶりに会ったときはうれしかった。俊輔がはじめて松下村塾に行ったところ、師の松陰が、どういう魔術をつかったのか、俊輔の目の前へにわかに栄太郎を呼び寄せてくれたのだ。以後、ときどき江戸の藩邸などで顔を合わせると、ふたりは相変わらず、

「栄太郎」

「利助」

おさないころの名のままで呼びあっていた。利助が俊輔になったように、栄太郎のほうも長じては吉田稔麿を名乗っているというのにだ。実際、二十歳をすぎても、栄太郎はどこか子供っぽい感じがした。下のまぶたがぷっくりと団栗のようにふくらんでいたからかもしれない。

栄太郎は、ほかの松下村塾出身者とおなじく、攘夷派の志士になった。

八月十八日の政変で長州勢が京から一掃されたあとは、一種の間者のはたらきをした。しきりと京へもぐりこんでは失地回復のための秘密工作をかさねたのだ。

要するに、テロの準備だった。

中川宮朝彦親王、一橋慶喜、松平容保などという反長州派の巨魁どもを一夜のうちに暗殺して京の街のあちこちに火をはなち、混乱に乗じて御所から孝明天皇をひっさらう。

はるばる萩へ連れ去ってしまう。そんな途方もない計画を実現するため、栄太郎は他藩出身の同士としばしば秘密の会合をもっていたのだ。

その密会のうちの最大のものは、ことしの六月、三条小橋（さんじょうこばし）のたもとの、

「池田屋（いけだや）」

という旅館でおこなわれたものだった。熊本藩軍学師範・宮部鼎蔵（みやべていぞう）とか、土佐脱藩・北添佶摩（きたぞえきつま）とかいう大物をふくむ約三十名の志士たちへ栄太郎自身が声をかけ、呼びあつめ、座長格となって会議をすすめた。計画はこまかいところまで煮つまって、あとは実行の段どりをつけるのみになっていた。

が。

この密会のあることは、幕吏のほうにも察知されていた。それも、二百五十年の徳川時代でも最強無双の警察組織というべき、

「新選組（しんせんぐみ）」

の連中にだ。厳密には幕府の直属ではなく、会津藩御預（おあずかり）という位置づけだが、ともあれこの連中のために尊攘派の志士がこれまで何人、いや何百人検挙されたかは数えるのも面倒になるほどだった。

その新選組が、池田屋にふみこんだのだ。栄太郎は立ちあがって抜刀し、

「一死、奮迅せん」

たちまち乱戦になった。屋内屋外を問うことなく、双方ともに白刃をひらめかせた。

当初、相手方には、局長・近藤勇をはじめとする数人の隊士しかおらず、人数の上では圧倒的に有利だったが、何しろ不意をつかれた上に剣技の質がちがいすぎる。北添佶摩は斬り殺され、宮部鼎蔵は全身に傷を受けて階段の下で屠腹した。

栄太郎も、肩を斬られた。

さいわい浅手だったため、血路をひらいて池田屋を脱出し、河原町の長州藩邸に向かった。走れば二、三分のところだった。門番に急を報じて、

「援兵をたのむ。援兵を」

あわただしく言うと、手槍をとり、きびすを返し、また池田屋へもどろうとした。しかし二、三歩ふみだしたところで立ちどまり、ふりかえって、

「利助はおらんか」

しずんだ声でたずねたという。門番はたまたま俊輔の旧名を知らなかったから、

「どこの藩のです？」

「どこもここもあるか。……ああ、そうか、あいつの名前は、いまは伊藤俊輔じゃ」

門番はようやくわかったという顔をしたが、声をひそめて、

「ご存じのはずでしょう。あの人はご洋行中です」

「え？」

「内密の藩命により、イギリスに」

「あ、……そうか。そうじゃったな」

栄太郎はひどくさびしそうな顔をすると、しかしふたたび駆けだして、御池通を南へわたったという。

わたったところには、加賀藩の藩邸がある。ここの門のところで栄太郎は行く手をはばまれた。七百名の会津藩兵にとりかこまれたのだ。池田屋での事件勃発の知らせを聞いて、彼らもまた、長州藩邸を管制すべく急行していたのだった。

一対七百。

栄太郎は、なますのように斬りきざまれた。血まみれの死体は翌朝まで放置され、祇園祭の宵宮の準備のために出てきた市民をびっくりさせたという。この事件により、長州藩ではほかに一名が殺され、数名が生け捕りにされた。池田屋にあつめてあった槍、具足、短筒、火薬等はことごとく没収され、壮大な計画は水泡に帰した。

国もとは、逆上した。

久坂玄瑞、来島又兵衛、それに久留米出身の神官・真木和泉というような強硬派の連中はもちろんのこと、益田右衛門介、福原越後、国司信濃というような三家老までもが、

「兵をひきいて、京にのぼるべし」

と主張して、しかもそれを実行にうつした。彼らは千六百の兵とともに東上して、三隊にわかれ、伏見、山崎、嵯峨という京都の周辺地域に屯集した。

要するに、京を包囲した。おもてむきは藩主の免罪を嘆願し、あわせて攘夷を国是とすることを嘆願するのが目的だったが、実際は戦争のためだった。不倶戴天の敵である

薩摩藩や会津藩をむりやり御所から駆逐して、ふたたび政界の主導権をにぎろうという魂胆だったのだ。

俊輔の任務は、そこにあった。

山口の政事堂が俊輔にあたえた藩命は、この血の気の多すぎる連中を、

「説得しろ」

ということだった。ロンドンで得た新知識でもって彼らに攘夷の無謀を説き、すみやかに撤兵するよう説き聞かせよ。まちがっても京のみやこを戦火にさらしてはならない。誰がどう見ても決死の任務にほかならなかった。

俊輔や聞多のような立場の人間にとっては、いまや新選組や会津藩兵などよりも自藩の藩士のほうがはるかに戦慄すべき対象だった。その戦慄すべき連中がちりぢりと神経をとがらせつつ、いまかいまかとかがり火を焚いて開戦を待っているところへ散髪すがたで単身のこのこ飛びこんで、頭をひやせと言えというのだ。蛾が火に入るような行為ではないか。

「だから、さらばじゃ」

と、聞多は言った。そうして膳のふちに手を置いて、

「今宵は永訣の宵じゃぞ、俊輔よ。俺はおぬしの葬式をする。おぬしは俺の葬式をする。はよう、はよう、そのさかずきの水を飲め」

俊輔はしかし、足を前に投げ出したまま、

「葬式は、やっぱり死んでからするもんじゃ」

かぶりをふった。聞多はいっそう声をあらげ、

「またそんな生ぬるいことを。未練じゃぞ」

「おぬしこそ、見きりが早すぎるんじゃ。前々から思うとったが、聞多、おぬしは天稟のもちぬしじゃ。理解が人よりもはるかに速く、はるかに機転のはたらきがいい。だからこそイギリスに行ったときには、横浜を出るや、早くも上海のみなとで攘夷思想ときれいさっぱり縁を切って開国論へきりかわるいう離れわざもできたわけじゃが、それだけに思案にねばりが足りんのが惜しいところじゃ。何かと言うとすぐに腹を切るとか、水さかずきとか」

「お前のかんがえが甘すぎるだけじゃ」

「そうではない。事態はどうなるか誰にもわからん言うとるだけじゃ。好転するかもしれんじゃないか」

「それが甘いっちゅうんじゃ、俊輔」

「何ごとも、あきらめたらそこで終わり。終わらんうちは終わっとらんのじゃ」

「もうえぇ」

聞多はこれ以上ないほど顔をゆがめ、自分のさかずきに自分の徳利で水をそそいだ。

そうして膳の横をまわり、俊輔の横で片ひざをついて、

「さあ飲め。飲んで俗念を絶て」

さかずきを俊輔の口におしつけようとした。

が、やおら立ちあがって、

「それは何じゃ、俊輔っ！」

さかずきをほうり投げ、俊輔の股間をゆびさした。

俊輔の着物のすそは割れ、下帯はむきだしになっている。その下帯の一部が、こんもりと健やかなふくらみを見せていた。

「あ、いや」

俊輔は腿を閉じ、そこを両手でかくしたが、聞多は怒りで顔をまっ赤にして、

「さてはおぬし、梅路のことを思うとったなっ」

「その、まあ……」

俊輔は、口ごもった。やっぱり顔をまっ赤にしているが、これは聞多とは別の感情によるのだった。

「恥を知れ、この女狂い。いったい何をしに京へ行くつもりなのか。泉下の吉田稔麿が何と言うか」

と聞多はたたみかけたが、その顔は、もはや怒りを通りこしてあきれている。俊輔がしゅんとして、われながら言い訳がましい口ぶりで、

「見のがしてくれい、聞多よ。英雄色をこのむという言葉もある」

「……ぼけたれ」

聞多はつぶやいて自分の席にもどった。と、とつぜん大きく手をたたき、障子の外へ、

「おうい！　水はもう飽きた。酒じゃ。酒と肴（さかな）をもってきてくれ。それに火皿も。びっしり敷きつめて部屋を昼のようにあかるくするんじゃ」

と命じてから、あらためて俊輔のほうへ、

「お前ののぞみは、これなんじゃろ？」

俊輔はみるみる目をかがやかせて、

「おう！」

「おぬしを相手にまじめに生死を論じても、こっちがばかを見るだけじゃ。今夜は飲む。骨の髄まで酒を浸（し）ませる。おくれを取るなよ、俊輔」

「そっちこそ。聞多」

　翌朝未明、俊輔は万代屋を出た。

　京での仕事は急を要する。一刻もはやく到着するべく四人かきの早駕籠（はやかご）を使うよう藩からは命じられていたのだが、何しろ早駕籠というものは速度最優先、乗りごこちは二の次だから上下にはずむ、左右にゆれる。はげしく傾きをくりかえす。

「うっ。うおっ」

　猛烈な二日酔いの俊輔にはたまったものではなかった。胃ぶくろは裏返って口からあふれ出そうだし、頭はまるで砲弾を三つもぶちこまれたようにがんがん鳴った。鳴りつづけた。

「やっぱり、水にしとくんじゃったのう」

俊輔は、なみだ目になりながら、目の前に垂れたひもに両手でひしとしがみついた。

†

早駕籠は、備前国岡山に着いたところで停止した。

「どうした？」

俊輔は、首を出した。出発から三日目のことなので、声には張りがもどっている。前をかつぐ人足のひとりが、当惑したように、

「往来に、人が」

俊輔は駕籠から下り、前方を見た。なるほど、ふだんなら東海道よりもはるかに人通りが少ないはずの中国路（山陽道）が、いまは道幅いっぱい人、人、人で埋まっている。四人かきの駕籠がとおりぬけるのは困難なようだった。

俊輔は人足に命じ、どうしたわけかを聞きに行かせた。もどってきて言うには、

「毛利様の軍勢が、もうすぐこの道へ来るらしいでえ。みんなそれを一目みようと、いまから待っとるらしいでえ」

（わが藩の、藩兵が）

俊輔は、身をかたくした。それならこの人だかりもわかる気がした。ここ数年、長州

藩の行動は、どんな些細なことでもいちいち西国大名とその領民の関心のまととなっているからだ。俊輔は、

「して、その軍勢はどこから来るのだ？」

「みやこから」

（ほら見ろ、聞多）

俊輔はよろこんで手を打ち、

「お前たち、ここで仕事は終わりじゃ」

「えっ」

人足どもが、いちように目をまるくした。俊輔は、

「俺もな、じつは毛利様の家中なんじゃ。藩務で京へ向かっておったが、どうやら仕事はふいになったらしい。ここで兵どもを待ち受けることにするわい」

言いながら、しだいに顔がほころびるのが自分でもわかった。三家老も、久坂さんも、来島さんも、みんなみんな冷静に、

（正しい判断をしたんじゃ）

おそらく彼ら自身が反省したか、もしくは敵方との話しあいが或る程度まとまったかだろう。それで長州側はおとなしく陣を解き、帰国することにしたのだ。

空駕籠が飛ぶように行ってしまうと、俊輔は、やじうまにまぎれた。

昼がすぎ、陽がかたむいても、俊輔はめしも食わずに待ちつづけた。ようやく夕暮れ

になって群集がひとり、またひとりと興ざめ顔で家路につきはじめたとき、

「来たでえ」

誰かがさけんだ。とたんに混雑がわらわらと左右にわかれ、はしっこに寄る。ぽっかりと道のまんなかがひらけたところへ、全員おなじ陣笠をかぶった兵士の列がゆっくりと進み入ってきた。陣笠には、見なれた毛利家の一文字三つ星の家紋が描かれている。硝煙のにおいがただよってきた。

「ああ」

俊輔は、つい顔を覆ってしまった。

それほど彼らのなりは悲惨だった。どいつもこいつも塵にまみれ、黒い血がこびりついている。具足が割れているのもいた。刀が折れて半分しか鞘におさまらぬ者もあった。いや、その程度ならましだった。なかには農夫が土をはこぶのに使う藁あみの畚におしこめられて運搬されている重傷者もあれば、兄弟なのだろう、顔がそっくりの死体をおぶって歩いている若者もあった。隊列というより、ほとんど葬列にひとしかった。

（やってしまった）

こうなると、俊輔の行動ははやい。人ごみを縫うように歩きつつ、列中に馬上の人をさがした。

いた。ささっと駆け寄って、相手を見あげ、ささやくように、

「伊藤俊輔、家中の者です」

馬上の人は、益田右衛門介だった。このたびの上洛を決めた三家老のうちのひとりであり、ふだんなら俊輔ごときが道ばたで声をかけられる相手ではないけれど、いまはそんな悠長なことを言っている場合ではない。

「伊藤俊輔です。松下村塾出身」

と念を押すと、相手はようやく思い出したという顔をして、

「ああ。そなたか」

「ただいま沿道で拝見しておりましたが、京のみやこで何があったか、あらまし了解いたしました。戦端をひらき、そして敗れた。まちがいないですな？」

ずけずけと言った。益田右衛門介はぴくりとも表情をうごかさず、ただ意味もなく馬へぺたっと鞭をくれて、

「お前も、国もとに帰るのか？」

「はい。ご一緒つかまつります。詳細をお聞かせください」

馬上の家老は反射的に、

「蛤御門が……」

と言いかけたが、思いなおしたのだろう。顔をゆがめて、

「みちみち聞くがよい。誰にでも」

ゆらりと手をふり、列の前後を示した。まだ三十代の男なのに、その声は、ほとんど老爺のそれだった。

†

伏見、山崎、嵯峨とわかれて京の街をとりかこんだ長州兵のうち、もっとも禁裏にせまったのは、嵯峨・天龍寺を出た八百人だった。

御所の敷地は、北を上にして見ると、縦長の長方形のかたちをしている。その左辺つまり西側の塀には全九門のうち四門がずらっと設けられているのだが、それらには、北からそれぞれ、

乾

中立売

蛤

下立売

という名がついている。八百人の長州勢は、途中ふた手にわかれたりもしたが、結局は合流して北から三番目の蛤御門へと殺到したのだった。この事件が、のちに、

「蛤御門の変（禁門の変）」

と呼ばれるのはこのためだった。幕府開祖・徳川家康が豊臣家をほろぼした大坂夏の

陣以来、約二百五十年ぶりに勃発した大藩どうしの軍事衝突のはじまりだった。

当初のうちは、長州のほうが圧倒的に優勢だった。

蛤御門のとびらをやぶって御所内へなだれこむと、待っていたのは会津・桑名の両藩兵だった。しかし彼らは人数も少なかったし、またはじめての実戦で狼狽もして、しばしば味方を撃ったりした。長州勢にも混乱はむろんあったが、何しろそれを指揮する、「鬼来島」

と呼ばれた来島又兵衛という遊撃隊長があっぱれな猛将、たくみに指示を出しつづけたのだった。

来島又兵衛、このとき四十八歳。

俊輔とは父子ほども年がはなれているが、藩内ではなまじっかな若者がおよびもつかぬほど過激な攘夷家で、しかも若いころから馬術に長じていた。或るとき、萩の東郊・松本川にかかる松本橋が洪水に遭い、わずかな橋板しか残らなかった。人はともかく、馬がとおれば橋板がめりめり割れ落ちるだろう。その橋を、

「誰ぞ、馬でわたる者はないか」

たまたま通りかかった藩主が言うと、扈従のなにがしという者が、われこそとばかり一気にかけぬけた。みなが喝采した。が、ひとり来島又兵衛のみは、

「何の。その程度」

とうそぶくと、橋のまんなかまで馬をすすめて竿立ちになり、そのまま馬首をめぐら

して元の場所へもどった。人々はさらにおどろいたという。

　しかし馬の操縦以上に、又兵衛は、兵卒の操縦がたくみだった。長州藩がはじめて馬関海峡で外国船を砲撃したときには参謀として、

「大砲方、もっと下がれっ。手すきの者は鬨をあげよっ」

　諸隊を統御し、みごと作戦を成功にみちびいた。政治的にいいか悪いかは別として、軍事的には攘夷の実をあげたのだ。

　こういう強烈な軍事的才能のもちぬしでありながら、しかし又兵衛はひとたび藩邸にひきこもれば財政をしっかりと管理し、運用できる能吏でもあった。俊輔も江戸藩邸に出入りしていたころ、ときどき金をねだりに行ったけれど、三度に二度は、

「いかん。もっと槍の稽古をしてからじゃ」

　とか、

「またぞろ品川あたりで白粉くさいのを抱くつもりじゃろう。魂胆は知れとるわ」

　とか、にべもなく突っぱねられた。そのものの言いよう、その全身から発する霜烈の気、思想傾向はまったくちがうが、

（来原良蔵先生みたいじゃのう）

　実際、ふたりは親友だったらしく、桂小五郎をまじえて三人で議論しだすと明け方まで已まなかったという。俊輔にとっては、けむたいと同時に心のあたたまる、ふしぎな感じの先達だった。

その来島又兵衛が、いまや戦場にいた。まっさきに蛤御門の門内へ突入して、

「進めや。奮えや。目の前にあるのは会津兵にあらず、桑名兵にあらず、忌むべき君側の奸なるぞ。進めや」

馬上で金の采配をひるがえして麾下の兵をはげました。俊輔はその光景が目に見えるようだった。隊将みずから被弾をおそれず下知すれば、兵卒どもはいよいよ剽悍になる。ならざるを得ない。長州勢は突進した。門内の守備兵はあたかも将棋の駒のように次々とたおれた。圧勝にちかい勝利だった。

この勝利が、そのまま長州の敗因になった。

　このとき門外の長州勢は、東西にほそながい隊列をつくっていた。すんなり門を通過するための準備だった。そこへ北から薩摩兵がつっこんできたのだ。彼らはもともと最北の乾御門を警護していたのだが、主戦場は蛤御門と見て、ためらわず南下してきたのだった。長州勢の隊列は、まるで一本の箸のように折れた。

　さらに不運だったことに、このとき薩摩兵のなかには川路利良という、天性の群集心理学者というべき切れ者がいた（維新後は内務省大警視、近代警察制度の確立者）。この川路利良が、到着するや、戦況をずばりと見ぬいて、

「あの馬上の将を撃ってしまえ。のこりは烏合の衆と化す」

　指図してまわった。これが門内の会津兵へつたわった。それでなくても会津兵は援軍を得ていきおいづいている。長州勢をおしかえしている。狙撃隊はむりにでも馬上の金

の采配のもちぬしをねらい、撃ちに撃った。

「ぐおっ」

来島又兵衛は馬から落ち、もみあいのなかで死体となった。

これで流れが完全に変わった。長州勢はたちまち総くずれとなり、西へと潰走しはじめた。有能すぎる将をもった組織の悲劇だった。薩摩兵や会津兵はもはや深追いしなかった。する必要がなかった。この軍事的勝利がほどなくさらに大きな政治的勝利をもたらすことは、一兵卒にもわかっていたからだった。

長州兵は、ほかにも二隊あったはずだった。

あらかじめ京を包囲していた伏見、山崎の分隊もいっせいに市中へなだれこむはずだった。しかしどちらも、とうとう蛤御門には間に合わなかった。

伏見からの七百名は市中どころか、そのはるか手前の藤森の地で大垣藩兵にくいとめられたし、山崎からの百余名にいたっては——益田右衛門介はこの隊をひきいていたが——御所南面の堺町御門につめかけたものの遅れ馳せもはなはだしかった。警衛担当の福井藩兵はもちろん、すでに蛤御門で来島隊を撃退した薩会桑の大軍にもとりかこまれ、ほぼ全滅の憂き目を見た。

この百余名のなかには、松下村塾出の俊秀がまとめて入っていた。

俊輔にとって、いちばん身近な先輩たちが。

†

国へかえるや、俊輔はひとり山口をはなれ、萩に向かった。

高杉晋作をたずねるためだった。晋作はこの四か月前、藩主父子の命にそむいて京へもぐりこんだ罪によって野山獄に投じられたが、いまは出獄をゆるされ、菊屋横町（きくやよこちょう）の父の家でしずかに謹慎の日をかさねている。

俊輔が、

「高杉さん」

庭からそっと声をかけたとき、高杉はちょうど読書中だった。うすぐらい三畳半の部屋のまんなかで端然とすわり、書見台の本をにらみおろしながら、

「来るな。謹慎中である」

「わかりました。さらば」

言いつつ、俊輔はかまわず上がりこんだ。部屋のいちばん奥、いちばん暗いところに正座する。高杉はやはり本へ目を落としたまま、声をひそめて、

「聞かせてくれ、俊輔。京でのことを」

さっき来るなと言ったのは、近所の耳をはばかったのだった。俊輔はうなずき、ひととおりのことを話した。岡山からの帰途、兵卒たちに聞いた報告をまとめたものだった。

高杉は、

「そうか」

いつのまにか、目をとじている。ことごとく初耳だったらしく、長い頬がぴくぴくと筋をうねらせている。俊輔はさらに語を継いだ。

「戦火が原因なのでしょう、市中も火につつまれたそうです。御所の南を中心に、西は二条城、東は鴨川にいたるまで、そうとうひろい範囲の寺社や長屋が……」

「それで？」

目をとじたまま、晋作がさえぎった。俊輔は、

「え？」

「それで久坂は、どうなった？」

俊輔、返事せず。

口をつぐんで、じっと高杉の横顔を見つめるのみ。

（むりもない）

と俊輔は思った。いくら高杉がすぐれて大局的な判断力のもちぬしでも、やはり友達の生死は気がかりなのだ。ましてやその友達が、

（久坂さんなら、のう）

高杉と久坂は、むかしから「松門の双璧」とうたわれたふたりだった。学問、声望ともに頭抜けていたし、またそれだけに師・松陰に愛されることも格別だった。高杉にと

って久坂玄瑞という男は、単なる友達という以上の同志であり、好敵手であり、心理的には双子のかたわれのような存在だったのにちがいない。

俊輔は、口をひらかない。高杉がおそろしく低い声で、

「言え」

俊輔はしぶしぶ、

「……ご自害を、と」

久坂玄瑞をはじめとする百余名の軍勢は、ようやく堺町御門に到着したものの、門はすでに福井藩兵にかためられているし、蛤御門のほうからは薩会桑の軍勢もどんどんつめかけてくる。彼我の人数の差はあまりにも大きかった。久坂は最後の手段とばかり、手近な公卿・鷹司政通の屋敷にとびこんだ。籠城戦を開始したのだ。

焼け石に水だった。ためしに門をひらいて打って出たら一斉砲撃をあび、久坂自身が腿に被弾するありさまだった。久坂はすべてをあきらめた。いっしょに兵を指揮していた寺島忠三郎、これはやはり松下村塾出身の二十二歳の若者だったが、この寺島とともにお局口へひっこんで、おもむろに腹を切ったのだった。享年二十五。

「お局口か」

「はい」

「……そうか」

高杉は、うめきを洩らした。お局口とは、貴族の屋敷における女房や侍女たちの居住

区への出入口のこと。久坂もかねて非業の死は覚悟していたに相違ないが、まさかそんなところで死ぬとは、

（夢にも思わんかったじゃろうな）

俊輔は久坂の意を思いやり、高杉の意を思いやった。高杉はかっと目をひらき、

「だから、俺は反対したんじゃ！」

立ちあがった。まるで目の前に久坂その人がいるかのように、激しい口調で、

「京で事を起こしたら日本中が長州の敵になる。いまは耐えて機会を待つ時期じゃ、臥薪嘗胆の時期じゃと俺はあれほど言うたではないか。どうしてわからんかったか、義助（久坂の名）。お前はばかじゃ。大ばかじゃ」

なじりつづけた。俊輔はすわったまま、だまって聞くほかなかった。

高杉は、ヨーロッパを体験していない。

だから俊輔や井上聞多のように開国論者として吹っ切れているわけでは決してない。けれども俊輔たちよりも前に上海へは藩命で行ったことがあるから欧米列強の軍事力、文明力の強大さはつくづく肌でわかっているし、それだけに無謀な攘夷を無謀と見る目はそなえている。俊輔の目には、これが高杉と久坂のあいだの決定的な差だった。

久坂だけではない。松下村塾の門下生では、ほかにも寺島忠三郎、入江九一というような前途有望の若者たちが咲かせなくてもいい死に花を咲かせてしまった。それが武士というものなのか。それが松陰の教育だったのか。俊輔は、何かひどく理不尽なものを

感じた。

「桂さんは？」

高杉は、ふいに俊輔を見おろした。

俊輔は目をしばたたいて、

「え？　久坂さん？」

「その話はもう終わったわい。俺はいま、桂小五郎さんの話をしとるんじゃ。お前もむかしはあの人の手付だったじゃろう。あの人も、たしか京におったはず」

「はあ、まあ……」

俊輔は、言いよどんだ。高杉は俊輔の前にひざをつき、俊輔の肩をがしっとつかんで、

「あの人はどうした。生きとるんじゃろ？　戦場にはおらなんだじゃろ？」

「わかりません」

「わからん？」

高杉がけげんな顔をする。俊輔は、知るかぎりを説明した。

桂小五郎は、一年前の八月十八日のクーデターで長州人が京から追い出されたあとも、基本的には河原町の藩邸にとどまった。留守居役として邸内の事務をとりまとめつつ、ほそぼそと公式の対外折衝をつづけて藩の再起をはかったのだ。

いうなれば駐京領事館の領事のような立場だった。当然、武力行使には最初から反対だったし、その点では高杉晋作とも意見がまったく一致した。しかし池田屋事件以降、

真木和泉、来島又兵衛、久坂玄瑞というような連中がどんどん決戦の準備をすすめてしまった勢いはどうしようもなく、とうとうこんにちの惨禍を見るに至った。

自分は、こんな暴挙をみとめていない。

だから自分は関係ない。桂小五郎は、そんな無責任なことが言えるような男ではなかった。もはや覚悟を決めたのだろう、蛤御門や堺町御門の戦場では、わずかの手勢をつれて仲間をはげまし、戦況をうかがう彼のすがたを、

「見ました」

何人もの雑兵が、のちに俊輔にそう報告した。はたしてそうなら、

「残念ながら、まず討ち死にされたものと」

俊輔は、わざとひややかに言った。高杉によけいな期待をさせたくなかったのだ。が、高杉はなお、

「桂さんを見取った者は？」

「ありません」

「死体を見た者は？」

「ありません」

「なら、わからんじゃないか。血路をひらいて落ちのびたということもあり得る」

「さあ、それは」

俊輔は、小首をかしげた。かりに運よく逃げられたとしても、桂はいまだ国もとには

来ていないのだから洛中にとどまったと見るしかないだろう。そうして洛中にとどまれば、会津藩や京都所司代による苛烈な残党狩りにひっかかる可能性がきわめて高いし、何より京には、

「新選組がいます。あの地下活動のうまい吉田栄太郎をさえ摘発した、敵ながら有能この上ない連中です。やつらの目をのがれるのは、さしもの桂さんも……」

「たしかに池田屋のときには、吉田栄太郎は斬り殺された。しかし桂さんは間一髪のところで現場には居合わせず、藩邸でそしらぬ顔をすることができた。あの人は悪運のもちぬしじゃ。地獄でほとけを見る人じゃ。な、そうじゃろ、俊輔？」

と、高杉はなかば助けを求めるような目になる。俊輔は、

「めずらしいですね、高杉さんにしては。あきらめがわるい」

「当たり前じゃ。あきらめられるか」

高杉は立ちあがり、そわそわと部屋をあるきまわって、

「松陰先生をうしない、久坂をうしない、この上さらに桂さんまで亡くしたら俺はひとりぼっちになる。ひとりで藩をささえねばならん」

俊輔はむっとして立ちあがり、高杉の前をふさいだ。高杉は気づかず、ひたいとひたいが正面からぶつかる。ゴッという、砲弾どうしが衝突したような鈍い音がせまい部屋にひびきわたった。

「うおっ」

高杉は二、三歩さがり、片ひざをついて、

「どういう気だ、俊輔」

「だいじょうぶです」

「何？」

俊輔は、胸をそらして高杉を見おろし、

「かりに桂さんが死んだとしても、この長州藩には……」

と言いかけてから、

「いや、ちがう。この日本には、伊藤俊輔がいます」

高杉は一瞬、ぽかんとした顔をした。

が、すぐに立ちあがり、俊輔におもいっきり頭突きを食らわした。双方のひたいがまたしてもゴッと衝突する。こんどは俊輔がどさっと尻もちをついてしまった。

「百年はやい」

高杉は俊輔を見おろして、笑みを見せ、

「楽天家であることは貴様の大きな長所じゃが、ちと度がすぎるな」

俊輔はひたいを手でさすりつつ、唇をかんで、高杉をにらみあげている。

5

長州は、内戦にやぶれた。

そして外征が来た。元治元年(一八六四)八月四日、京における蛤御門の変のわずか半月後、イギリス、フランス、オランダ、アメリカの四か国艦隊がとうとう馬関海峡にあらわれたのだ。大小あわせて十七隻という大艦隊だった。

来るべくして来た。

としか言いようのない戦いだったが、ただしこの艦隊は、すぐには砲撃を開始しなかった。いったん長州の対岸・豊前国の、海峡の玄関口、「田野浦」のみなとに停泊した。休憩ではない。停泊そのものが前もって意図された重要な作戦行動にほかならなかった。

そもそも馬関海峡というのは北東から南西へ、あたかも斜線をひきおろしたように貫きとおる海の一本道であり、その西側が本州、東側が九州になる(逆ではない)。海の道幅はせまいところで約七百メートル、これは淀川や利根川の河口よりもせまい。当然、潮のながれは速くなるのだった。

しかも一日に二度もながれの向きが変わるため、ここで海戦をおこなう者は、古来、それに乗ることを第一にかんがえなければならなかった。約七百年前の元暦二年（一一八五）、このおなじ海域で、

「壇ノ浦の戦い」

と呼ばれる源氏と平氏という武家の二大勢力のあいだの戦闘がおこなわれ、両軍あわせて一千三百艘あまりの船がいりみだれたあげく、最後には潮流にきらわれた平氏のほうが滅亡したという中世戦史上の画期的な事件の概要は、もちろん七百年後の四か国艦隊総司令官A・L・クーパー中将（イギリス軍籍）のあらかじめ学び知るところだった。

その海峡へ、艦隊は、北東から侵入しようとしている。

田野浦のみなとで待機しつつ、水面をじっとにらんでいる。ようやく海流が西向き、つまり彼らにとっての順流になったとき、クーパー中将は、旗艦ユリアラス号の艦員に、

「旗をあげろ」

と命令した。マストにたかだかと戦闘旗がひるがえり、ほぼ全艦がつぎつぎと出航した。彼らの標的はただ長州のみ。豊前には何のうらみも興味もなかった。したがって全艦、右舷のほうの砲兵だけが火薬や榴弾の準備をすすめることになる。

いっぽう、長州のまもり。

この日のために、陸上の長州藩もずいぶん前から準備していた。海岸にずらりと砲台

をきずき、兵を配備し、おこたりなく調練をくりかえしたのだ。海岸ぞいの地点のうち、特に砲と兵力を集中させたのは、

前田(まえだ)

壇ノ浦

の二か所だった。どちらももっとも幅のせまい海にのぞむため、いざ実戦となった場合はきわめて激しい砲弾の撃ちあいが展開されると予想したのだ。

この予想は、図にあたった。

四か国艦隊のうちの第一分隊、英艦ターター号、仏艦デュプレックス号、蘭艦メタレン・クルイス号、および英艦バロッサ号の四隻はするすると潮に乗って壇ノ浦砲台にちかづくや、砲門をひらき、轟音(ごうおん)とともに砲撃を開始したのだ。

その正確さは長州人の、あるいは日本人のまったく体験したことのないものだった。八番砲手・福田直右衛門(ふくだなおえもん)のごときは、二十四ポンド砲の照準をさだめ、弾込めを終わり、いままさに火門に点火しようとしたところへ砲弾を腹にぶつけられるしまつで、もちろん即死。左右の砲手も空気圧でかるがる二間ほど吹っ飛ばされたという。

がしかし長州側には、こんなときにも、

「ひるむな。撃てっ。撃てえっ」

兵たちを叱咤(しった)してまわった男がいる。

松下村塾出身の奇兵隊軍監・山県狂介だった。

明治以後は有朋と名乗り、参議、陸軍卿、枢密院議長など国家の要職を歴任することになるこの男も、このときは単なる二十七歳の一部隊長にすぎない。実戦経験もごくわずかで、前年五月におなじ馬関海峡でアメリカ商船やフランス軍艦をとつぜん砲撃した、いわゆる、

「攘夷実行」

の二、三度があるのみ。とても最高の指揮官とは呼べなかった。

とはいえ山県狂介という男、兵士たちのやる気を引き出す手管ははじめから群を抜いていた。このたびの四か国艦隊の来襲にあたっても、いよいよ決戦まぢかという夜、四斗樽をひらき、ざぶんと大びしゃくを突っ込んでひとりひとりに飲ませてから、

「肴は、なし！」

若者らしい、凜々たる声で告げた。

「さいわいにも、毛唐どもの軍艦がこれから十八隻も来るという（この時点では十八隻という情報だった）。これ絶好の肴ではないか、なあ！」

三百人の兵たちは鬨の声をあげ、地をふみならしたという。

そんな前景気のせいもあったのだろう。壇ノ浦砲台における山県の麾下三百名はよくうごき、しかも持ち場をはなれなかった。砲弾もわりあい当たった。直接の敵である軍艦四隻はみな何かしらの損傷をこうむったし、しかも水兵に死者三名、負傷者十五名を出した。予想以上の健闘だった。

が。

いかんせん、装備の差はどうしようもなかった。

敵艦の大砲のほうが射程距離がはるかにながく、また正確性でもまさっていた。しょせん長州側の大砲はことごとく青銅製、先込め式、つるつるの鉄球をうちだすだけの旧式砲だったのに対し、敵艦の大砲はほとんどが鋼鉄製、元込め式、うちだす弾丸そのものの内部に大量の炸薬を充塡してある威力抜群の榴弾を使用するものだった。ヨーロッパでの大砲開発の歴史にかんがみれば、おそらく二世紀のちがいがあっただろう。

「撃てっ。撃てえっ」

と山県狂介がいくら絶叫したところで、敵の榴弾がひとつ着弾するたびに土がはねあがり、背後の田んぼから稲がはねあがり、それといっしょに人間の手足がくるくる回転するありさまではどうしようもなかった。奇兵隊の健闘はむなしかった。

三時間後、壇ノ浦砲台に配備された十四門はすべて沈黙を余儀なくされた。遠距離砲で破壊されたものが大部分だったが、なかには連射のしすぎで自壊したものもあった。

敵艦は日没とともに砲撃をやめ、休憩に入ったが、おそらく日没があと少しおそかったら山県は落命していただろう。

壇ノ浦は、まだいい。

長州側のもうひとつの主力、壇ノ浦の東方の前田砲台にいたっては、二十門あまりの大砲がぜんぶ沈黙したばかりか、敵兵の上陸をさえゆるしてしまった。あまりの猛攻撃にこらえきれず、奇兵隊総督・赤根武人は兵をまとめて背後の山へ撤退したのだ。

無人となった海岸の上を、外国兵はわがもの顔で歩きまわった。

彼らは英艦パーサス号、蘭艦メデューサ号から端艇で派遣された陸戦隊の連中だったが、置きのこされた長州の大砲をあるいは破壊し、あるいは火門に釘をほどこしたりしたあげく、さっさと端艇に乗りこんで自艦にもどり、日没をむかえた。前田砲台はたった一日で無力化したのだ。

翌朝。

この海域にただよう朝もやは、煤のように黒かったという。

前日の戦闘で生じた蒸気機関の排煙や、硝煙や、土ぼこりや、血しぶきやが去らなかったためだろう。朝日がのぼり、もやが晴れるや、すぐさま壇ノ浦では砲撃戦が再開された。

「ええぞ、ええぞ!」

山県狂介はぴょんぴょん跳躍してよろこんだ。砲弾がおもしろいように命中したからだ。何しろ四隻の敵艦のうち、英艦ターター号と仏艦デュプレックス号はあまりに無防備なすがたをさらしていた。手をのばせば届きそうなところに浮かびつつ、しかも陸へ尻を向けていたのだ。

「夷人めら、夜のあいだに潮流の逆転に遭うたんじゃ。みなの者、これぞ天佑なり。これぞ聖寵なり。いまこそ源平合戦の源氏となって名を永遠に青史にとどめるのじゃ！」

奇兵隊。

というのはそもそも高杉晋作の発案によって馬関防御のために結成された新設の軍事組織だが、しかし何ぶん深刻な人材不足のさなかに生まれたため雑卒や農民の割合がひじょうに高く、ときには不品行のゆえに——男色だろう——寺をたたき出された僧侶すらまじっているほどの馬の骨のあつまりだったから、

「青史に名をとどめる」

などという身分のたしかな者にしかあり得ない特権を目の前にぶらさげられると、

「おう！」

彼らは疲れもかえりみず、猛烈なはたらきぶりを見せはじめた。酒や女や金穀をぶらさげるよりもはるかに効果覿面だった。彼らは大砲を連射しつつ、果敢にも、ばしゃばしゃと腰のたかさの海にまで出て小銃を撃った。銃弾にたおれる者も多かったが、誰ひとり背中を見せなかった。

こうなれば、もはや敵艦のほうも小細工の余地はない。むりやり上陸するほかに手段はない。四隻はぐんぐん海岸へちかづきつつ横を向き、艦砲射撃を開始した。と同時に、甲板上へも水兵をのぼらせ、小銃でもって応射させた。ぱらぱらという豆をまいたような音が山々にこだました。

こうして壇ノ浦の海と陸のあいだには、近代戦の常識からすれば冗談でしかあり得な

いような超接近戦が実現した。両軍ともに死者が続出したことは言うまでもない。あたりは火薬のにおいが芬々とただよったが、ほどなく血の焦げるにおいに取って代わられた。目が痛むほどの刺激臭だった。

結局、艦隊側が勝利した。

さすがの山県狂介もとうとう兵をおさめ、海岸をはなれることを余儀なくされた。背後の山にひっこんで陣容をたてなおしつつ、

「やつらの上陸を待つ」

「上陸したら、どうするのです？」

「海岸へふたたび駆けおりる。刀をぬいて斬りまくる」

山県はそう言って兵たちを納得させたけれども、それが愚かな作戦であることは誰よりも山県自身がよく知っていた。彼らは敗北したのだった。

これ以前から、艦隊側は少しずつ上陸の準備をはじめている。

というより、占領の準備をはじめている。イギリス兵一千四百名、フランス兵三百名、オランダ兵二百五十名、それにアメリカ兵若干という巨大歩兵団がそれぞれの艦から端艇をおろし、じゅうぶんな援護射撃を背後から受けつつ、前田砲台のそばの広やかな砂浜に舟をつけた。砂浜はたちまち外国製の軍靴の足あとでいっぱいになった。

林間からの応射はほとんどなかった。やがて壇ノ浦砲台のほうにもイギリス兵が上陸したが、彼らは砲座の破壊などの仕事をひととおり終えるや、すわりこんで昼めしを食

いはじめ、しかも食後に、

「暑い」

という理由でたっぷり二時間も休憩した。それほどの余裕があったのだ。

外国兵は、こうして沿岸部をすべておさえた。

あとの目標はひとつしかない。馬関の街の攻略だ。

馬関。

陸上においては山陽道と山陰道をひとつにむすび、水上においては日本海と瀬戸内海をむすぶ国内随一の要衝。ふるくから港町として名を知られたのはもちろんだが、徳川時代に入り、いわゆる西廻り航路が確立すると、この街はたちまち西国一の商都となり、あらゆる物資の集散地となった。大坂をのぞけば日本一の規模だったろう。

何しろ問屋が四百軒も軒をならべた。芸妓や女郎は百人を超えた。みなとを出たり入ったりする船の数はもはや誰もかぞえられなかった。

こういう街に、藩がはやくから目をつけたことは言うまでもない。

港内を浚渫して出船入船の安全をはかり、伊崎の地をうめたてて米取引の市場をもうけ、それればかりか藩みずからが商売に手をそめさえした。

「新地会所」

と呼ばれたその藩役所では、貸倉庫業がいとなまれ、商品斡旋業がいとなまれ、あまつさえ金融業までいとなまれた。藩が公然と金貸しをしたのだ。もちろん萩城下から派遣された役人にはそんな生き馬の目を抜くような実務の感覚はまったくないから、頭取は現地の民間人から起用した。藩営の営利企業だった。

長州藩は、金もちだった。

はやくから洋式の武器を購入したり、京のみやこで金をばらまいて、

「毛利はんとこは、えろう景気がええさかい」

という評判を得たり、あるいは有為の若者五人をイギリスへ留学させたりという大支出につぐ大支出にどうにか耐えた。軍事的にも政治的にもほぼ破綻したこの藩がそれでも経済的には破綻しなかったのは、まったくのところ、この馬関の地によるところが大きいのだった。

その馬関が、いまや軍事占領されようとしている。

藩にとっては千両箱をうしなうような一大事だった。いや、占領ならまだましだった。それ以上におそろしいのは、戦火のために街いちめんが焦土と化すことだった。

万が一そんなことになったら、話は長州にとどまらない。箱館、佐渡、能登、大坂、紀伊、駿河、江戸……日本中の運輸網が重大な損害をこうむるだろう。商品経済は崩壊し、人々の生活が不自由になり、そのこと自体がまた横浜あたりの悪意にみちた外国商人の跳梁跋扈をさそうことになる。馬関の危機は、日本全土の危機だった。

しかしこのとき、馬関の街をまもる長州兵はほとんど無にひとしかった。

兵どころか住民がいなかった。彼らは艦隊来襲の報に接するやいなや、荷物をまとめ、

蔵をとざし、みんな市外へ逃げ出してしまった。女子供はもちろんのこと、重病人まで街をはなれた。馬関はいま、ひっそりしている。廃墟のようになっている。

その廃墟をめざして、青い目の陸兵たちは、

「そろそろ行くか」

とばかり、ふた手にわかれて行軍した。事実上の占領完了から二日後、八月八日のことだった。

一隊はフランス・オランダ合同軍五百名、これは海岸ぞいに西下して最短距離での到着をめざす。もう一隊はイギリスの水兵一大隊、こちらは山中にわけ入って迂回しつつ馬関をうかがった。やはりと言うべきか、先に着いたのは、フランス・オランダ合同軍のほうだった。到着するや、郊外から、
ぐわん。

街に向けて野戦砲を発射した。一種の偵察なのだろうが、ともかくも実弾であることはまちがいなく、阿弥陀寺あたりの軒瓦からぱっと白煙がたちのぼった。この様子をはるかな山の中腹から見おろしていた山県狂介は、

「馬関も、終わりじゃ」

こぶしで地面をたたいたが、しかし海のほうから急にドンという音がしたので目を転じると、

「あっ」

思わず腰を浮かしてしまった。

信じられない光景がそこにあった。

主戦場だった前田、壇ノ浦からやや九州側へはなれた海上でしずかに戦況をうかがっていた旗艦ユリアラス号が、空砲を一発撃ったのだ。轟音(ごうおん)がまわりの山々に反射して幾重にもかさなり、やがて消えるや、ほかの十六艦がいっせいに白旗をかかげた。

「なっ、何が起きたんじゃ」

山県はあたふたと左右の兵に聞いたけれど、誰も首をふるばかりだった。

ただひとつ確実なのは、これが休戦の合図だということだった。海峡はぶきみなほどに静まり返り、山の上から小鳥のさえずりが聞かれはじめた。それにしても外国勢は、この期におよんで自分のほうから、

(なんで矛をおさめたんじゃ。わけがわからん)

山県は、のちに知ることになる。このとき外国人たちに白旗をあげさせ、砲撃をやめさせ、馬関占領を中止させたのは、たったひとりの長州人だったということを。

三歳年下の松下村塾の同門、伊藤俊輔だったことを。

†

開戦の直前、俊輔は、うろうろしていた。

藩の狼狽につきあわされた恰好だった。高杉晋作の見舞いを終えて萩から山口へもどってみると、家老・周布政之助に政事堂へよびだされ、

「姫島に外国艦が集結したらしい。その数、十隻以上。彼らが馬関海峡へ向かう前に、俊輔よ、ただちに姫島へ行け」

「はあ」

「行って武力行使を延期するよう交渉せよ」

（またか）

顔をしかめつつも俊輔は三田尻へ行き、ゆらゆらと漁船で姫島にちかづいた。が、そこには軍艦のかげもかたちもなく、ただ石炭の残り香があるばかりだった。ぜんぶ出航してしまったのだ。すぐさま山口へもどり、そのことを報告しようとしたところ、政事堂には意外な男のすがたがある。

「ありゃ、高杉さん」

「おっ、俊輔。達者でおったか」

高杉は、ながいあごをしゃくってみせた。

「それはこっちの言葉です。萩での謹慎はどうしたのです」

「ゆるされた」

高杉は、照れかくしなのだろう、俊輔の胸や肩をむやみやたらと小突きながら、

「四か国艦隊の襲来を何とかせよという藩公じきじきの命でな。ついさっきこの山口に

着いたんじゃ。俊輔、これからいっしょに馬関に行くぞ」

「はあ」

「外国勢に和議を申し入れる。それが藩公のご意志であり、なおかつ藩の重役の判断なんじゃ」

「和議ということは、つまり……」

「そうじゃ」

高杉は、きゅうに顔をくもらせて、

「今後は馬関海峡の通行さしつかえなし。そう伝えるっちゅうことじゃ」

もともと長州藩はそれを禁じたからこそ外国船を砲撃し、こんにちの事態をまねいたのだった。その禁制をみずから解除するというのは、要するに降伏ということだろう。屈辱の選択というほかなかった。が、むしろ俊輔はぱっと顔色をあかるくして、

「行きましょう、高杉さん。いくさの始まらんうちに」

ふたりは山口を出立し、早駕籠(はやかご)をとばして馬関へ向かった。

途中、船木(ふなき)という内陸の村のへんまで来たところで急停止した。ちょうど狭隘(きょうあい)な山道にさしかかったところで、向こうから別の早駕籠がやって来て、

「脇へ寄れや。急いどるんじゃ」

「そっちこそ道をあけろ。ぐずぐずしとると轢(ひ)き殺すぞ」

人足どうしが口げんかをはじめたのだ。なるほど駕籠はおたがいに四人かきで幅がひ

ろく、すれちがうのはむつかしそうだった。俊輔と高杉はさっと地に立ち、

「お前たち、そんなことをしとる暇は……」

　仲裁しようとしたけれど、つぎの瞬間、

「なんじゃ、おぬしか」

　俊輔は目をまるくした。けんか相手の早駕籠には、井上聞多の小作りな顔がおさまっていたのだ。聞多は駕籠を降り、両腕をひろげて、

「おお！　晋作に俊輔か。こんなところで奇遇じゃのう」

「お前はどこから来たんじゃ。どこへ行くんじゃ。目的はいったい何じゃ」

　高杉がせっかちに問う。

　聞多はよどみなく、

「馬関から来た。山口へ行く。開戦を報告しに」

（開戦）

　俊輔は、絶句した。間に合わなかったのだ。

「して、戦況は？」

「ぜんぜんだめじゃ」

　聞多は道ばたにしゃがみこんで小石を二個ひろい、右手のなかでがりがりと押しこすりながら、

「緒戦の模様しか見とらんが、山県狂介の壇ノ浦も、赤根武人の前田も、どっちも大いに苦戦しとる。晋作よ、お前の考案した奇兵隊もなかなかがんばっとるがなあ、しょせ

ん武器に差がありすぎるんじゃ。まず二、三日中に決着がつくと見た」

俊輔も横にあぐらをかき、声を落として、

「それで聞多、おぬしは外国勢に和議を申し入れんかったんか。藩から権限はあたえられとるはずじゃろう」

「和議なんぞ、やめじゃ、やめじゃ。いくさの前なら工夫のしようもあったかもしれんが、すでにして戦端をひらいたからには中途半端でやめることはない。とことんまで戦おう。藩庁の連中、これで攘夷がいかに無謀かをとっくり思い知るはずじゃ」

「そうじゃな」

うなずいたときには、高杉も蹲踞の姿勢になっている。三人が三人、ひたいを寄せあい、声を落とし、まるで子供が次の遊びの相談でもしているみたいな光景だった。人足どもは駕籠をころがし、ただぼんやりと突っ立っている。

「よし」

三人は、いっせいに立ちあがった。高杉が俊輔へ、

「そういうことなら、俺たちももう馬関へ行くにはおよばんな」

「はい」

「聞多とともに山口へかえり、要人どもへ主戦論をうったえてやろう」

三人は政事堂へのりこむや、御前会議をひらくよう要求した。ひらかれた。藩主親子の臨席のもと、三人はめいめい火を噴くような口調で、

「大いに奮戦すべし」

「防長二州をすべて焦土たらしめるも悔いなし」

「ついては兵たちの士気を鼓舞するため、君公みずからご出馬あれ」

従来とは正反対の意見を述べた。重役たちは誰ひとり異論を出すことができなかったが、これは当然だったろう。もともと俊輔や聞多の非戦論には聞く耳をもたず、攘夷攘夷でこりかたまった現実を知らない主戦論者どもの意見を採用したのは彼ら自身だったのだ。いまさら反対できるはずもない。

意見はあっさり採用された。唯一、変更があったのは、出馬するのが藩主ではなく世子・毛利元徳になったことだった。元徳みずからが希望したという。

元徳は、ただちに山口を出発した。

俊輔ももちろん陸行をともにした。高杉晋作や井上聞多も同伴したし、前田孫右衛門、毛利登人、渡辺内蔵太というような家老級もこの二十代の世子を厳重にとりまいた。

（さすがのわしも、馬関で戦死かのう）

と、このときばかりは俊輔も覚悟したし、萩に住む母の顔がちらっと胸をよぎったりもした。

母のことは、ことし四十五歳。世間普通の理解ではもう老人の域に入っている。俊輔が――あのときは利助という名前だったが――ふるさとの束荷村で悪童相手のけんかに勝つため山に火をつけたとき、ことはひたいを土間にこすりつけて村人たちに謝罪して

くれた。その老母に、

（わしは、先立つのかな）

俊輔は、ぼんやりと思った。

†

ところが予想外のことが起きた。小郡まで来たところで、またしても藩論が一変したのだ。世子をとりまく重役どもが、馬関から続々ともたらされる敗報に度をうしなって、

「やはり、和議か」

と言い出したのだ。

本陣となった代官所でまたしても御前会議がひらかれ、またしても議論が紛糾した。そうして結局、

「和議」

ということに一決した。たった一日で正反対の結論が出たことになる。末席につらなっていた俊輔は、

（しめた）

内心、手をたたいた。これで長州藩はさしあたり滅亡をまぬかれ、兵力民力をやしなうことができる。むろん外国相手の講和交渉はきびしいものになるにちがいないが、そ

れは口と口との合戦だ。ほんものの合戦とはちがって、敗北のうちに利を得ることも可能だろう。そこには俊輔の活躍の余地もあるかもしれなかった。

もっとも、このさい大きな問題は、

（ころころ意見が変わりすぎるんじゃ）

俊輔はもはや重役たちの判断をまったく信用していなかった。定見がないという点では藩主父子もおなじだと見ていた。たったいま決まった歓迎すべき結論にしても、あしたにはまた、かるたの札をひっくり返すように容易にくつがえるかもしれない。

それが長州藩の、というより太平三百年を経た大組織というものの抜きがたい生理的本質らしかった。きっと加賀藩も仙台藩もおなじなのだろう。ということは、ここは何としても結論を固定しなければならない。二度とくつがえることのないよう、世子・元徳みずからの口から、

（しっかり言質を取らねばならんぞ。聞多）

俊輔はそう念じつつ、たたみの上にすわったまま、聞多の背中へ視線をおくった。

聞多は広間のはるか前方、世子のちかくに座している。精気のようなものを感じたのか、ふりかえって、

（言質では、足りん）

というような目をした。

（足りん？　どういうことじゃ、聞多）

（知れたことよ。念書をいただく）

（若君じきじきに一筆したためさせるのか？　そこまでは無理じゃ）

（いまならできる。助けろ、俊輔）

洋行をともにした唯一無二の親友どうしが、声ならぬ声を交わしたのだった。聞多はふたたび前方へ首を向け、きゅうに立ちあがって、

「何が、和議じゃ！」

世子を見おろし、重役たちを見おろしながら、

「こんな会議は、くそくらえじゃ。戦争は避けるべきじゃとあれほど口をすっぱくしたときには耳も貸さなんだくせに、いざ戦争がはじまったら今度はきゅうに和議などと。お手前方はこの井上を何と心得るか！　きのう大いに奮戦するとおっしゃったのは、あれは大ぼらじゃったのか。どうしても君臣全滅の美を飾らん気なら、わしにも考えがありますぞ」

たたみの音をざりっと立てて横を向き、そのまま広間を出てしまった。俊輔は立ちあがり、大げさに頭をかかえてみせて、

「あいつ、腹を切る気じゃ」

聞多のあとを追って出た。藩士用の別室へ入ってみると、聞多はきらっと短刀をぬいて、いままさに腹に突き立てようとしている。俊輔はうしろから抱きつきつつ、

「よせ、聞多。短気を起こすな」

「はなせっ、俊輔。こうでもせねばあの連中は目をさまさんのじゃ」

「いいや、はなさん。かつての来原良蔵先生じゃあるまいし、おたがい将来の大業を期す身ではないか」

やたらめったら騒ぎたてた。ふたりの意図はどうやら高杉もわかったらしく、少し遅れて来て、聞多の手から短刀をうばい、

「こら、井上！　どうせ捨てる命なら、若君におあずけしろ。自分で勝手にかたづけるな」

聞多がたたみに正座したまま、しぶしぶ短刀の鞘をなげだして、

「……わかったわい」

にやっと笑ってみせたところへ、例の家老級の毛利登人がふすまをひらいて、まっさおな顔で、

「井上、高杉」

「はい」

「若君がお呼びだ。来るように」

俊輔ひとりが呼ばれなかったのは、おそらく身分のためだったろう。井上聞多も高杉晋作ももともとは百石以上の家の出だが、俊輔はいまだ正式な藩士でさえなかったからだ。余人をまじえず藩主の世子とじかに面談する場にはふさわしくないと側近の誰かが判断したのにちがいなかった。

（杓子定規じゃ）

俊輔は憮然として、その場であおむけに寝ころんだ。

もっとも、このときの毛利元徳の対応は杓子定規どころではなかったらしい。あとで聞いたところによれば、元徳は、聞多と高杉を私室にむかえるや、文机に美濃紙をひろげて、

止戦講和

の四字を書いて聞多に手わたしたという。聞多はその流麗な筆のながれをまじまじと見た。これが自分の真意だと言うこころなのだろう。念書が手に入ったのだ。聞多はただちに、

「なりませぬ」

紙をつっかえし、なおも怒気をふくんだ声で、

「拙者はこれまで藩政府の無定見にさんざん翻弄されてきました。まことの武士には耐えがたいはずかしめを受けてきました。それでも腹を切るのをとりやめて御前の前にこうして生き恥をさらしておるのです。この程度のご尊墨をありがたがるとはゆめゆめ思いなさるな」

元徳はため息をつき、また紙をひろげた。こんどは五字をしたためた。

以権道講和

「なお悪い」

聞多はますます不きげんな顔になって、

「権道（方便）を以て講和をなすとはどういう意味か。いまは外国人たちと仲良くしておくが、もしも将来、事情が変われば藩是をたちまち攘夷にもどしてしまおう、そういう意味にしか受け取れませんぞ。はたしてそうなら、世間をあまく見るにもほどがある」

またしても紙をつっかえした。四歳年下の世子はしばらく目をつぶって考えていたが、やがて目をあけ、筆をとると、

以信義講和

と書いた紙を手わたした。そうして口をひらくには、

「井上よ。そう私をこまらせるな。いま権道を以てと申したのは、外国人に対してではない。藩内の過激派に対してなのじゃ。いまの私には彼らを制するすべがない故、やむを得ず、さしあたり方便をもちいるというほどの意味にすぎぬ。外国人に対する態度は

おのずから別じゃ。自分ははじめから一貫して戦争は避けるべきと思うておった」

「信義を以て？」

「ご本心に、まちがいありませんな？」

「本心じゃ」

元徳は、はっきりとうなずいた。聞多は紙をたたんで懐中へ入れると、ようやく平伏して、

「ならばこの井上、微力をつくして和議の実現につとめましょう。これなる高杉もおなじ考えにござりまする」

高杉もやはり平伏しながら、

「別室の、伊藤俊輔も」

この日の夜。

世子一行は、ふたたび馬関へ向けて出発した。目的地は変わらなかったが、目的は正反対になっていた。戦争をやめるための旅だった。翌日、最後の峠をこえた。この山道を降りれば到着するというところで一行は立ちどまり、

「ああ」

嘆声をもらした。

そこからは馬関海峡をそっくり見おろすことができた。長州側の海岸は無数の外国兵

におおわれていたが、どうやら彼らはちょうど昼めしを食い終わったところらしく、なかには砂浜に寝ころんだり、ボールを蹴りあったり、石炭がらで大砲の砲身に卑猥な絵を描いたりしているらしい連中がはるかに見えた。物見遊山の団体だった。

「勝負は、ついた」

俊輔のうしろの誰かがつぶやいた。長州兵はただのひとりも見えなかったのだ。敗走したのにちがいない。

もっとも、遊んでいる者ばかりでもなかった。

海岸ぞいに東西にのびる外国兵の群れのうち、いちばん西の——俊輔から見て右の——はしっこの一隊は、きっちりと蟻のように行列を組んで馬関の街をめざしている。いや、その先頭はそろそろ街にぶつかろうという場所ですでに停止し、箒のようにひろがっていた。どうやら野戦砲をすえつけているらしく、うしろから弾や火薬もはこばれている。

「街なかへ、撃ちこむ気じゃ」

また誰かがつぶやいた。海のほうへ目を転じれば、フランスの旗をかかげた軍艦がゆっくりと港にせまり、せまりつつ砲門をひらいている。偵察のための試し撃ちか、それとも総攻撃の前ぶれか。いずれにしろ、このまま手をこまねいていれば馬関という長州藩の千両箱はのこらず灰になる。日本中の船の碇のおろしどころがなくなる。

（こりゃあ、いかん）

俊輔のなめ前方に、馬上の毛利元徳がいる。俊輔はするすると近づいていって、

「若君。拙者は、ひとあし先に敵の旗艦へもぐりこみまするぞ」

世子はふりかえり、俊輔の顔をまじまじと見おろしたが、それ以上の反応はしめさなかった。とっさのことで返事しかねたのだろう。俊輔はかまわず、

「旗艦というのはフラッグシップ、総大将が腰をすえておる船のことです。いまからそれなりの身分の者をえらんで使者に立てると、あまりにも時間がかかりすぎ、そのあいだに馬関は死ぬでしょう。まずは拙者が、ひとっぱしり。発砲中止を要請します」

米味噌でも買いに行くような口ぶりで申し出た。元徳はちょっと口をひらきかけたが、また閉じ、馬の腹を足でなでた。高杉晋作が寄ってきて、俊輔の耳もとで、

「だいじょうぶか？」

「なあに。見ていてください」

俊輔は両刀をぬき、ずっしりと高杉の手にあずけてから、

「世の中には、軽輩にしかできないこともあります」

「わかった。合図を決めよう」

「合図？」

俊輔は、首をかしげた。高杉はいらいらとした口調で、

「万が一、おぬしが艦内で殺されたらということじゃ。われらはそれをどのように知る？」

俊輔はあっけらかんと笑いを放って、

「そのときは、高杉さん、わしは何にもできませんよ。馬関に砲弾の雨がふれば、それが合図じゃ」

「こいつ」

高杉はさすがに渋っ面をして、

「ならば、もしも話しあいが成立したら？　つまり、おぬしが敵方の発砲制止に成功したら」

「そのときは」

俊輔はまっしろな夏雲を見あげ、ちょっと考えてから、

「そのときは艦長にたのんで、空砲でも一発撃ってもらいましょうか。みなさんは安心して身分ある正式な使者をよこしてください。わしの仕事はそこで終わりじゃ。では」

言いすてるや、俊輔はわらじをぬいで小脇にかかえ、ばたばたとはだしで山道を降りた。

†

大言壮語したくせに、俊輔は、どれが旗艦だかわからなかった。われながら交渉以前の問題だが、

「まあ、何とかなるじゃろ」

とりあえず浜に降り、長府藩（萩藩の支藩）の御船手の役人をつかまえて小舟を出させ、いちばん大きな軍艦のふもとへ漕ぎよせて聞くと、甲板上の水兵が見おろして、

「それはユリアラス号だ」

と、となりの一まわり小さな船をゆびさした。俊輔はそっちへちかづいて、やはり甲板上の水兵へ、英語で、

「この軍艦は、四か国艦隊の旗艦ユリアラス号にまちがいないなあ。わしは長州の伊藤俊輔っちゅうもんじゃ。上げてくれい！」

上げてくれるはずもなし。水兵はへらへら笑いつつ、犬を追うようなしぐさをした。予想どおりの反応だった。俊輔はここぞとばかり、そこに乗艦しているはずの旧知のイギリス人の名前を挙げた。

「サトーさんに会いたいんじゃ。日本語通訳生のアーネスト・サトー。おらんとは言わせんぞお」

アーネスト・サトー。

この二歳年下の語学の天才とは、俊輔は、すでに書類仕事をともにしたことがある。そもそもの出会いはロンドンからの帰国直後だった。俊輔がロンドンの新聞で日本国長州藩の「攘夷」に名を借りた無謀なふるまいを知り、井上聞多とともに船に乗って、ようよう横浜に着くや否や、

「どうか長州への武力行使を猶予してくれ」

と公使オールコックにたのみこんだのは、まだほんの一か月半前だった。この談判のさい、イギリス側の通訳をつとめたのがサトーだったのだ。

サトーは青い目、白い肌、むやみと長いひたいから上……典型的なロンドンっ子の顔をしていたが、あまりにも日本語および日本文化をふかく学びすぎたせいか、笑うとあごが東洋ふうに縦につぶれることがあり、それが愛嬌になっていた。

三人は、あっというまに親しくなった。

何しろ俊輔と聞多が留学していたロンドン大学ユニヴァーシティ・カレッジはほかならぬサトーの母校であり（入学はサトーのほうが四年はやい）、思い出ばなしになるや否や、むしろ俊輔たちのほうが、

「ああ、あそこのパブは店じまいしとりましたぞ」

などとサトーに最新の大学街事情をふきこんだりしたのだ。が、そんな私的なことよりも三人の仲をはるかに緊密にしたのは、ひとつの書類仕事だった。俊輔と聞多が山口へもどるべく姫島まで軍艦バロッサ号に乗せてもらったとき、三人は、艦内で一通の英文の手紙を日本語に翻訳したのだ。

手紙というのは、オールコックが長州藩主・毛利敬親にあてたものだった。内容は要するに、

「攘夷をやめ、通商の道をえらぶことを勧める」

という従来の列強の主張のくりかえしにすぎなかったが、それでも実地にいちいち些細な語句をいじりまわすのは、

「いい勉強になりましたなあ」

みょうな充実感をともにしつつ、三人は、姫島でわかれを告げたのだった。もっとも原文も訳文も、もしほんとうに藩主のもとへ届けたら過激分子の激怒を買い、かえって事が面倒になることが予想されたため、とうとう握りつぶしてしまったけれども、ともあれ俊輔にとってアーネスト・サトーという男はイギリス人である前に、ひとりの人間として、

(語るに足る)

そんな畏友の名前をこのさい旗艦ユリアラス号の水兵に対して呈示したのは、予想どおり、顕著な効果のあることだった。水兵はおどろいてすがたを消し、しばらくして、サトーその人を甲板へつれてきたのだ。俊輔は小舟ごとひきあげられ、甲板に降りて、

「元気そうじゃなあ。サトーさん」

「伊藤さん。こんなにはやく再会できるとは」

がっちり握手した。サトーは青い目をほそめ、にこにこしながら、流暢な日本語で、

「どうです。もう戦いには飽きましたか？」

「飽いた、飽いた。もう満腹じゃ。総司令官に会わせてくれんか」

「クーパー中将は、いま艦内におりません。戦利品の検分のため上陸中です」

「何とか早急に話がしたいんじゃがのう。わしは和議をむすびに来たんじゃ」

俊輔がしかめっ面をしてみせると、サトーは例のふしぎな東洋ふうの笑みを見せ、こめかみを人さし指でつつきながら、

「そうおっしゃるだろうと思ってましたよ、伊藤さん。もう使いを出してありますほどなくクーパー中将は帰艦した。こちらは初対面だから甲板上で握手というわけにもいかず、艦内の一室であらためて面会するはこびとなる。俊輔がドアをノックして部屋に入ると、クーパー中将はデスクのむこうに腰かけたまま、じろっと俊輔を見あげて、

「ほんとうに、貴藩には止戦の意図があるのか」

「ある」

「証拠は？」

「これを見ろ」

俊輔は、おのれの腰をこぶしで打って、

「刀を置いてきた」

相手方の希望により、通訳はサトーに一任してある。サトーは俊輔のことばを実直に英語に置きかえつつ、しかし同時に、日本の武士にとって刀という道具がどれほど精神的に重要であるか、それを脱して単身敵陣にのりこむのがどれほど異例の行為であるかをさりげなく言いそえてくれた。

（地獄に、ほとけじゃ）

いまの俊輔には大きな大きな味方だった。中将はやや表情をやわらげて、俊輔に椅子をすすめてから、

「それならば、貴君の次には正式な講和使がここに来ると思っていいな?」

「けっこう」

「その講和使は、もちろん藩主その人なのだろうな?」

「藩主はただいま病気ひきこもり中ゆえ、それは少しむつかしい。代理を立てることになるだろう。もちろん、しかるべき地位の人間じゃ」

「よろしい」

クーパー中将は大きくうなずき、かたわらで気をつけをしていた将官へ、

「この勇気ある日本の若者の要求するとおり、空砲を撃て。しかるのち全艦に白旗をかかげさせろ」

四か国艦隊のとつぜんの休戦劇は、このようにして実現したのだった。陸上で一敗した奇兵隊軍監・山県狂介は、のちに俊輔自身からこの一連のできごとを聞いて、

「おぬしには、かなわん」

天をあおいだという。

†

講和交渉は、その日のうちに開始された。

もっとも、実質的な審議に入ったのは六日もあとのことだった。それまではイギリス——四か国の代表としての——と長州のあいだで、親書における藩主の署名をどうするかというような技術的に些末な点での意見の相違があったりしたため、いわば予備交渉に時間をついやさざるを得なかったのだ。

べつの原因もあった。俊輔、井上聞多、高杉晋作の三人が、

「世子をたぶらかして夷狄にひざを屈せしめんとする因循姑息の賊臣ども」

と見なされて藩内の過激派からまたしても命をねらわれたため、一時的に農家に身をかくさざるを得なかったのだ。ともあれ六日後、つまり元治元年（一八六四）八月十四日、かっきり正午にその交渉ははじまった。予備交渉を二度かさねた末の、三度目の正直だった。

長州藩の正使には、宍戸備前、毛利登人、井原主計、楢崎弥八郎、波多野金吾というような重役がずらりと顔をそろえている。全権大使の任にあたったのは高杉晋作だったけれども、高杉ですら藩の全権をになうには少し身分が足りないから、急遽、

「宍戸刑馬」

と名を変えることにした。宍戸家は毛利家の一門で萩藩家老、これなら藩主の名代たり得るだろう。

場所はやはり、ユリアラス号の艦内。

（いよいよじゃな）

俊輔は、つばをのんだ。俊輔も通訳として同席しているのだ。相手方の通訳はもちろんアーネスト・サトー。ふたりとも議事そのものに口を出す権限はあたえられていないが、議論の方向を微調整するくらいはできるかもしれなかった。

論点は、すでに三つにしぼられている。

1　今後、長州藩は、馬関海峡を通行しようとする外国船をつねに丁重にとりあつかわなければならない。外国船の船員たちが石炭、薪水（しんすい）、食糧などを自由に購入できることはもちろん、悪天候時には任意に上陸できるよう取り計らわなければならない。

2　今後、長州藩は、この地域にあたらしい砲台をきずいてはならない。またすでに設置してある大砲はこれを修理してはならない。

3　本来ならば今回の戦争によって馬関の街は当然ことごとく破壊されるところだったが、そこを外国側が特別に配慮したのであるから、長州藩はそのぶんの賠償金を支払わなければならない。金額は四か国の協議によって決められるだろう。

これらの条件をどこまで長州側がのむかというのが会議の主題にほかならなかった。相手方の全権大使、クーパー中将は、余裕たっぷりの表情で、

「第1項については？」

きりだした。高杉はすんなり、

「異議なし」

中将はさらに、

「第２項は？」

「異議あり。絶対反対」

高杉は顔をまっ赤にして、胸の前でこぶしをにぎり、

「一国の防備のありかたを他国が決めるのはおかしいじゃろう。屈辱これに過ぎるはなし」

高杉はこのとき、とても色あざやかなものを身につけている。さらさらとした黄色の地に、淡いブルーの桐の紋の入った直垂だ。重要な交渉の席にふさわしい威儀をただすためだが、いまは服の色よりも顔色のほうがいっそう目立ってしまっている。緊張のせいか、怒りのせいか、ほとんど赤黒くなっているのだ。

クーパー中将は、やはり余裕がある。片方のひじをテーブルに立てて、

「その理屈は成立しないな」

「なぜじゃ」

「そもそも貴藩がこの地域に砲台を設置したのは、外国艦をうちはらうためだった。その砲台がいまやことごとく外国艦の乗組員によって破壊され、鹵獲された以上、もはや同一の場所にあたらしく設置する理由はない。意味もない」

「ぐっ」

高杉は、沈黙した。

(こりゃあ、つらいのう)

通訳しながら、俊輔は高杉に同情した。理論上はいくらでも抗弁することが可能だけれど、現実のほうが理も非もない。かりに外国側から新砲台をつくれつくれと激励されたとしても、長州側はもはや砲身一本つくる余力がないからだ。これ以上の抗弁は、

(負け犬の遠ぼえもいいところじゃ)

しかし第3項、賠償金の問題に議論がうつると、

「異議あり!」

高杉は、いっそう激しい声をあげた。

「いくら何でも、この条項はそっくり撤回してもらいたい。馬関の街をだしにして戦費そのものを回収し、あまつさえ儲けを出そうという貴国の魂胆はあまりにも明白じゃ。金は出せん」

「勝ったほうが金銭を得る、それが国際的な慣行だ。二十年前にわが国と清国のあいだで交わされたアヘン戦争後の講和交渉の席においても、敗戦国である清国は、ちゃんと二千万ドル以上もの支払いに応じたぞ」

「三千万」

高杉は一瞬、絶句した。軍艦何十隻ぶんだろう。が、

「だとしても」

高杉は気をとりなおし、口のはしにあわをためて、

「わが長州藩の年収は米三十六万石、このうち三十万石は家来への扶持にあてられる。のこりのわずか六万石から賠償金をしぼり出すなど、現実的にできるはずもない」

「それは貴藩の内情だ。こちらの関知するところではない。そもそも最初に手を出したのは貴藩のほうだった。その責を負うのは当たり前ではないか」

「たしかに昨年、いわゆる攘夷の実行の名のもとにオランダ軍艦やアメリカ商船を砲撃したのは事実じゃ。まちがいない。が、それは藩内に命しらずの武士が多いからだ。彼らは忠誠の意識がたかく、士気もたかい。こんな無理な要求を実行にうつそうとすれば、きっと黙ってはおるまい」

「わが国をおどすのか」

「どうとでも受け取ってくれ」

「当方には譲歩の意志はないぞ」

真向勝負。おたがい一歩も引かなかった。ただしクーパー中将があいかわらず余裕のけしきを見せているのにくらべ、高杉は目がつりあがっていた。のちにサトーは高杉の形相を「悪魔のよう」と形容したが、なるほど赤鬼さながらの凄すぎる剣幕だった。俊輔は、ふたりのあいだで英語と日本語をひらめかしつつ、内心、

（高杉さん、えらいのう）

感心してしまっている。高杉はこれまでほとんどヨーロッパの人間と接触したことがなかったくせに、しかも今回はまったく敗軍の将の立場に立たされているのに、それでも臆せず意見を言う。やはりこの人を正使にえらんだ藩庁の判断は、

(正しかった)

が、それはそれとして、高杉はあまりに頑なだった。ふだんはもっと柔軟な頭のもちぬしなのだが、今回ばかりは緊張のせいか、責任感のせいか、発想の幅がせばまっている。真向勝負で一歩も引かないということは、逆に言うなら、それ以外のアイディアがないのだ。

(わしなら、ちがうなあ)

俊輔は、そんなふうに感じだしている。歯がゆさをおぼえはじめている。うまく行くかどうかはわからないけれども、

(まあ、やってみるか)

もちろん、俊輔はあくまでも通訳にすぎない。自分自身の意見を述べるためのいかなる権限をもあたえられていない。いわば抜けみちを通らなければならないのだが、その抜けみちは、ほどなく見つかった。休憩時間が来たのだ。

「サトーさん」

俊輔はこの青い目の通訳生のジャケットの裾をひっぱり、ちょっと首をたおしてみせて、

「お疲れさんじゃな。わしらも一服せんか？」

ふたりして甲板へ出た。俊輔は、右舷側の——長州の山や浜が見えるほうの——木柵に身をあずけ、腰差しのたばこ入れから煙管をとりだし、葉をつめこんだが、

「ありゃ、火打ち石がない」

「火なら、ありますよ」

サトーは俊輔のとなりに立つと、くすくす笑いつつポケットから小箱をとりだし、小箱から、火薬をぬりつけた木片をぬきだした。俊輔はひゅうと口笛を吹いて、

「おお。マッチじゃな」

「はい。ロンドンから取り寄せました」

サトーはそれを靴底でこすって火をつけると、俊輔の煙管にうつしてやり、自分のたばこへも点火した。サトーのは紙巻きたばこだった。ふたりはしばらく、たばこの香りを新鮮な海の空気とともに肺へたっぷり吸いこんだ。俊輔は、

「なあ、サトーさん」

カンと柵に煙管をたたきつけて灰を海に落としてから、あくまでも雑談という口調できりだした。

「何です、伊藤さん？」

「あの第3項、わしらには少々異論があるように思うがなあ。なぜなら……」

サトーは急いで手をふり、

「私は通訳です。会議に口をはさむことはできません」

「それはわしもおなじじゃ。これは意見とちがう。ただの愚痴、愚痴」

俊輔はふたたび話しはじめた。クーパー中将はそもそも賠償金を求める理由を「馬関を破壊しなかった」というところに置いていたが、あれは公平を欠く措置であろう。なぜなら馬関が生きのこったのは第一に俊輔が単身ユリアラス号をおとずれたためであり、第二にその俊輔をあっさりとサトーが乗艦させたためなのだ。つまり、あの論法で行けば、

「わしらこそ、たんまり賠償金をもらうべき最大の功労者。そうじゃろ、サトーさん？」

サトーはぷっと噴き出して、

「おもしろい発想をしますねえ、伊藤さんは。私はそんなこと思いつきもしませんでした」

「どうして？」

「無欲だから」

「はっはっは。わしはそんなに強欲か」

「はっはっは」

サトーは愉快そうに目をほそめ、二本目のたばこに火をつけて、

「こんなこと言ったと知れたら、伊藤さん、あのおそろしい宍戸さん（高杉晋作）に叱

られますよ」

「そうかもなあ。あの人はいつもあんな調子でなあ」

俊輔はため息をついて、はるかな長州の風景へ目をやりつつ、

「何でもぜんぶ肯定するか、ぜんぶ否定するか、どっちかでないと気がすまんのじゃ。血の気の多い人でのう。しかしな、サトーさん。やっぱり冷静に考えれば、こっちは戦争に負けたんじゃもんな。正しいかどうかはべつとして、やっぱり賠償金ナシいうのはあり得んと思う。宍戸殿はむだな抵抗をしとるんじゃ」

「これは問題発言だ」

「かまわんわ。サトーさんもおなじ意見じゃろ」

「まあね」

俊輔は、なおも風景を見ている。みどりのふとんをかぶせたような美しい山々は、しかしいま、ふもとの一部がひきはがされたように白い地肌をむきだしにしていた。六日前までの外国艦の砲撃のすさまじさをまざまざと物語るものだった。俊輔はその胸の痛むような光景をじっと見つめて、

（かけひきは、やめじゃ）

思いさだめた。どんなに威儀をただそうが、どんなに弁舌をひらめかせようが、しょせん敗戦国は敗戦国。足もとを見られて終わりだった。もっともそれは、あきらめることを意味するのではない。逆だった。最後の手段は、

（赤心を吐露する。それだけじゃ）

伊藤俊輔。この稀代の楽天家は、こっちが裸になってしまえば相手も裸にならざるを得ないという人間関係の法則をからだの芯から信じていた。この捨て身の戦法の前では、どんな奇策も、どんな権謀術数も、最後には空中分解してしまうと信じていた。利口になるには勇気はいらないが、ばかになるには大勇がいる。

だから俊輔は、ばかになった。

言ってはならないことを口走った。

「ほんとうは、わが藩は、少しなら払えんことはないんじゃ」

「ほう」

サトーが顔をこわばらせた。俊輔はかまわず、

「宍戸殿がさっき三十六万石のうちの三十万石が家来への支払いだと言ったのは、いくら何でも誇張のしすぎじゃ。支払い能力の不足を印象づけようとしたんじゃろうが、実際はそもそも三十六万石は表高にすぎん。実高はその倍以上じゃ」

サトーは真剣な顔のまま、

「私もそう思います」

「あんたの調査は綿密じゃからな。とてもごまかせんわ。でもなあ、サトーさん。それでもやっぱり、あんたたちが二十年前に清国に要求したような大金は……」

と本題に入ろうとした瞬間、サトーは、

「伊藤さん」

こわい顔になった。これみよがしに懐中時計を出し、ふたをひらいて、

「そろそろ会議再開の時間だ。もどりましょう」

「あ、ああ」

「残念ながら、私はどうしてさしあげることもできない。賠償金は超高額になる」

「ああ……」

青い目の通訳生はくるっと身をひるがえし、ひとりで階段のほうへ向かってしまう。その背中をぼんやりと見おくりながら、俊輔は、

（だめか）

肩を落とした。サトーは階段へ足をかけたところで、首だけを横へ向けて、

「あ、そうだ」

「何じゃ」

「お金は、貴藩が出すのかな。べつの方法もあるんじゃないかな」

ひとりごとのようにつぶやくと、とんとんと階段を降りてしまった。

†

この謎が、俊輔にわからないはずがない。

あわてて階段を駆け降り、サトーを追いこして、会議用の部屋へふたたび入ろうとしていた高杉晋作をドアのところでつかまえた。

「高杉さん。高杉さん」

「しっ。俺は宍戸だ」

「すいません」

あやまりつつ廊下のまがり角へひっぱりこんで、耳打ちした。ながい説明はいらなかった。ほんの数語ささやいただけで、高杉は顔をあかるくして、

「でかした、俊輔！」

会議が、再開された。

高杉の態度はがらっと変わっていた。もはや悪魔でも赤鬼でもなくなって、自然な感じでしゃべりつづけた。クーパー中将もいっそう打ちとけたので、ほとんど茶話会のような感じになった。交渉はとんとまとまり、条約書も作成されるに至ったが、そのなかには、両者合意の上、賠償金に関してこういう一文がつけくわえられた。

各国公使と日本政府のあいだで解決されるべき問題には、長州藩はまったく関係がないものとする。

日本政府とは徳川幕府をさす。もってまわった言いかただが、要するに賠償金の請求

先は、長州ではなく、

「幕府にする」

という意味だった。

6

こんな話を、ほんとうに幕府はのむだろうか。

長州藩がひとりで勝手にはじめて勝手に負けた戦争のしりぬぐいを、

「どうして大樹（将軍）がせねばならぬか」

と彼らは言うのではないか。

そうなればイギリスをはじめ四か国のほうは論理的に反論するのはむつかしいし、交渉がふりだしに戻ってしまう可能性もある。事によったら、幕府は幕府で斬新な提案をもちだして四か国を説得し、かえって長州をさらなる苦境におとしいれるかもしれない。長州としては、ただただ安心して事のなりゆきを見まもるわけにはいかなかった。

四か国と幕府の会談は、横浜でおこなわれている。

長州藩は、赤間関総奉行・井原主計をはじめとする四人の使者を横浜に派遣し、情報収集にあたらせることにした。使者にはもちろん通訳の俊輔もまじっている。元治元年（一八六四）九月のはじめ、あの高杉晋作を正使とした止戦談判から半月後のことだった。

（だいじょうぶかな）

と、俊輔はなかば本気であやぶんでいたが、横浜に着き、さっそくイギリス公使館へとびこんでみると、通訳生アーネスト・サトーが、

「やあ、伊藤さん。賠償金のことが気になるのでしょう？」

にこにこと言った。俊輔が、

「もちろんじゃ」

息をはずませると、

「幕府はもう承諾しましたよ。こちらの要求した額を、全額、支払うことに決めたそうです。貴藩は何の心配もいらない」

「はあ」

「くわしいことは、公使みずから説明するでしょう」

四人は貴賓室に通され、午餐をよばれることになった。サトーほか、イギリス側の属官ふたりも合わせて七人で魚のスープを飲んでいると、公使オールコックが入ってきて、着座するなり、

「お聞きになったと思うが」

長州側の四人の顔を見まわした。そうして、

「われわれは、江戸政府と確たる内約をむすんだ。金額は三百万ドル（メキシコドル）。むろん一括払いは無理だから、六回にわけることで合意した。一回につき五十万ドル、

半年ごとに納めていただく」

ふっふっふと声を放った。その笑みはまちがいなく長州への好意をあらわしていたけれど、俊輔は、

「三百万」

うめいたきり、じっと皿を見つめてしまった。途方もない金額だ。予想したことではあったけれど、それにしても、

(徳川さんも、つらいのう)

俊輔は、むしろ幕府のほうに同情していた。

幕府がこんな理不尽な要求、というより強請にあっけなく応じたのは、おそらく単なる見栄のせいではなかった。もともと征夷大将軍という存在は、はやくから欧米諸国に、

「ほんとうに日本の中央政府の長なのか」

という疑いを持たれていたのだ。

何しろ日本国六十余州をおおう幕藩体制においては征夷大将軍はいちおう頂点に立つとはいえ、実際には全国にちらばる三百諸侯がそれぞれ行政府をもち、裁判所をもち、独立した警察権までもっている。ということは、日本の政治体制というのは近代的な中央集権制というよりもむしろ、単なる小氏族の、

「集合体」

にすぎず、徳川家はそのうちの最大のものにすぎないという見かたが外国勢では有力

だったのだ。

　幕府としてはそういう疑いを払拭し、われこそが真の意味で日本を代表する唯一の政権だということを内外につよく印象づけることが急務だったから、今回の賠償金の話にも、しいて応じざるを得なかったのだろう。早い話が、もしも長州のしりぬぐいを長州にさせたら、その瞬間、幕府は中央政府でなくなるのだ。

(まったくもって、つらい立場じゃ)

　俊輔はこのとき、長州人であることを超えている。

長州人をこえた存在として理不尽な思いを抱いている。ほんとうは徳川の家来も、毛利の家来も、

(おなじ日本人ではないのか)

とはいえ、事のたねをまいたのは俊輔自身だ。どうすることもできない。俊輔は憮然として、つい暴言を吐いてしまった。

「いま思えば、長州一藩でも払えたんじゃ」

　皿の上には、鮭に小麦粉をまぶしてバターで焼いたものが載っている。俊輔はその赤い身にフォークを突き刺し、口に入れた。この日の料理がすべて魚料理だったのは、きっと獣肉に慣れない日本人への配慮だったのにちがいない。

「ほう。長州だけで？」

テーブルのむこうのオールコックが、片方の眉をうごかした。俊輔は、

「ああ、幕府の財布なんか借りずともよかった。かりに三百万ドルをわが藩がぜんぶ引っかぶったとしても、馬関が開港場になれば、その貿易のあがりでじゅうぶん払えますからな。むしろお釣りが来るくらいです。もろもろの地理的な条件をかんがえると、馬関はいずれ長崎よりも大きな商都になる」

なかばは捨てぜりふだったけれど、なかばは確たる見通しだった。もちろんオールコックは五十をこえた練達の外交官だから、

「それならば、いまからでも遅くはない。支払い元をふたたび幕府から貴藩に変更しようか」

などという凡庸な軽口をたたきはしない。ひどく真剣なおももちで、実利のにおいを嗅ぎつけた。

「それは、貴藩がわれわれとの直接貿易をのぞむという意味か？」

「のぞむ。一刻もはやく」

「その貿易において、貴藩はいちばん何を買いたい？」

「何でもええ」

オールコックはナイフの手をとめ、サトーと顔を見あわせてから、

「何でも？」

「ああ」

サトーがたまらず口をはさんで、

「小銃や大砲はご入り用でしょう？」

「それはそうじゃが、さしあたりは何でもいいのです。マッチ一箱でもかまわんし、何なら書類の上だけのやりとりでもええ。とにかくわしは、いますぐに、あんたがたと取引を開始したっちゅう事実そのものがほしいんじゃ」

「しかしそれでは、長州藩の収入は……」

「金の話はもう終わった。わしはいま、国内問題の解決をかんがえとります」

俊輔は、頭のきりかえが早い。イギリス側の全員がきょとんとするのもかまわず、やや文法のあやしい英語で、いっきに持論を展開した。

長州藩は約二か月前、蛤御門の変を起こし、敗走した。京の朝廷はよほど腹にすえかねたのだろう、はやばやと有栖川宮熾仁親王ほか親長州派の公家を処罰して、幕府に対し、

「長州を征討せよ」

という命をくだした。幕府はこれを受けて長州藩主、その世子、および支藩の藩主たちの官位を剝奪したばかりか、前尾張藩主・徳川慶勝を征長総督に任じ、あわせて西国二十一藩に出兵を命じた。ふだんの幕府に似つかわしからぬ敏捷きわまる仕事ぶりだった。

このまま行けば徳川慶勝は広島あたりに本陣を置くだろう、十万を超える大軍が防長二州をおしつつむだろう。長州総攻撃の日も案外はやく来るかもしれない。が、

「そのときに名目だけでも貴国との貿易がはじまっておれば、貴国は当然、総攻撃に反対する。もうけばなしが中断されるわけじゃからな。いつもは長州の言いぶんになぞろくに耳を貸さない幕閣のお偉方も、あんたがたの言いぶんには耳を貸す。総攻撃は避けられる」

「ふーん」

オールコックはナイフを置き、あごに手をあてて、

「それは妙案だ。じつに良いアイディアだ。しかしそれは藩全体の意見なのかな？」

俊輔はいまいましそうに舌打ちして、

「個人的な意見じゃ。現実味はない」

「でしょうな」

「山口の藩庁の内部には、いまだに『夷狄に馬関の土をふませるな』という程度の素朴な反対論が根づよいんじゃ。ただでさえ、わしのような身分の者にはなかなか要路をうごかす機会はないというのに」

俊輔は、まわりの使者へ目を走らせた。井原主計をはじめとする身分ある藩士たちは、見なれぬ料理を口にはこぶだけで精いっぱいなのだろうか、それとも単なる雑談とでも思っているのか、俊輔たちの会話には加わろうともしない。事実上の密談だった。オールコックはため息をつくと、

「伊藤さん。貴藩があなたを重要な職に就かせないのは、私には理解しがたいことだ。

あなたは立派なプリミアになれる」

というようなことを言った。俊輔は表情を変えず、

「さんきゅう」

あっさり流した。プリミア premier という語には一番という意味もある。お前はいちばん元気がいいとか何とか、そういうよくあるお世辞を言われたと思ったのだ。ところが、サトーが口をはさんで、

「通訳が必要なようですね、伊藤さん。公使はいま、プライム・ミニスターとおなじ意味で言ったのです。あなたは宰相のうつわだと賞讃（しょうさん）しているのですよ」

がちゃん。

俊輔は、ナイフとフォークを取り落とした。

ナイフは金めっきをほどこされた皿のふちに当たり、大きくWの字に欠いたあげく、回転しながら床に落ちた。西洋料理をはじめて食っている横の三人の武士ですら決して見せなかった醜態だった。

「え、あ」

宰相。それはまだ字もろくに読めない子供のころからの望みだった。亡師・来原良蔵にさむらいとしての文武にわたる猛訓練を受けたのもそのためだし、夢にまで見たロンドンでの留学生活をきりあげて藩の危難を救うべく帰国の船に身を投じたのも結局はこの途方もない人生の大目標のためだった。その宰相の、

「資格がある」

俊輔はいま、そう言われたのだ。言った相手は日本人ではなかった。この極東の、文明未到の日本に住んでいる誰からも認められないうちに、七つの海を支配する、（イギリス人から）

俊輔がなお呆然としていると、アーネスト・サトーもうなずいて、

「私も公使に同感です。この前ユリアラス号の艦内でおこなった談判のときも、正使は宍戸刑馬さん（高杉晋作）だったけれど、実質的に日英双方を合意にみちびいたのは、伊藤さん、もっぱらあなたのお仕事でしょう」

俊輔は顔をまっ赤にして、意味もなく耳をひっぱりながら、

「いや、わしは単なる日かげの人間じゃ。ただ代表者をそっと助けて極力まちがいのない方向へみちびこうとしただけ」

謙遜ではなかった。現にいま、藩内では、賠償金を幕府に肩がわりさせた功績はひとり高杉の手腕に帰せられているのだ。しかしサトーは微笑して、

「私たちイギリスの人間は、そういう人を、ふつう宰相と呼びますよ。国王を助けて内閣を組織する総理大臣をふくめてね」

俊輔は、ふわふわした気分のまま公使館を出た。

英国軍艦ターター号に乗りこみ、横浜を出航し、長州にかえった。

かえるや否や、目をさまされた。まずは山口の政事堂へまかり出てひととおり横浜の

情況を報告したあと、馬関へ行き、藩命である外国人応接の任にあたろうとしたのだが、着いてまもなく、

「伊藤さん」

会所の小者に呼びとめられた。

「なんじゃ」

小者はあたりへ目を走らせ、耳もとでささやいた。

「井上聞多殿が、山口で斬殺されました」

†

原因は、山口の政情にあった。

蛤御門の変の直後の朝廷による長州征討令、およびそれを受けた幕府や西国二十一藩による長州総攻撃のうわさを耳にして、藩庁内の世論が、

「徹底恭順せよ」

という方向へ変わったのだ。あまりにも急激な変化だった。

俊輔ははじめ、この現象がわからなかった。敗戦国にありがちな卑屈の蔓延（まんえん）かとも思ってみたが、それにしては議論にいきおいがありすぎる。何しろここでいう徹底恭順とは、文字どおりの徹底なのだ。天下に謝罪の意をあらわし、騒動の責任者を処罰するこ

とはもちろん、もしも朝廷や幕府がのぞむなら、藩主親子みずからの命さえ、

「犠牲にすることもやむを得ない」

とまで公然と言いつのるほどの徹底なのだ。ついこのあいだまで山口の藩士の多数意見が攘夷一辺倒だったことを考えると、論調は百八十度反対になった、というより、極端から極端へ突っ走った。

（どうしたことじゃ）

日を経るうち、どうやら事情がわかってきた。この徹底恭順をうったえる一派は、十人中八、九人まで、最近になって萩から来たばかりの連中だったのだ。

彼らはみな、代々の世禄の士だった。

彼らにすれば、一部の過激な連中が――とりわけ松下村塾出身の連中が――むりやり藩主父子を山口へかどわかし、

「政事堂」

なるものへ押しこんで藩政をほしいままに動かしたあげく、まるで狂犬のように海上の外国艦やら京の禁裏やらへ発砲しまくって防長二州そのものを滅亡に追いやろうとしているありさまを、もはや、

「だまって見ておられるか」

ということだったのだろう。彼らはついに立ちあがり、続々と山口におしかけて来た。

逗留先は円龍寺と平蓮寺。どちらも政事堂からかなり離れた南西の町はずれにあった

けれど、彼らは藩庁からの解散命令にも耳を貸さず、ますます人数をふやしつつ従来の過激な攘夷派という「君側の奸」どもを、

「一刻もはやく政事堂から一掃し、もって朝廷や幕府への哀訴嘆願の意を明確にすべし」

とさけびつづけた。これに対し攘夷派は、彼らを十把ひとからげに、

「俗論党」

と呼んで非難した。怯懦の論をなす者ども、というくらいの意味だったろう。

（ばかばかしい）

俊輔ははじめ、とりあわなかった。両派のあらそいは一見すると政策のあらそいに見えるけれど、実態は要するに政争だったからだ。どちらの側の連中も、藩の未来に藉口して、じつは単なる自派の有利を追求しているにすぎないだろう。

が、じきにそうもいかなくなった。

徹底恭順派があっというまに政事堂内部を席巻したからだ。何ぶん人数が多かったし、熊谷式部、椋梨藤太、山県与一兵衛というような老輩が発言力を増したこともあったけれども、何より彼らには絶対に正しい名分がある。

「禁裏に対して発砲した以上、罰は受けなければならぬ」

これに反論するのはむつかしかった。尊王は時代の常識なのだ。ましてや攘夷派は今回の敗戦——京でも馬関でも——をまねいた張本人、しだいに声が小さくなるのは致し

方のないところだった。そんななか、

「徹底恭順？　何をぬかすか！」

ひとり気を吐いたのが井上聞多だった。

「なるほど京ではいろいろ乱暴をはたらいたが、あれは決して天子への悪意からではない。禁裏に巣くう薩摩や会津の姦魁どもを誅除して、もって皇威を回復しようとしたまでの話じゃ。このたびの長州征討ももちろん真の朝意に出たものではあるまいから、服従するにはおよばぬ」

聞多は、もともと攘夷派ではない。

むしろ無謀な攘夷を中止させるため俊輔とともにロンドンから帰り、政事堂にのりこんで藩全体をむこうにまわした男だった。四か国艦隊による馬関砲撃がはじまったとき、世子・元徳から「以信義講和」の一札をとった事件はいまだ誰の記憶にもあたらしいが、しかしそれはあくまでも、

「諸外国に対しての話です」

御前会議がひらかれるや、聞多はたたみを叩いて激語した。

「諸外国への敵対はただ無謀なだけ、可能なかぎり避けるべきだが、しかし国内に対してはそうではない。幕府そのものは大した戦力は保持しておらんし、三百諸侯の大部分はいやいやながら幕府の命にしたがっとるだけ。大敵は薩摩と会津のみ、小敵は芸州と小倉のみ。あとは雑魚にすぎませぬ」

藩主はじめ、一同は一瞬しんとしたが、

「咄！」

反論したのは、加判役・毛利能登だった。この人は、

「厚狭毛利」

と呼ばれる藩主一門の家の出で（吉敷毛利末家の出身の毛利登人とは別人）、性格は激しいが思想は保守的、かねてから徹底恭順派の領袖のひとりだった。このときも、

「事ここに及んでは、もはや幕府へ陳謝するしかないのじゃ。わがほうの武備を解き、禁裏に発砲した三人の家老の首をさしだし、ひたすら朝命幕命にしたがうほかに社稷存続の道はない」

聞多はうんうんとうなずいてみせて、

「おもてむきは陳謝もよろしかろう、恭順もよろしかろう。拙者もそこまで無理は申さぬ。とはいえ、心の底から服従する必要はありますまい。ましてや武備そのものを放棄するなど、武士が刀を捨てるにおなじ。断じて、断じてなりませぬ。むしろ外国との和議が成ったいまこそ軍容をたてなおす絶好の機会ではありませんか」

「その軍容のたてなおしを理由に、もしも幕府がいくさを仕掛けてきたら？」

「むしろこっちが幕府をたおしてやりましょう」

聞多はそう言いきった。おそらく幕末の政治史上、公式の場ではじめて、或る程度の勝算とともに、

「討幕」

　ということが論じられた瞬間だったが、ただしこれはかならずしも論理的思考なり社会的分析なりをつきつめた結果ではない。単なる売りことばに買いことば、要するに聞多のもちまえの子供っぽい反骨心がふいに口からあふれ出たにすぎなかった。聞多の関心は、あくまでも武備の継続そのものにあったのだ。

　こののち。

両派のあいだに激しい応酬があった。前田孫右衛門、毛利登人、渡辺内蔵太というような従来からの要人はだいたい聞多の後押しをしたが、ほかの列席者のなかにはしだいに徹底恭順論へかたむく者もいた。議論はますます白熱し、いよいよ平行線をたどるばかり。藩主は上座に座したまま、じっと耳をかたむけていた。

　この会議は、九月二十五日の午前中にはじまっている。

　正午になっても終わることなく、藩主をふくむ全員がめしも食わずに議論をつづけた。ようやく六ツ時（午後六時）になったところで、藩主・毛利敬親が、

「井上の説くところに理あり。藩論はこれを武備恭順とする」

　明快に裁定をくだした。聞多は大いに満足して、平伏し、

「かたじけのうござりまする」

　聞多がこまごまとした残務をかたづけて政事堂をあとにしたのは、それから二時間後、五ツ時（午後八時）のことだった。

すでに日は暮れ、月もない。あたりは墨でぬりつぶしたような闇だった。

「浅吉。火を入れろ」

聞多はそう下僕に命じ、提灯をもたせ、湯田村の自宅めざして歩きだした。

湯田村は、山口の南西の郊外にある。

ということは、政敵のたむろする円龍寺や平蓮寺のあたりを通らなければならない。

聞多はゆるゆると歩をすすめ、袖解橋という艶な名前の橋へちかづいた。この橋をこえれば、ひとまず山口の街は出られるだろう。

が。

橋の手前で、目の前にひとりの武士があらわれて、

「聞多さんでありますか」

「そうじゃ」

聞多がむぞうさに答えた瞬間、この凶行がはじまった。背後から男がひたひたと駆けてきて、両脚へしがみつく。

「あっ」

聞多が前のめりに倒れたところへ、やはり背後からもうひとり来て、背骨めがけて斬りつけた。刃がガッと硬いものに当たった。背骨ではなかった。ちょうど聞多がたおれた拍子に腰の刀が背中にまわって、その鞘にぶちあたったのだ。聞多は致命傷をまぬかれたが、それでも左右の肩胛骨のあいだを縦一文字にばっさりやられた。

「ぐっ」

聞多は地に伏せたままのけぞったが、気丈にも、そのいきおいで立ちあがろうとした。しかし後頭部に第二撃を受けた。さらに前方の敵——最初に誰何した男——がキラリと抜いて斬りおろした。聞多の右頬から唇にかけてが割れ、血がふきだした。

刺客は、ぜんぶで三人だった。

彼らは肩、腹、脚、めったやたらに斬りつけた。おびただしい返り血が彼らの全身をつややかにぬらし、彼らの袴の裾をしたたり落ちた。もはやじゅうぶんと判断したのだろう、彼らは視線を交わすや否や、無言のまま、いっさんに闇のなかへ溶けこんでいった。

あとには、聞多ひとりがのこされた。

聞多はひたいを地につけながら、

（案外、痛まんな）

せいぜい青竹でなぐられた程度だろうか。その痛みもやがて消え、かわりに恍惚境がおとずれる。聞多はひどくうっとりした。ああ俺はどうしてこんなに気持ちがいいのだろうと首をかしげようとしたとたん、意識がすーっと溶けて消えた。

†

馬関でこの悲報を聞いた俊輔は、ただちに山口へ駆けもどり、湯田村の井上家の戸をたたいた。聞多の兄の五郎三郎に招じ入れられるや、奥の座敷へばたばたと駆けこむ。座敷には、聞多の変わり果てたすがたがあった。

（ぶ、聞多）

俊輔は、たたみに膝をついた。

聞多はふとんの上にあおむけになり、しずかに目を閉じている。その顔はすさまじい傷がきざまれているものの、まるで赤ん坊のように邪気がなく、声をかければ瞼をひらきそうな気さええする。掻巻をかけられているため首から下の様子はわからないが、おそらく裸のまま、十数条の刀創以外は何も身にまとっていないのだろう。

「聞多あっ」

俊輔はいざり寄り、なみだをながした。

聞多の胸部にがばっと伏せた。号泣しながら、

「おぬしのことは一生わすれん。聞多。聞多。聞多。ええやつじゃった。俺は世話になりっぱなしじゃった。すまんのう。聞多。わしもうすぐそっちへ行くぞ」

「……どけ」

「え？」

俊輔は、身を起こした。

聞多はうっすら目をあけている。うっすらとではあるけれど、たしかに、疑いようも

なく、あの強情っぱりの悪童そのものの目だった。

「おぬし……いつ生き返った？」

俊輔が呆然と聞くと、

「最初っから死んどらん」

とでも言いたかったのだろうか、聞多はわずかに唇をうごかし、かすれ声を発した。

俊輔はあわてて枕頭を見た。なるほど、そこには線香もなければ樒もない。蠟燭もなければ一膳めしもない。ただ聞多の母のふさがちんまりと背をまげて正座しているだけだった。

「ありゃ」

俊輔がとっさに頭に手をやると、ふさは、さっと立ちあがって、

「お茶を」

俊輔を別室へみちびいた。ながく居つかれては息子の負担になると思ったのだろう。

別室で茶を飲みつつ、俊輔は、五郎三郎に話を聞いた。

事のはじまりは昨日の夜、ここの自宅へ、下僕の浅吉がとんできて助けを求めたことだという。五郎三郎はあわてて刀をさげ、袖解橋の現場へ行ったけれど、刺客はもとより聞多もいない。死体もない。そこにはただ道にしみこんだ巨大な血の池があるばかりだった。

そこで心あたりをさがしつつ湯田村の家にもどったところ、聞多はもう着いていた。

どうやら自力で匍匐して農家の戸をたたいたらしく、その近隣の百姓たちが聞多をこの家へかつぎこんでくれたのだった。全身べったり黒い泥でおおわれていたのは、どこかの芋畑にでもはまりこんだのだろうという。

聞多は瀕死の状態だった。意識はうすれ、視力もうすれ、手足はぴくぴくとしか動いていなかった。五郎三郎はただちに長野昌英、日野宗春というふたりの藩医をまねいたが、ふたりとも手のほどこしようがなく、ただ顔を見あわせるばかりだった。聞多はそっと口をひらき、

「……兄上」

浅い息をしつつ、手刀をおのれの首にあててみせた。介錯を乞うているのだ。五郎三郎は、

「心得た」

立ちあがり、刀をぬいた。このとき五郎三郎の袖にすがって、

「待ちなされ。だめかも知れぬが、傷口を縫うだけは縫うてくだされ」

必死で懇願したのは、母のふさだった。五郎三郎は、

「未練ですぞ、母上。かくなる上はすみやかに苦痛を除いてやるのが慈愛でしょう」

母親をつきはなし、刀をふりあげた。ふさは聞多の血まみれ泥まみれの体に抱きついて、

「是非にとならば、私とともに斬りなされ！」

五郎三郎は、刀をおろさざるを得なかった。

縫合にあたったのは三人目の医師だった。所郁太郎、二十七歳。そもそもは美濃国不破郡赤坂村の生まれ、長じて大坂の緒方洪庵にまなび、京で開業したのだが、その開業先がたまたま長州藩邸のそばだったため、藩士との親交がふかくなった。

文久三年（一八六三）八月十八日の政変で長州勢力がのきなみ京を追放されたのをきっかけに、彼自身も山口に来た。もともと尊攘の念が篤かったのだ。以後は藩医同様の生活をしていて、このときも、奇禍の報を耳にするや、まっさきに駆けつけてくれたのだった。

所郁太郎は、刀の下げ緒をたすきにかけた。聞多の耳もとへ、

「多少の苦痛はしのばねばならんぞ。母君のためじゃ」

ささやいてから、焼酎で傷をあらいはじめた。それから畳針をあやつって傷口をひとつひとつ縫ったのだが、聞多はほとんど痛がらなかったという。すでに知覚をうしないかけていたのだろう。もっとも、右頬から唇にかけての傷にさしかかったときは、さすがに苦痛がはなはだしかったのか、動物のように呻吟した。

処置ののち、ようやく聞多はおちついた。

これは少し先のことだが、聞多はやや傷が癒えたところで五郎三郎から右の始末をおしえられた。とりわけ母に介錯をとめられた一件を聞くや、

「わしはおさないころ他家に出て膝下にあることができず、長じては国事に奔走して心

配をかけた。イギリス出航のさいにはひとことも別辞を述べなかったし、帰国後はすすんで危険な意見をふりまいて今回の厄災をみずからまねいた。それでもなお母君はこの不孝の息子を見すてたまわず、一死をもって救うてくれられたか」

さすがの聞多も、なみだがとまらなかったという。

ともあれ、命はとりとめた。

俊輔はつまり、所郁太郎による縫合手術が終わった翌日にここに来たことになる。

「ちゅうことは、わしが馬関で『殺された』と聞いたのは……」

俊輔がいぶかしむと、五郎三郎は、

「まあ、たしかに」

ずずっと茶をすすってから、いくぶん余裕のある口調で、

「そういう尾ひれがついていても仕方のない情況ではありましたな」

しばらくして、母のふさが入ってきた。ふさが言うには、聞多がぼんやり目をさまし、

「俊輔と、話がしたい」

と言いだしたという。俊輔はふたたび病室に入り、ふとんの横に正座した。ふさが聞多の背後にまわり、そっと抱き起こす。傷にさわるのではと俊輔はあやぶんだけれども、どうやら、少しのあいだなら、むしろこの姿勢のほうが聞多自身は楽なようだった。俊輔はさっそく、

「かたきの正体は？」

聞多はゆっくりとかぶりをふった。わからないという意味だったが、俊輔は舌打ちして、

「どうせ円龍寺の連中じゃろ」

結果的に、この推測は正しかった。聞多をおそった三人の刺客は、中井栄次郎、周布藤吉、児玉愛二郎であり、いずれも例の徹底恭順派に属することが後日になってわかったからだ。が、このときの聞多は犯人さがしには関心がないらしく、

「……俊輔」

右手をもちあげ、犬を追うしぐさをした。

「何じゃ、聞多」

「出て行け」

俊輔は、目をしばたたいた。真意をはかりかねたのだ。聞多は目をほそめ、縫い糸でゆがんだ唇をふるふるとひらいて、

「この山口から、はよう出て行け。ふたりとも死んだら世は闇になる。安全な場所でじっとしとれ」

（わしは、だいじょうぶじゃ）

俊輔は内心、そう思った。御前会議には出ていないし、徹底恭順派を刺激するような言動もいまのところ慎んでいるはずだったからだ。もっとも、わざわざ重傷人に言い返すのも何だから、

「わかった。わしはもうこの家には来ん。しばらくは政事堂への出入りも自重しよう」

聞多はかすかに笑みを見せた。俊輔はさらに、

「ふたたびわしの顔を見たいなら、聞多よ、お前のほうが元気になって会いに来い」

と言い置いて井上家を出て、その足でためらいもなく袖解橋をわたって政事堂へ行った。顔なじみの誰かへいちおう聞多の容体を告げておこうと思ったのだ。政事堂には毛利登人がいた。この攘夷（じょうい）党穏健派とでもいうべき立場の男はあわてて俊輔をものかげへ引っぱって、

「しばらくは来るな。井上の二の舞をふむことになるぞ」

「誰も彼も、大げさですなあ」

「おぬしの身のために言っておる。井上の手当てはわれらにまかせろ。おぬしははよう馬関へかえれ」

俊輔はしぶしぶ、

「わかりました」

「ちょっと待て。ひとつ貸してやる」

毛利登人はあわただしくその場を去り、半刻（はんとき）（一時間）ほども経ったあとようやく戻ってきたのだが、そのときには、

「な、なんじゃ」

俊輔は、目をまるくした。毛利登人のうしろには、ぞろぞろと巨漢が四十人ほどつづ

いている。全員、ふつうに着物を着ているし、腰に刀も帯びているが、二の腕のゆたかな肉づき、腹のでっぱり、あきらかに相撲とりとわかる体つきをしていた。俊輔はぽかんと彼らの顔を見あげながら、

「この連中に、いったい何をさせる気です」

毛利登人はまじめな顔で、

「おぬしの身をまもらせる。力士隊じゃ」

長州藩の軍制下には奇兵隊のほかにも、御楯(みたて)隊、遊撃(ゆうげき)隊、集義(しゅうぎ)隊などという庶民有志の部隊がたくさん設けられている。そのうちの、

「遊撃隊」

は、もともとは八月十八日の政変で長州勢が京を追われたあと、藩命により久坂玄瑞と来島又兵衛が結成したものだったが、この遊撃隊はさらに兵士の職業別に小分けされ、それぞれ、

郷勇(きょうゆう)隊（農民）
金剛(こんごう)隊（僧侶(そうりょ)）
狙撃(そげき)隊（猟師）

などと名づけられた。力士隊はこういう小隊のひとつだった。二か月前には来島又兵衛にひきいられて蛤御門の変にも従軍したが、来島の戦死後はなかば宙に浮いたかたちになっていたから、毛利登人もわりあい自由にうごかすことができたのだろう。しかし

まあ、それにしても、まあ、せっかくのおこころざし、ありがた

「つくづく大げさでありますのう、毛利殿。まあ、せっかくのおこころざし、ありがたくお受けしておきますが」

俊輔は哄笑しつつ、猫でも借りるような言いかたをした。おどけて四股をふんでみせたりもした。三か月後にはこの四十人の力士たちと戦場で生死をともにするなどとは、神ならぬ俊輔には知るよしもなかった。

†

井上聞多が藩政の表舞台から消えてしまうと、もはや徹底恭順派のいきおいを止められる者は誰もなかった。

いや、人事面での優遇はそれ以前から顕著だった。彼らのなかの有力者である毛利出雲（吉敷毛利本家の当主）が加判役に列せられたり、岡本吉之進が大納戸役に任じられたりしていたからだ。何よりも巨魁というべき、

椋梨藤太

が国事御用掛に任ぜられ、大手をふって政事堂に出入りしはじめた。椋梨藤太はつい最近まで攘夷派のさしがねで不本意な隠居を命じられていたから、これを機に、よろこびいさんで政敵を始末するのではないかと内外の諸士はうわさした。

はたして、始末ははじまった。

順番は若干前後するが、毛利登人、高杉晋作、清水清太郎といったような従来の要人はことごとく罷免されるか辞表を提出させられるかして、政事堂からすがたを消した。周布政之助はその前にすでに自刃している。数の上で、攘夷派はあっというまに少数になった。

要するに、政権が交代した。

与党となった徹底恭順派はほしいままに人事をいじり、藩主をうごかし、藩政をうごかした。藩はまっすぐ幕府への降伏のみちを進んだ。ほとんど猪突猛進だった。

十月三日。藩主・毛利敬親、萩城に入る。

何でもないことのようだが、これが彼らの席巻を象徴していた。藩主はこれまでも――攘夷派支配の時期にも――何度か山口を出て萩に入ったことがあるけれど、そのさいには藩校・明倫館に滞在するのをつねとし、城までは駕籠を寄せることをしなかったのだ。

なぜか。いまや藩政は山口の政事堂でおこなっており、その山口には石垣をつみ水濠をめぐらした新しい城も普請中である以上、単なる一地方都市になってしまった萩には藩主の住居としての城そのものが存在し得ない、したがって入城もあり得ない、というのが法的な理由だった。

そのあり得ないはずの萩城に、今回、藩主がふたたび入ったということは、実質的に、首府の再遷を意味することになる。

山口との義絶を意味することになる。もともと萩から山口への遷都は攘夷派の連中の主導したことだったから、これを無に帰し、もとの萩城を藩政の中心とするというのは、つまるところ攘夷派の政策そのものを無に帰すにひとしい措置だった。

山口は、もとの一地方都市にもどった。政事堂への人の出入りも、急速にまばらになりはじめた。幕府の思うつぼだったろう。

十一月十二日。

益田右衛門介、国司信濃、福原越後の三家老が、藩命により切腹した。

三人とも蛤御門の変ではみずから兵をひきいて禁裏にせまった総大将だが、おなじ日に、この三人のもとで参謀をつとめた四人の藩士もいのちを落とした。宍戸左馬介、佐久間佐兵衛、竹内正兵衛、中村九郎。こちらは切腹すらもさせてもらえず、野山獄で斬首に処された。名実ともに犯罪人のあつかいだった。

同二十五日、藩主父子は萩城をしりぞいて城下の天樹院に蟄居。幕府に対する待罪の姿勢をいっそう鮮明にあらわした。

俊輔の仲間は、すべて消えた。

誰ひとり大っぴらに出歩かなくなった。井上聞多は湯田村の家で静養しているし、高杉晋作は暗殺を避けるため神主に化けて筑前にのがれたという。桂小五郎は蛤御門の変後いまだ杳として消息が知れないし、ほかの無数の先輩後輩はすでに鬼籍に入ってしまっている。

俊輔は、ひとりになった。

ひとり馬関でうつうつと藩務に従事している。

†

この時期の俊輔が、とつぜん、

（お母に会う）

そう決めたのはなぜだったろう。

うちとけて話せる相手がほしかったからか。聞多のいのちを救った母ふさの逸話がどこか心にひっかかっていたからか。とにかく俊輔は、例の力士隊の頭取である山分勝五郎という気のいい男に、

「ちょっと伊崎新地（馬関市内）の様子を見てくる。なあに、おぬしらの護衛はいらん。あそこは人の目がある。誰が誰にも手は出せん」

言い置いて、まっしぐらに街道へおどり出た。

萩城下は、もはや徹底恭順派の巣窟と化している。もともとこの派には萩在住の世禄の士が多かった上、ちかごろは山口の円龍寺や平蓮寺からつぎつぎと人がもどっていたからだ。万が一、彼らに見つかったら、

（ただでは、すまんかな）

　さいわいにも、誰にも見つからなかったようだった。俊輔はすんなりと城下東郊・松本村のなつかしい家に到着して、

「わしじゃ」

　からっと玄関の戸をひらき、敷居をまたいだ。母のことは、ちょうど火鉢をかかえて出てきたところだったが、べつだんおどろいた顔もせず、

「おかえり」

　俊輔がおさないころ三隅勘三郎の寺子屋から帰ってきたときとおなじ、当たり前の口調だった。俊輔はかえって胸がどきどきして、土間に突っ立ったまま、

「……なんじゃ、その火鉢」

「もう冬じゃもの。物置きから出しとかんと」

「お父は？」

「馬関じゃ。南園隊」

「あ、そうか」

　俊輔はぴしゃっとひたいを手でたたいた。南園隊というのは奇兵隊や遊撃隊とおなじ、庶民出身者による藩正規軍のひとつだが、俊輔の父・十蔵もいまはみずから志願してそこに所属して輜重方の隊務をつとめ、馬関に駐屯している身だったのだ。

「そういえば、いっぺん阿弥陀寺のちかくの道でばったり会うたわ。おととは、元気に

しとったぞ」

「そうか」

「おかか、あのな」

「何じゃ」

「ひ、ひばち持とうか」

「これくらい重とうない」

俊輔、あとがつづかない。

ついさっきまで母に会ったらあれも言おう、これも話そうと頭のなかで数万語をとどろかしていたくせに、いざとなったら照れくさく、恥ずかしく、話すどころか目を合わせることもできなかった。老母もおなじ気持ちなのだろうか、必要以上にぶっきらぼうに、

「すみが、待っとる」

背中を向けて、行ってしまった。

俊輔は足をあらい、顔をあらい、家にあがりこんだ。かつては俊輔自身の勉強部屋だった北側の奥の三畳間のふすまをあけると、

「あ、旦那様」

すみが正座したまま腰をねじり、顔だけをこちらに向けた。化粧をなおしていたらしい。俊輔はどっかとあぐらをかいて、

「三か月ぶりかのう」

すみは体ごと向きなおり、三つ指をついてお辞儀をして、

「旦那様にはご息災のご様子、何よりの……」

俊輔は顔をしかめ、

「かたくるしい挨拶はええ。夫婦ではないか」

手をふりつつ、夫婦という言葉のひびきに自分自身びっくりした。

叱責されたとでも思ったのか、すみは黙ってうつむいてしまった。気まずい空気だ。

俊輔はどうしたらいいかわからなかったが、何ぶん口をきくのはまだ二度目、われながら致し方もなかった。やむを得ず、

「こうじゃ」

肩を抱き寄せ、すみの口を吸った。

「あっ」

すみは体をこわばらせ、身もだえしたが、俊輔ははなさない。片方の腕にいっそう力をこめつつ、もう片方の手をするすると八つ口からさしこんだ。よく晴れた昼さがりで、外では近所の子供の声も聞こえる。

結婚したのは、一年半以上も前。

文久三年のはじめだった。

そのころ俊輔はもういっぱしの志士として御殿山の英国公使館に火をつけたり、国学

者・塙次郎を斬殺したり、あるいは京のみやこで舞妓を抱いたりと各方面にいそがしかったから、ちっとも萩へかえらなかった。故郷の父から、

「そろそろ、縁談でも」

というような手紙をもらっても、ただ、

「よろしいようにしてください」

と返事を書くだけ。まったく他人事だった。両親はよろしいようにした。おなじ城下の入江家から娘をもらう話をまとめてしまって、俊輔に手紙で事後承諾をもとめたのだ。

俊輔はおもわず笑いだした。例の品川宿、松下村塾系の志士がたまり場にしていた食売旅籠・相模屋へ行くと、さっそく志士仲間の入江九一にその手紙を見せて、

「どうやらわしは、おぬしの妹をもらうらしいぞ」

俊輔にとって、入江九一はただの志士仲間ではなかった。同世代だし、おなじ足軽の家の出ということもあって、わりあい深くつきあったのだ。

とりわけ人物論というか、まわりの人間をどう評価するかで気が合った。或るとき俊輔が、

「久坂（玄瑞）さんは少々やりづらいのう。まじめで、理屈っぽくて、何でもすぐに思いつめる。高杉さんは一目置いておられるが」

とこぼすと、入江はぱっと笑って、打てば響くように、

「わしも苦手じゃ。久坂さんは本を読みすぎた。世の中のことをぜんぶ漢字でかんがえ

とる」

その入江九一も、いまはもうこの世にない。

久坂玄瑞とともに死んだのだ。ふたりは蛤御門の変のとき、百余名の軍勢とともに南側の堺町御門から禁裏におしよせたが、そのときにはもう大勢は決していた。彼らは圧倒的な数の敵兵とぶつかったあげく、手近な公卿・鷹司政通の屋敷にとびこんで籠城することを余儀なくされた。

鷹司邸は、とりかこまれた。

会津、薩摩、越前、彦根、桑名等の藩兵たちが、仔犬一匹にがさない布陣を敷いた。入江九一はこれを突破すべく、抜刀して裏門から駆けだしたが、たちまち、

「ぎゃあっ」

彦根兵の槍に右目を突かれて眼球をぽろっと落とした。入江は床にぼたぼたと血の線を曳きつつ、邸内にもどらざるを得なかった。

入江はようやく抵抗をあきらめた。お局口へひっこんで久坂玄瑞、寺島忠三郎とともに腹を切り、さむらいの最期をまっとうした。屠腹の直前、入江は甲冑のあいだから櫛をぬきだし、久坂の鬢をそっと梳いてやったという。

その亡き友の妹を。

俊輔は、まっぴるまから犯している。

ぬがせた着物の上にすみの小さな裸体をあおむけにして、おおいかぶさり、ふかぶか

と刺しつらぬいている。すみは両手で顔をかくし、

「……うん。……うんっ」

必死でうめきをこらえていた。まだ二度目ゆえのういういしさか、それともこのせまい家のどこかにいるはずの俊輔の母へ配慮したのか。どっちにしろ、

（勝手が、ちがうのう）

俊輔は内心、首をひねっている。こっちとしては、もっと景気よく狂ってくれるほうが調子に乗れるというものなのだが。

もっとも、すみにしてみれば言いぶんもあるだろう。何しろ一年半前の或る春の日、両親におくられてこの家に来たら、家には夫がいなかった。国事に奔走すると称しては江戸だ、京だ、長崎だととびまわって、ちっとも帰らないのだという。すみはとうとう、ただの一度も夫の顔を見ないうちに、夫から、

「イギリスに行く」

という簡潔な手紙を受け取ることになった。この世の果てではないか。わけのわからない結婚生活だった。

もっとも、この海外留学はみじかかった。俊輔は、往復の渡航期間をふくめて一年くらいで日本にもどったからだ。もどるやいなや萩に来て、ようやっと初対面が実現したと思ったら、言うに事欠いて、

「過激な連中に、いのちをねらわれてのう。この家で難を避けるよう山口のお偉方に言

われたんじゃ」

すみとしては、嘘でもいいから、

「おぬしの顔を見に来た」

と言ってほしかったところだろう。しかし彼女はじっと耐えた。この男がわるいのではない、時世がわるいのだと自分に言い聞かせたのかもしれないが、いずれにしても彼女は抗議せず、ただただこの奇怪きわまる運命を甘受した。彼女自身の性格のせいでもあるけれど、一面では、実家の教育によるところが大きかった。

入江家の両親は、すみを武家ふうに育てた。

おさないころから節度とたしなみの大切さを教えこみ、男子への追従の美徳をふきこんできた。ゆくゆく誰のもとに嫁いでも妻たり得るようにという願望ないし責任感のためだっただろう。すみはそれを疑わずに成長し、節度とたしなみの女になった。

本来ならば、俊輔はこの女に恩のひとつも着るべきだった。この女がおとなしく、つつましく、伊藤家のなかで俊輔のかわりに両親に仕えてくれるからこそ俊輔自身は全国を韋駄天（いだてん）ばしりに走りまわり、政治がらみの重要な場面につぎつぎと足をつっこむこともできるのだ。

それなのに俊輔は、恩に着るどころか、いざ房事にのぞんでは商売女とおなじように床騒がしくしろ、たしなみを捨てろと思っている。もしもすみがこれを知ったら、かぼそい声で、しかしきっぱり、

「こまります」

そう抗議したいところかもしれなかった。

俊輔はその晩、家でめしを食った。

母とすみと三人で食った。会話はあまりはずまなかったが、母の手づくりのいかの塩辛はうまかった。聞けば、身には剣先いかを、わたにはするめいかを使うのだという。思いもよらない調理法だった。俊輔はこの日、酒を飲まず、この塩辛でほかほかの白飯を十一杯もかきこんでいる。

めしのあと、俊輔はまた妻を抱いた。こんどは妻はいくらか乱れた。俊輔は、すみがしばらく途方に暮れてしまったほど大量の精をはなってしまうと、立ちあがり、さっさと袴（はかま）に足を通しはじめた。

「……旦那様？」

ものうげに顔をもたげて、すみが問うた。俊輔は、

「出立じゃ」

「こんな夜ふけに？」

わずかに顔をくもらせた。いくら世事にうとくても、藩内がいま政治的にどんな情況にあるかは知っている。俊輔はことさら声をあかるくして、

「なあに、心配は無用じゃ。わしなんか殺しても連中には一文の得にもならん。それよりもわしは、おぬしと母上の顔を見たら、何かこう、ひどく元気が出てしまってな。一

刻もはよう馬関にもどりたくなった」

「あ、あの」

「何じゃ」

すみは身を起こし、手をのばすと、夜具の横にころがしてあった刀をそっとおさえて、

「さみしい」

俊輔は目をみはり、着物をまとう手をとめた。この妻が見せた唯一の自己主張だった。

「……おぬし」

俊輔は、何とも言えない顔になった。が、すぐに破顔して、

「わしなんか、まだましじゃぞ」

「……まし？」

「そうじゃ。井上聞多などは輪をかけてひどい。養子先の志道家に妻があり、五歳の娘までありながら、イギリス留学のとき離縁して自分はさっさと井上家へもどってしまった。あれにくらべれば、わしは神仏にもまさる慈悲のもちぬし。さ、その刀をおくれ」

すみは、目を伏せた。俊輔は、

「おくれ」

「……はい」

すみは刀を両手でもちあげ、俊輔にさしだした。

俊輔はそれを腰にさし、逃げるように部屋を出たが、さすがに申し訳なく思って、首

だけを部屋に入れなおし、

「すみ」

「はい」

「馬関に着いたら、砂糖を一壺おくってやる。まっしろな雪のような上物じゃ。たのしみにしとれ」

玄関をとびだした。

†

俊輔は生来、警戒心がうすい。

人間をしんから疑うにはあまりにも陽気で、あまりにも楽天的でありすぎる。よくもわるくも人間を信頼しすぎるのが伊藤俊輔という男だった。

この夜も、そうだった。

月もなく、星あかりもなく、足もとが見えないというそれだけの理由で、あろうことか巨大な小田原提灯をさげて歩いた。つよい光がふらふらとゆれつつ城下を東から西へと突っ切っていく。暗殺者の目には恰好すぎる標的だった。

城下の西のはし、橋本川にかかる橋をわたったところで、

「伊藤俊輔じゃな」

目の前に、ひとりあらわれた。俊輔は立ちどまり、

「そうじゃ」

とこたえざま、反射的にうしろを見た。井上聞多がまず背後からやられたという話を思い出したのだ。うしろには、人の気配なし。

ふたたび前を向いたところ、相手は三人にふえている。いずれも武士で、ぼんやりとしか見えないが、三人とも尋常でない形相をしていることはたしかだった。

「おぬしら、俗論党の連中か」

俊輔は、わざと相手のいやがる言葉をつかった。相手は無言。

「わしのまわりには、四十人の力士がおるぞ」

言ってみた。空気はそよとも動かない。

「どうやら知っておるようじゃな。まさか馬関から尾けてきたわけではなかろうが、少なくとも、いましがた家を出るのを待っておったのはたしかなようじゃ。ご苦労さんじゃのう。どうじゃ、街へひきかえして一杯やらんか？」

相手はやはり無言だった。しばらくすると、向かって左の男が、

「抜け」

「抜かん」

即答した瞬間、上段から斬りつけてきた。俊輔はそいつの顔へぽいと提灯をなげてやる。

ばさっと音を立てて顔にあたり、地面でめらめらと燃えはじめた。こんどは右の男がふりおろしてきた。俊輔はようやく刀を抜き、相手の刃をうけとめる。ガッという音がして、線香花火のような火花が散った。

おたがい刀を押したり引いたりしているうち、まんなかの男が猛烈な足払いをかけてきた。俊輔はぴょんと跳びあがって避けたけれども、その拍子に腕にこめた力が抜けて、

「あっ」

「うわっ」

俊輔の刀は、たかだかと夜空に跳ねとばされた。

あわてて脇差を抜いたが、これ一本では斬りふせぐのは無理だった。三人の刃がつぎつぎと襲ってくるのを時にはかいくぐり、時には鍔もとで受けたりするうち、俊輔はしだいに後退し、とうとう橋のまんなかに立ってしまう。

「観念しろ」

と、敵の誰かが言った。橋の幅はどういうわけか馬鹿にひろく、三人がほぼ横一列にならんで距離をちぢめてくる。全員、刀は青眼。目がつりあがっている。

俊輔はきびすを返し、城下のほうへ駆けもどろうとした。が、そちらからも武士が三人、ばたばたと橋板を蹴って来る。いずれも抜き身をさげているのは俊輔の味方ではむろんなく、どうやら敵の加勢らしい。俊輔は立ちどまり、前を見た。うしろを見た。

(六対一か)

橋には、欄干がない。川にずらずらと杭を立て、その上に板を敷いただけの単なる反り橋にすぎなかった。

俊輔はちらっと右の足もとを見おろした。川はふかく、ながれは速い。河口はほんの目と鼻の先だから、落ちれば岸へおよぎつく間もなく大海へ吐き出されてしまうだろう。ふたたび生きて陸にあがる日は来ない。

「なあ、もうやめんか？」

俊輔は、そう敵へ声をかけた。すでに鬢から血がながれている。

「もうやめんか？　こんなこと。おなじ長州者どうしが攘夷だの俗論だのと不毛な口論にうつつを抜かし、勝てば切腹を申しつけ、負ければ暗殺にうったえる。どっちにしても、とる必要のない命のとりあいじゃ。なあ、みなの衆、ばかばかしいとは思わんか？」

誰ひとり、こたえる者なし。

切っ先をこっちに向けたまま、じりじりと前後から間合いをつめてくる。俊輔はいっそう大声をあげた。

「もはや藩内でちまちま泥仕合をしとる場合とちがうんじゃぞ。もっと大きくものを考えろ。おなじ日本人が、長州じゃ薩摩じゃ、幕府じゃ天朝じゃとくだらん我を張っとるうち、日本はほんとうに諸外国にのっとられる。上海のような植民地にさせられるんじゃや」

俊輔は、イギリスが好きだった。

この目でじかに見たロンドンのデパートが好きだったし、イギリス製の軍艦のどこまでも機能的なつくりが好きだった。アーネスト・サトーという二歳年下の若者も気に入ったし、そもそも英語という妙に愚直なしくみの言語が、

（ゆくゆくは、塾の先生で食ってもええのう）

ふと思うときがあるくらい性に合っていた。しかし同時に、

（それはそれ、これはこれじゃ）

とも俊輔は思っていた。馬関戦争後の止戦談判ではイギリスは賠償金をそっくり長州から幕府の肩へ負わせることに同意したけれど、あれは長州が好きだからではなく、ただ単に、そのほうが今後いろいろな局面で、

「有利に立てる」

と冷酷に計算したからにすぎないことを、俊輔はじゅうぶん心得ていた。好意どころか、むしろその正反対の心のはたらきではないか。

（イギリスっちゅうのは、そういう国じゃ。あいつらは、長州一藩なんぞ問題にしとらん。はじめから日本全体を網にかけとる。だからこそ賠償金も幕府に払わせたんじゃ）

それが俊輔の実感だったし、またそこにこそ外国人というものの真の脅威があると俊輔はかんがえていた。黒船や大砲ならおそれるに足りない。いずれ長州人でも造れる日は来るだろう。しかし外国人たちがみな当たり前にもっている近代的な統一国家という

観念、近代的な中央集権という観念は、いまの日本人には、

（もっとも持つことが不可能じゃ）

それを全員がもたなければ、それこそダーウィン流の「生存闘争（すとらぐる）」にやぶれることは火を見るよりもあきらかなのだが。

「わしは外国人はきらいではない」

俊輔は、必死で刺客に説きつづけた。

「が、外国人にむちで叩（たた）かれるのはご免こうむる。日本はどこまでも日本人の日本でなければならないんじゃ。そのためには、ただでさえ力のないわしたちが相争うてはならん。わしたちは全国一如にならねばならん、というより、全国一如となってようやく世界のなかでは半人前なんじゃ。その半人前がこんなところで内輪の斬りあい、どう見てもおろかしいじゃろ」

「いのち乞（ご）いか」

複数の相手が嘲笑（ちょうしょう）した。俊輔は泣きそうになって、

「そういう程度のひくい見かたをするな」

「ふん。いのちが惜しいのであろう」

「惜しゅうない。見ろ」

俊輔は、脇差をぽんと川に投げてしまった。

しばらくして、足の下から小さな水音が立つ。殺してもいいから聞く耳だけは持って

くれ、そういう熱意をこめた行動だったのだが、相手はやっぱり鼻で笑って、

「丸腰なら手は出さんとでも思うちょるな。甘ったれが。なるほどおぬしが真の武士ならわれらも礼を尽くそうが、百姓あがりの紅毛かぶれなぞ、もとよりさむらいの数には入らん」

「さむらいか」

俊輔は、自分の胸につぶやいてから、そいつを見て、

「どうしても、わしを斬るか」

「斬る」

(説得は、無理か)

俊輔は、なみだをこぼした。イギリス人のアーネスト・サトーとでさえ実のある議論がしあえるのに、どうして同国人とはできないのか。自分の意見はそんなに異常なのだろうか。自分は死ぬに値するのか。

「これも、天運」

うなだれたのと、前後から、

「それっ」

六人の刃がうごいたのが同時だった。刃のうちの或るものは頭上から落ち、或るものは正面から突いてくる。

轟音が萩の天地にひびきわたった。

六人の敵はぴたっと体をとめ、目を見ひらいた。

俊輔は、頭上で両手を組んでいる。両手には小さな黒いものがにぎられていて、ほそい筒が上に突き出ている。筒からは、白黒のいりまじった長いけむりがゆらゆらと立ちのぼっていた。

ピストルだった。俊輔はそれをふところから出し、空に発射したのだ。あたりに強烈な火薬のにおいがただよいはじめた。

「おのれっ」

背後のひとりがさけんだ。俊輔はふりかえり、そいつの顔へぶっぱなした。またしても炸裂音がとどろいて、そいつの耳から血がにじんだ。弾がかすめて過ぎたのだろう。

「どけっ」

俊輔が言うと、敵はおのずから左右にわかれた。俊輔はピストルをかまえたまま歩きだし、やがて橋をわたりきった。誰かが追いかけてくる気配はない。俊輔はその小さな殺傷の具をふところにねじこんでしまうと、二度とうしろをふりかえらなかった。

二か月前。

イギリス艦ユリアラス号での交渉がまとまり、和議が成立したあと、俊輔はあらためて馬関総奉行・根来上総とともにこの艦をおとずれた。藩主からの贈りものをクーパー中将に手わたすためだった。

クーパー中将は答礼として藩主に銀の花瓶をおくり、俊輔にはピストルを一丁くれた。

ごくありきたりの外交的儀式だが、そのありきたりが、

(こんなところで、役に立つとは)

俊輔はおもしろくもなさそうに、馬関への道を歩きつづけた。

7

何となく、俊輔は、攘夷派になってしまった。

すすんで帰属したわけでもないのだが、しかし藩内の徹底恭順派が自分を殺したいほど嫌っているとわかった以上、

(ひとりでに、反対の立場へながれたまでかな)

俊輔はそんなふうに意識していた。

もっとも、攘夷派になったといっても、暗殺や政争にくちばしを突っ込んだりはしない。ただ山口や馬関や長府をかけずりまわって諸隊の隊長といろいろ政治むきの話をしただけだった。

「諸隊」

という語は、長州藩では固有の意味にもちいられている。

奇兵隊、御楯隊、遊撃隊、集義隊などというような庶民有志の大隊小隊をまとめて諸隊とよぶのだ。そのほとんどは藩の実権がいまだ攘夷派の手にあったころ結成されたこともあり、また蛤御門の変で実際に戦闘に参加した者も多いことから、いまは萩の藩政

庁から目のかたきにされ、

「解散」

を命じられている。諸隊の隊長はこれに反発して、激越な文面の意見書を出したりしていた。こういう情況のなか、俊輔は、これら諸隊の陣所をひとつひとつ訪ねてまわって、

「おぬしたち、藩のあちこちに散らばったまま別々におだをあげても声はとどかんぞ。どこか一か所にかたまって、数のちからで勝負するんじゃ」

この結果、諸隊はしだいに長府の街にあつまるようになった。長府というのは馬関海峡にのぞむ小さな街で、小さいながらも、萩藩支藩・長府藩（豊浦藩）の首邑をなす交通の要所にほかならなかった。

この街で、俊輔はさらに隊長たちを口説いた。

「もはや事態は口舌では解決せん。話しあいなんぞ意味がない。ただまどろっこしいだけじゃ」

聞いた者は、みなおどろいた。

たとえば八幡隊の隊長・堀真五郎は、かつて井上聞多とともに品川御殿山に建設中のイギリス公使館へしのびこんで火をつけた三人の実行犯のひとりだが、

「おいおい、俊輔」

目をひんむき、あきれ顔をして、

「お前はついこの前まで、内輪もめはいかん、おなじ長州者どうしが藩を割ってどうするとさんざん言うちょったではないか」

堀よりもいっそう顕著な反応を見せたのは、奇兵隊の副隊長にあたる軍監・山県狂介だった。山県は、

「俊輔よ。それはつまり、挙兵も辞さずっちゅうことか？」

ひどく真剣なまなざしで俊輔を見た。俊輔はあっけらかんと、

「まあ、そうじゃな」

「しっ！」

山県は、ゆびを唇にあてて、あたりへ慎重に目くばせしてから、

「おぬし、自分で何を言うとるのかわかっちょるのか。内戦をやる言うとるんじゃぞ。どういう風のふきまわしじゃ？」

「自分でも、わからんのじゃ」

韜晦（とうかい）ではない。俊輔はこのとき、ほんとうに自分の心境の変化がわからなかった。

（わしも、隊長になったからかな）

と思うときはある。俊輔はこの十一月から、藩命により、力士隊の、

「総督」

の地位についていたのだ。おそらく毛利登人のさしがねだろうが、これにより、俊輔ははっきりと諸隊の側の人間になった。そういう名目上の立場の変化が、おのずから内

心の変化をまねいたのか。

(いやいや、ちがうのう)

立場によって変わるような意見なら、それは最初から意見ではない。単なる自己弁護にすぎないのだ。力士隊はこのさい何の関係もないだろう。ならば、なぜか。

(わからん)

俊輔はしきりに首をかしげつつ、しかし発言のほうは日を追うごとに過激になった。元治元年(一八六四)もおしつまり、師走に入ると、

「もはや一戦あるのみ」

くらいのことは平気でくりかえすようになった。

†

その理由がわかったのは、師走のはじめ、赤根武人と話したときだった。

赤根武人は、奇兵隊の総督だ。もともと奇兵隊というのは諸隊のなかでも高杉晋作によって最初期に結成され、もっともたくさんの人数をかかえている。大黒柱というべき存在だった。

その奇兵隊の総督——隊長にあたる——であってみれば、本来なら、赤根はもちろん攘夷派の最右翼たるべきところだ。ほかの立場はあり得ないだろう。しかしこの時期、

赤根はひとり、隊から離れて行動している。どうやら萩の城下へしばしば出入りしているようだった。

その赤根が、或る日とつぜん人をよこして、俊輔に、

「折り入って、話がしたい」

と言ってきたのだ。場所は馬関がいいという。俊輔はあっさり了解して、指定された裏町(町名)の酒楼「中清」へひとりでぶらぶら出向いた。

のれんをくぐり、座敷に通されると、赤根はきちょうめんに正座して待っていた。顔はすらっと端整で、こんがりと焦げたような肌の色の黒さを除けばまずは美男に属するだろう。

「おお、俊輔。よく来てくれた。まま、熱いのをやろう」

赤根は銚子をとり、いそいそと俊輔のさかずきについだ。自分のにも注ぎ、いっきに飲みほしてしまうと、

「ことしの冬は、おかしいのう。あんまり寒すぎるように思うんじゃが。けさなんぞ、起きたら庭にくるぶしほどの高さの霜が……」

「世間ばなしはええ。本題は何じゃ」

俊輔がかたんと膳にさかずきを置くと、この三つ年上の松下村塾の先輩は、きゅうに深刻な顔になって、

「高杉さんが、藩にもどった」

「……そうか」

「十日ほど前のことらしい。おぬし知っとったか？」

俊輔は、うなずいた。

知っているどころの話ではない。高杉晋作は潜伏先の筑前からひそかに馬関へかえるや否や、まっさきに俊輔をよびだした。ほかならぬこの「中清」でふたりは密会したのだ。先月の二十五日のことだった。もっとも、そのときは辻々に捕吏の目が光っていたから大した相談もせず、ごく短時間でわかれてしまったが。

「俊輔よ。いま高杉さんは、どこにおられる？」

赤根は、さぐるような目で俊輔を見た。俊輔はふいに横を向いて、

「知らん」

うそではなかった。おたがいの身を危険にさらさないよう、あえて高杉も俊輔もそのことにはふれなかったのだ。赤根は箸をとり、うつむいて膳のものを口へはこびながら、

「高杉さんは、長州の毒じゃ」

しゃべりなれた調子でつづけた。

「あの人の目的ははっきりしとる。いくさをする気じゃ。諸隊をひきいて萩にせまり、腕ずくで藩論を転換せしめ、椋梨藤太殿をはじめとする政庁要人をことごとく亡きものにする。そのために極秘で帰来したんじゃ」

「おぬしは、高杉さんには反対なのか」

俊輔が聞くと、赤根は箸を置き、

「反対ではない」

「そうは聞こえんかったが」

「わしの意見は、正俗混同論」

「ふむ？」

赤根はここぞとばかり胸をそらし、さわやかな声になって、

「いま長州は潰滅の危機にある。どっちが正義じゃ、どっちが俗論じゃなどと不毛なのしり合いをしとる場合ではない。君臣一同すべからく融和し協調せねばならんのじゃ。俊輔よ、おぬしならわかるじゃろう？」

俊輔は、うなずいた。主旨は理解したという意味だったのだが、赤根のほうは、意見に賛成だと受け取ったのだろう、

「さすがは俊輔」

ぱっと顔をあかるくして、

「さすがは拙者のかねがねいちばん買うておる男じゃ。じつはな、俊輔、お城のお歴々もちゃんとおぬしを知っておられる。武士のなかの武士じゃとみとめてくださっている。ここは働きどころじゃぞ。おぬし、ぜひとも諸隊の隊長どもを説得してくれ」

「説得？」

「そうじゃ。言いたいこともいろいろあろうが、堪忍して、とにかく現政庁に帰順せよ、

まちがっても高杉のおろかな暴論に加担するなとな。それが君臣融和の唯一のみち、社稷を救う唯一のみち。もしも聞きわけてくれるなら、わしは政庁にかけあって、諸隊への解散命令を撤回させてもよいと思うとる」

庭には鉢棚があり、うめもどきの盆栽がならんでいる。枝々にしがみついた実の赤さが鮮烈だけれど、どういうわけか、ほかの草木はない。店のあるじの趣味なのだろうか。

俊輔は、そっちへ目を向けながら、

(何か、ちがう)

なるほど一見したところ、赤根の意見は、最近までの俊輔のそれと完全に一致する。しかし俊輔はどこか違和感をおぼえていた。なまぐさみと言ってもいい。ひょっとしたら赤根武人は、ただ藩政庁にとり入っているだけなのではないか。

あるいは別のことばで言えば、この男は、お城でちょこまか政治をいじるという行為そのものに名状しがたい陶酔を感じているにすぎないのではないか。自分で自分の主張に「正俗混同論」などというもっともらしい看板をかけるのも、志士というよりは、

(二流の政治屋の流儀じゃな)

俊輔は、だまって考えをめぐらしている。

赤根はしかし、だまって待つことはしなかった。膳のものをつついているうちに顔色を変え、ぱんぱんと手をたたくと、入ってきた小女に、

「これを見ろ」

もっていた黒い箸をつきつけ、

「持ち手のところの塗りが剝げとる。何という不注意じゃ。この店のあるじは、さむらいを愚弄するのか」

説教をはじめた。居丈高な、くどくどとした説教だった。やがて小女は顔をおおい、すすり泣きをはじめてしまう。俊輔は視線をもどし、顔をしかめて、

「もうええじゃろ、赤根」

「おぬしの箸も、それ、剝げちょる」

「めしがまずくなるわけでもなし。ささ、はよう行け。はよう」

手をふって小女を立たせ、出て行かせた。ふすまが閉まり、ふたたび男ふたりになると、俊輔は、

「のう、赤根」

「何じゃ」

「さむらいになった気分はどうじゃ」

赤根は眉をひそめて、

「は？」

「おぬしもわしも、元来はいやしい身分じゃったろう」

赤根はもともと、柱島という瀬戸内海に浮かぶ小さな島の医師の家の次男だった。医師といえば聞こえがいいが、実際はその土地にべったり貼りついた地下の身分であって、

士分ではない。ふだんの生活も百姓同然だった。長じて婿入りした先も、おなじ島内の十兵衛という裕福な農家だったのだ。

その後いろいろ事情があって、けっきょく彼は、萩藩士浦家の家臣・赤根家へ養子に入ることになるのだが、どっちにしても赤根武人は、こんな時勢でなかったら、藩政に首をつっこむどころか街場のこんな小ぎれいな料理屋でめしを食うことすら不可能だったはずの男だった。むろん俊輔もおなじだ。

「気分はどうじゃと言われても……そりゃあまあ、うれしいな。出世したんじゃからな」

赤根は頭に手をやり、あいまいな顔をした。質問の意図がつかみきれなかったのだろう。

「わしも、うれしかった」

俊輔は目の前の銚子をわしづかみにして、一本まるまる喇叭飲みした。おいおい、だいじょうぶかと赤根が言おうとするのを声でさえぎって、

「何しろさむらいは、子供のころからの憧れじゃったからな。寺子屋でせっせと勉強したのも、村の悪童にけんかを売られてがまんしたのも、いま思うとさむらい修業のつもりだったんじゃ。われながらいじらしいのう。ところがなあ、赤根。いざ現実にそうなってみると、さむらいの世は、ろくなもんじゃなかった」

「何？」

「わしはもう、愛想がつきたわい」

俊輔の目には、さむらいは、あまりにも口だけが達者だった。

彼らは何か事件が起こるとすぐ御殿なり政事堂なりにあつまって、御前会議を開催した。えんえん議論しつづけ、そうして藩の大方針を決定した……のなら俊輔も文句はないのだが、実際は大方針どころではなかった。ほとんど党派あらそいに終始した。

小さな党利をむさぼるとか、ちょっと政敵をへこませるとか、そんなことにばかり血まなこになって、藩そのものを、ないし日本そのものを大局的に見ることをしなかった。政策よりも政局のほうが好きだという点で、攘夷派も、徹底恭順派も、おなじ連中としか俊輔にはもはや見えなかった。

「むかしから、そうだったんじゃろうか」

俊輔は語を継いだ。いや、ちがう。たぶん戦国の世の終わりころまでは彼らは右往左往しなかったろう。みじかい議論でびしっと全体の方針を決め、それにそって部下や兵卒をきびきび動かして迷うことがなかったろう。さむらいの組織も、むかしは意志的、能率的だったはずなのだ。ところが、

「徳川三百年の泰平が、さむらいを骨ぬきにした」

いつのころからか俊輔は知らない。おそらく戦争を知る世代が死に絶えたころからだろう。彼らはむやみと会議をひらき、むやみと長談義して大局よりも小利をあげつらうようになった。それだけで天下の大仕事をなしとげたような気になった。

人間そのものが、劣化した。

のでは、ないだろう。食いものの質の向上のおかげで体格はむしろ向上した、学問も大いにすすんでいる。それだけを見れば人間はむかしよりもはるかに発展しているのは誰の目にもまちがいないのだ。

問題は、ただひとつ。

あまりにも平和がつづきすぎた。

ながいながい平和のなかで何世代もかけて血をうけつぎ、生活をうけつぎ、経済的根拠をうけついでいけば誰の子だって頭がぼける。ものごとを決める力がにぶる。その頭のぼけが長州藩で、いや、日本全体で頂点に達したのが要するにこの嘉永以来の混迷の本質だというのが、俊輔のたどりついた結論だった。

となれば、当然、

「さむらいの世は、もう終わってええ」

俊輔はあっさりと言いはなつと、また庭のほうへ目を向けた。そうして、

「これからの日本には、あいつらは必要ない。わしももう刀をさして街をあるくのが馬鹿らしゅうなったわ」

「もうよせ、俊輔」

赤根はさけんだ。これまででいちばん大きい声だった。ふるえる手でさかずきを口にはこびながら、

「……それ以上ほざいたら、ほんとうに藩公父子のお耳に入れるぞ」

「のぞむところじゃ」

「ただではすまんぞ」

「ふん。あの人たちに何ができるか。あの父子こそ、わしの言う真のさむらいではないか」

　この強烈な皮肉の味には、赤根武人も、

「不忠なり！」

　立ちあがり、箸をぶんと投げてよこした。怒りのあまり、というよりは、恐怖に耐えかねたような行動だった。俊輔も立って、

「ぼけをぼけと言うて何がわるい。わしは毛利家の話をしとるのではない。島津も伊達も前田も徳川もみなおなじじゃ。どいつもこいつも、もはや二本ざしに庶人をみちびく力はない」

　膳をがらがらっと蹴っとばした。その瞬間、

（あっ）

　俊輔は、ようやくわかった。

　自分はどうして変心したのか。どうしてこの半月ほどで融和論から主戦論へと覚悟を決めたのか。それはつまり、

（さむらいには、さむらいは滅ぼせん）

ということだった。日本は、もはや生まれ変わるほかない。欧米各国のように強力な中央政府をもち、強力な国民の団結をもち、強力な外交力と軍事力をもつほかに——要するに近代国家になるほかに——世界で生きのこるすべがない。そうかんがえる俊輔にとって、武士階級というものは、もはや歴史のかなたへ消え去ってもらうしかない美しい過去の遺物にすぎなかった。

もっとも、消え去るにしても、その仕事を武士自身に期待することは無理だった。それでなくても目先の利に汲々としている連中がそんな大それた自殺行為を決断できるはずもなく、そもそも自殺の必要もみとめることはしないだろう。けっきょくは俊輔のような階級外の、ないし階級周辺の存在が、

(腕ずくで葬り去るより、しかたがないんじゃ)

決心がつけば、あとは狂うだけだった。

「赤根えっ」

俊輔はとびしさり、刀掛けから刀をとって抜き、

「まずはおぬしから新しい世の贄になってもらう。かわいそうじゃが、たたっ斬る」

片手でぐいっと刃をつきつけた。切っ先がキラッとひらめいて、赤根ののどもとで止まる。赤根は、

「おぼえとれよ」

とだけ言いすてて、あたふたと部屋を出てしまった。

†

とはいえ、無分別に暴発する気はない。

暴発にも段取りがある、というのが俊輔の身にしみついた仕事感覚だった。こんどの段取りの肝となるのは、もちろん、高杉晋作をかつぎ出すことだ。

「はて、高杉さんは、どこにおられるんかのう」

俊輔は、首をかしげた。何しろ潜伏中の身なのだ、すぐに思いつくような場所をさがしても無駄足をふむだけだろう。

「こりゃあ、酒の出番じゃな」

俊輔は、一計を案じた。

まずは長府の街中のおもな酒屋に言いつけて、覚苑寺という黄檗宗の寺へどんどん酒樽をはこびこませた。そうして奇兵隊はじめ諸隊の隊長や幹部級をよびあつめ、毎晩毎晩、酒もりをさせる。

その上で、その酒もりのうわさを長府一円にひろめさせた。念のため馬関や近郊の村へも。こうしておけば高杉はどこかで聞きつけて、きっと、

（覚苑寺に、すがたをあらわすじゃろ）

はたして、あらわした。

元治元年十二月十三日のことだった。十人前後の隊長どもは、さかずきを捨てて、

「よう生きちょってくれた、高杉さん」

とか、

「これで防長二州の闇は払われたも同然じゃ」

などとよろこびあった。山県狂介などは感きわまったあげく、懐紙をとりだし、その感興でもって得意の和歌を一首したためたほどだった。

ところが高杉が、

「挙兵しよう」

口をひらくや否や、みんな下を向いた。高杉はひとり立ったまま、酒をあおりにあおって、

「諸君、逃げ腰になるな。いまこそ忠臣が義に死すときではないか。藩は幕府に売られんとしている。君公ははずかしめを受けんとしている。すべてあの憎むべき俗論党のなすところじゃ。諸君、この高杉とともに奸賊(かんぞく)を除こう。防長二州を清くしよう」

返事、なし。

全員、あらしが過ぎるのを待ってでもいるかのように首をすくめ、じっと息をころしている。高杉はますます顔をまっ赤にして、酒くさいつばを飛ばしつつ、

「おぬしら、それでもさむらいか。俊輔は賛同したぞ。俊輔こそ死をも厭(いと)わぬ真の勇者じゃ」

これは事実だった。俊輔はこの会合の前、あらかじめ高杉と話をして、

「事を起こすなら、わしは力士隊をひきいて馳せ参じますぞ」

気軽に確約したのだった。いまは大部屋のすみに端座して発言はひかえているけれど
も、もしも高杉の説得が不調なら、

（わしなら、隊長どもをどう動かすかのう）

そんなことをかんがえながら、俊輔はじっと情況を見ている。と、

「よし。わしも参ろう！」

起立したのは、石川小五郎という男だった。遊撃隊（本隊）八十人をひきいる総督だ
が、それでも高杉は不満らしく、

「おぬしの隊は、もともと蛤御門のいくさでは来島又兵衛殿のもと、もっとも奮戦した
隊ではないか。こういう場合まっさきに手をあげんでどうする。まあいい。歓迎しよう。

つぎは？」

ほかの隊長どもの顔を見おろした。たちまち御楯隊の太田市之進と品川弥二郎が立ち
あがり、

「わが隊も！」

「推参！」

声をつらねた。高杉は、

「ありがたい」

と応じたけれど、目はそっちへ向いていない。

いまだ畳にすわったままの、ひとりの男を見つづけている。やがて、しずかに、

「山県狂介。なぜ立たぬ」

（やはり、こいつか）

俊輔はそう思った。狂介は奇兵隊の軍監だ。これは隊内第二位の職階だけれど、第一位の赤根武人はもう実質的に脱隊してしまったため、狂介はひとりで奇兵隊の全権をにぎっていた。狂介のひきいる奇兵隊は、その三百という数といい、質の高さといい、高杉にとって、のどから手が出るほどほしいもののはずだった。

が、山県狂介は、やっと顔をあげると、

「高杉さん」

「何じゃ」

「わしは、蹶起には反対じゃ」

「何！」

高杉は、顔いっぱいに目をみひらいた。狂介はうつむきつつ訥々と述べた。

「戦争いうのは最後の手段じゃ。人事をつくし、精勤をつくし、じゅうぶん名分が立ったところではじめて実行すべきものじゃ。そうでなければ義挙も謀反もおなじになる。わしはまだ、少し時期がはやいと思う」

「この期におよんで、何を太平楽をならべとるんじゃ。もはや口や筆でどうにかなる時

期はすぎたんじゃ」

「落ちついてくれ、高杉さん。だいいち干戈にうったえたところで、彼我の戦力の差はどうなる。勝つ見こみがあるのか」

「うっ」

狂介はつづけた。萩藩だけでも干城隊、足軽隊、第四大隊などという正規の家臣団隊がたくさんある上に、さらに長府藩の報国隊、徳山藩の山崎隊、清末藩の育英隊というような支藩の兵もことごとく敵にまわすとなると、

「義だの忠だのを言う前に、こっちが死に絶える。はじめから勝ち目のない戦場へかわいい隊士をつっこむなど、わしにはできん」

「ええい！」

高杉はざぶんと樽へ茶碗をつっこんで、ぐいっと酒を飲んでから、

「事を起こすのは、いましかないんじゃ。いましかないんじゃ」

頬をあらあらしく手の甲でぬぐった。

(高杉さん)

俊輔はつい腰を浮かし、口をひらきかけた。ふつうに考えれば狂介のほうが合理的だが、この場合、高杉のあせりにも一片の理がないわけではなかった。このところ諸隊の人数は急激に減少していたからだ。藩中枢部が徹底恭順派にかためられて以降、どの隊でも脱退者が続出している。潮がひいていくようだった。

たとえば石川小五郎の遊撃隊など、その典型的な例だった。蛤御門の変のころは総勢五百人をかぞえたものが、いまは八十人になってしまった。みんな今後の処遇に不安を感じたり、故郷の親や親戚に「帰って来い」と手紙をもらったりして身をひいたのだ。庶民有志をあつめた組織の、もっとも弱いところが出たかたちだった。

そんなわけだから、高杉のあせりには理由がある。実行の日が一日のびれば、そのぶん使える兵が少なくなるのだ。山県もそのへんの事情はじゅうぶん察しているにちがいないが、しかしあくまでも、

「いまは天命を待つべきときです」

正座したまま、身じろぎもしない。高杉の顔をじっと見あげていた。

沈黙が、その場を支配した。

かなりの時間が経ったのち、太田市之進がそろそろと正座しなおして、

「……高杉さん。すまん」

うめくように言った。つづいて品川弥二郎も、

「やっぱり、狂介の言うとおりかもしれん。隊士たちにも妻子がある。死にに行けとは言えん」

これで御楯隊の出兵が消えた。

「おぬしら！」

高杉は激怒した。酒の酔いもあったのだろう。腰ぬけ、懦夫、でくのぼう、臆病者…

…本来ならばその一語だけでも男どうしの決闘に発展しかねないような激越な罵倒の文句をつぎつぎと吐き出した。なかには聞くに堪えない卑猥なことばもあって、俊輔などは、

（高杉さん、よくつづくのう）

むしろ感心したくらいだった。この時点では俊輔にも心の余裕があったのだ。高杉はとうとう、

「わかったぞ。おぬしら、赤根武人に籠絡されたな」

と言いだした。目がすわっている。

「おぬしら赤根を何と思うとるか。あいつは馬関海峡での四か国艦隊との戦いのとき、利あらずと見るや、そうそうに三田尻まで退いた男じゃぞ。馬関から三田尻！　どれだけ逃げれば気がすむんじゃ。しかもそののち、和議が成っても、あいつは病と称して出てこなかった。あいつは真のさむらいではない」

俊輔はどきっとしたが、もはや高杉の舌はとまることがない。

「あいつは柱島の土百姓。こっちは三百年来譜代恩顧の士。おなじと見られてはこまるんじゃ」

（あっ）

と思ったときには、俊輔、立ちあがっていた。

「何じゃ、俊輔」

高杉がふしぎそうな顔をした。俊輔は、目になみだをあふれさせ、

「高杉さん。最低じゃ」

四民平等。

などということは、俊輔はかんがえたこともない。

それを高杉に期待したこともない。なるほど高杉は奇兵隊という士庶混淆の軍隊をみずから発案したけれど、それに「奇兵隊」という名前をつける感覚そのものが濃厚に差別意識をのこしていた。奇というのは「正」に対する語であって、もちろん正規兵に対する奇兵でもあるのだが、それと同時に正邪の邪、正誤の誤、正偽の偽という意味あいをも濃厚にふくむからだ。

すなわち奇兵隊は、平等主義の軍隊ではない。断じてない。俊輔もそのことはじゅうぶんわきまえていた。ふだんなら、

「そうですか。豪農の養子の赤根が士百姓ですか。そんなら、貧農の実子のわしは禽獣以下に落ちますのぅ」

などと自分でからから笑っておしまいにしただろう。大事の前の小事とわりきれただろう。しかしながらこの場合は、この場合だけは、話がちがった。

すでに俊輔は、高杉に命をあずけている。

四十人の力士の命もいっしょにあずけている。それは俊輔自身の利欲のためではなく、ましてや藩政の風向きを読んだ結果でもない。ただ高杉という一個の人間に賭けたにす

ぎなかった。赤根武人は人間がわるい、高杉晋作は人間がいい、畢竟それだけの話にすぎなかった。その高杉が、

（わしらの命を、禽獣あつかいか）

情けなくて、なみだがとまらない。裏切られた気持ちだった。高杉は、こんな俊輔の心がわかったのだろうか、

「おい、俊輔……」

あいまいに手をさしのべるのみ。俊輔はなみだをぬぐって、

「もう、ええわ」

高杉に背を向け、ぷいと部屋を出てしまった。

この会合がその後どうなったかは、だから、俊輔は知らない。

俊輔はこの日、そのまま力士隊とともに馬関に向かった。

†

二日後、十二月十五日。

馬関の街は、雪にみまわれた。

古老でさえも記憶がないと言うほどの大雪だった。高杉晋作は紺糸威の腹巻鎧を身につけ、桃形冑をいただいて、さくさくと馬をすすめ、

「功山寺」という曹洞宗の寺に入った。

ほとけをおがみに来たのではない。ここには京のみやこから落ちのびた三条実美、三条西季知、東久世通禧、壬生基修、四条隆謌という五人の公卿がいるのだった。高杉は彼らに最後の挨拶をしようとしていた。やはり挙兵するつもりだったのだ。

五人が京をはなれたのは、長州のせいだった。

もともと彼らにさらに沢宣嘉、錦小路頼徳をくわえた七人――いわゆる七卿――は、過激な尊王攘夷論をとなえて朝廷内でも甚大な発言力をもっていた。ところが文久三年(一八六三)八月十八日の政変でとつぜん長州閥が一掃されると七卿も参内を禁じられ、長州に落ち、おまけに官位を剝奪された。

京のみやこから一歩も足をふみだしたことのない彼らにとっては、地方というより、人跡未踏の原野にほうり出されたにひとしい精神的衝撃だったろう。彼らは三田尻、山口と転々としたあげく、いまはこの馬関第一の由緒をもつ寺のかたすみの書院に起居している。というより収容されている。

この間、七卿は五卿になってしまった。沢宣嘉は生野へ走って平野国臣らの志士にかつがれ、挙兵して失敗したし、べつのひとり錦小路頼徳はすでに病気で死んでいる。のこりの五人、まくらを高くして眠るというような心理状態ではとてもなかったにちがいない。

そんなところへ、夜ふけになって、

「御免」

具足をつけた高杉晋作があらわれた。五卿はすでに寝ていたが、高杉はしいて面会をもとめ、血走った目で、

「今夕は、おいとま乞いにまいりました。おさかずきを賜りたい」

五卿の恐怖はさぞかし頂点に達しただろう。なかでも家柄がいちばん高い三条実美がこの大役をひきうけることになったが、はじめは手がふるえて酒もろくにつげなかった。二、三杯たてつづけに飲んでしまうと、高杉は立ちあがり、

「これから長州男児の手並みをご覧に入れます。では」

書院を出て、ふたたび境内におどり出た。もともと貴人への挨拶などは口実にすぎない。ここへ来た真の目的はべつにある。

「諸君！」

高杉はひらっと馬に乗り、八十人の兵士へよびかけた。兵士たちは声をそろえて、

「おう！」

深夜というのに、境内はまるで昼のようにあかるかった。仏殿、石灯籠、山門の屋根、その外側でぶあつく境内をとりかこむ木々の枝……この世のありとあらゆるものを覆った雪に、かがり火の火影がしらじらと映えている。晋作はつづけた。

「諸君らの命、この晋作がもらい受けた。萩のご城下にたむろする俗論党の者どもへ、

正義の鉄槌(てっつい)をくだすのじゃ！」

「おう！」

応じたのは、石川小五郎ひきいる遊撃隊だ。石川はとうとう前言撤回しなかったのだ。

これは石川個人の資質ということもあるが、一面では、この時期のこの隊には他国出身の人間が多かったことも影響している。長州藩の政情をさほど気にしなくてもいいぶん、心のままに実力行使に打って出ることができるのだった。

隊士のなかから、男がひとり足をふみだした。

所郁太郎だった。この男ももともとは美濃出身だ。三月前、山口の袖解橋で全身めった斬りに斬られた井上聞多の傷をすべて縫ったことは記憶にあたらしいが、ちかごろは医者はなかば廃業し、遊撃隊の参謀をつとめている。その面がまえはもはや長州人以上に長州人だった。

「高杉さん」

所は馬首にちかづき、手をさしあげた。その手のひらには、黒い、やわらかいものが載っている。

「何じゃ」

高杉はそれを指でつまんで目の前にぶらさげ、

「これは、髪のもとどりではないか」

「さよう。山外にたたずんでいる者から、お渡しするようたのまれました。いったん同

のしるしだと……」

意しておきながら出兵をとりやめた違約の罪、つくづくお詫び申し上げたい、これはそ

「俊輔か！」

高杉は髪をにぎりしめ、はた目にもわかるほど狼狽した。鞍の上でそわそわ尻を浮かしながら、

「あいつ、やっぱり来んのか。裏切り者め。あいつ……」

所郁太郎が生まじめに、

「ちがいます。そのもとどりは、御楯隊の太田市之進のものです」

「あ、ああ、そうか。太田か」

高杉はほっとしたのだろう。その場でくるくる輪乗りをはじめた。二周、三周とまわりながら、

「それなら、俊輔はどうしたんじゃ。あいつは来んのか。もう子の刻（午前零時）をすぎたぞ。いったい何をしとるんじゃ」

「さあ」

所が首をかしげたとき、

「いやいや。遅うなりましたな」

山門のほうから、のんきな声がひびいてきた。

声はたちまち防長二州をおおう灰色の雲にすいこまれてしまう。

と、こんどは、きゅっきゅっという音がしはじめた。複数の人間が雪をふむ音だ。その音は、あきらかに尋常のものではなかった。ひとあしごとに白うさぎを一羽ふみつぶして悲鳴をあげさせるような、そんな強烈な圧縮感をともなう音だった。

「力士じゃ」

所郁太郎がつぶやいたのと、高杉が、

「俊輔！」

どなったのが同時だった。ほどなく山門の下に、ひとりの若者があらわれる。こちらは具足もつけない平服だった。若者は腕を組み、仁王立ちになり、ほとほとあきれたという顔をして、

「高杉さんは、つくづく風狂なお人ですのう。ご自分はただの一兵ももっとらんくせに、しかも二日前あれほど諸隊の隊長に反対されたくせに、それでもあきらめんのじゃからのう。まったくかなわん」

高杉は馬上でそっぽを向いて、

「ふん。最初から来ると思うとったわ、俊輔」

「そうでしょうなあ」

俊輔はにこにこした。高杉はさらに、

「おぬしはやっぱり、この晋作がいなければ生きられんのじゃ」

「そのようですなあ」

「よし。あとはもう安心しろ。わしについてこい」

「その前に」

俊輔は、きゅうにまじめな顔になった。

一歩、足をふみだした。八十人からの遊撃隊がおのずから左右にわかれ、道をつくる。そのまんなかを、俊輔は胸をはって歩いた。うしろには力士たちがつづいている。俊輔は、馬の腹のところで立ちどまると、高杉を見あげて、

「申し訳ないが、わしは、高杉さんには命をあずけん」

「どういう意味じゃ」

「俊輔は、俊輔のこころざしのために戦場におもむく。そういうことです」

「おぬしの、こころざし？」

「はい？」

「聞かせろ。その有りどころを」

「討幕」

つかのまの静寂。

そのあと、その場がどよめいた。俊輔はつづけて、

「わしはもはや、ちっぽけな長州のなかで俗論党がどうなろうが、攘夷（じょうい）派がどうなろうが、知ったことではない。わしの目標は、日本をそっくり変えることじゃ。長州をではない」

というようなことを言いたかった。そうしてさらに、

「わしはこの日本から、さむらいの世をなくしたい。藩をなくし、幕府をなくし、そのかわりに新しい国家をつくりたい。その国家は現在の幕藩体制よりもはるかに中央集権的であり、効率的であり、庶民主体のものになるじゃろう」

「従来のように身分によらず、門地によらず、ただただ個人の能力によってのみ国家をになう人材をもとめる。そういう国家をつくりあげる。そのための小さな小さな第一歩が、つまり、わしのこの功山寺での第一歩じゃ」

とも言いたかった。実際、ことばは口の先まで出かかったのだ。しかしこんな遠大な理想は、この場にはあまりにも、

（ふさわしくない）

ということも、俊輔は冷静に判断していた。いまは出陣のときなのだ。兵士たちの興奮に水をさすような長広舌はやめるべきだし、だいいち総大将たる高杉をさしおいて自分がめだつのは統率の面から見て得策ではない。ここはひとつ、

（こらえどころじゃぞ。俊輔）

俊輔はだから、ひとつ咳払い（せきばらい）して、胸の高鳴りをおさえつつ、

「高杉さん」

と呼びかけた。そうして手みじかに、

「せっかく命をかけるんじゃから、わしはこの義挙を、単なる藩内抗争に終わらせたく

ない。高杉さんには俗論党をたおす程度のことで満足してほしくないんじゃ」

高杉は、

「ふむ」

小さくうなずいた。おそらく高杉の頭には、この時点では、にっくき俗論党打倒しかなかっただろう。ましてや幕藩体制の根本義にまで疑いを抱いているはずもなかった。がしかし、高杉晋作はやはり一代の傑物だった。俊輔のことばの奥に何かおもしろそうな光がちかちか閃いているのが見えたらしく、ぱっと笑って、

「俊輔よ。おぬしもそうとうの風狂じゃのう。何かずいぶん先のことまで見つめとるようじゃが、その前に、よくよく目の前のものを見ろ。この境内には、おぬしの力士隊をくわえても、たった百人そこそこしかおらんのだぞ。幕府を討つなど、夢のまた夢じゃ」

「高杉さんなら、できる。大した仕事ではありません」

この俊輔のせりふが正しかったことは、のちの歴史が証明している。しかしこのときの高杉はそこまで自分がやれるとは想像もしていないから、ぷっと噴きだして、

「おぬしは相変わらず、楽天家じゃのう」

と言っただけだった。

(それでええ)

と、俊輔は思っている。もしも長州攘夷派がこの戦いに勝ち、ゆくゆく幕府との戦い

に勝ったなら、ほんとうに新しい日本をつくり出すことに成功したなら、その功績はおそらく高杉ひとりに帰せられるだろう。俊輔はせいぜい使いっ走りとして役立ったという程度の評価しか後世にはあたえられないだろう。

実際、四か国艦隊の馬関来襲時には、彼らの砲撃をやめさせたことも、その後の談判で巨額の賠償金をぜんぶ幕府に肩がわりさせたことも、いまはすっかり高杉の殊勲ということになっている。俊輔はただの通訳、ただの若造、まったくの黒子にすぎなかった。

(それでええ。それがイギリス流の宰相じゃ)

「よし、行くぞ!」

高杉が馬首をめぐらし、馬の腹を蹴った。馬はあっというまに山門をくぐり、石段を降りて消えてしまう。

「つづけ!」

遊撃隊の全員が声をあげ、走りだした。俊輔はちょっと出おくれた恰好になった。境内はしんとしている。力士隊の頭取・山分勝五郎がちかづいてきて、

「わしらも、行きませんか」

「それがのう」

俊輔はぺろっと舌を出してみせ、

「まずどこを襲うのか、高杉さんに聞くのを忘れた」

「しゅ、俊輔さん」

と、この温厚な相撲とりは、まるまると太った顔をもうまっさおにしている。俊輔は、

「ま、どうせ伊崎新地あたりじゃろ。おなじ馬関の市中じゃ。歩いて行っても追いつくわい」

あくびをしつつ、腕をまわした。もはや高杉の思考は読みきっている。

†

行き先は、やはり伊崎だった。

この地に長州藩（厳密には萩藩）が設けた、

「新地会所」

のことは、前にも述べた。徳川時代初期、全国海運のいわゆる西廻り航路が確立すると、西廻りというのは要するに馬関まわりの航路だから、日本のあらゆる物資がこの街にあつまることになった。

藩はこれに目をつけた。みなとにのぞむ伊崎の地に出張所――新地会所――を設置して、金融活動を展開したのだ。貸倉庫業、商品斡旋業、銀行業……ひらたく言うと、金の売り買いで金もうけをした。新地会所は、藩の重要な経済的拠点だったのだ。

その拠点を最初の襲撃先にえらんだのは、もちろん軍資金を得るためだった。

高杉の軍は、ほとんど一文なしだった。さらには兵糧もない状態だった。せめて二、

三日ぶんの米穀だけでも分捕らなければ、藩を相手に戦うどころか、戦死の前に餓死してしまう。

「よし。行け」

高杉の命令のもと、約百名の兵士がひたひたと会所をとりかこんだのは、十二月十六日早朝。つまり功山寺での鬨の声からわずか三、四時間後のことだった。すっかり兵の配置が終わってから、高杉は、俊輔に伝令をよこして、

「さて、どうするか」

と聞いた。俊輔にとって馬関はもはや庭のようなものだから、意見はすらすら口をついて出る。

「この会所はいわば商家のようなものでして、藩士はほとんど詰めとりません。わしらは要するに金と米さえ得られればええんじゃから、罪のない町人どもを傷つける必要はなし。まずは空鉄砲でことたりましょう」

高杉は、そのとおりにした。空へ向けて鉄砲を撃たせ、吏員をすべて追いちらしてから、遊撃隊の高橋熊太郎、久保無二蔵ふたりを談判に出した。

ふたりが建物内に入ると、予想外だったのは、

「あっ。根来殿」

馬関総奉行・根来上総みずからが奥の座敷で待っていたことだった。根来上総はこのとき四十九歳、かつては藩の加判役をつとめたこともあるほどの大物であり、せんだっ

ては俊輔とともにイギリス軍艦ユリアラス号へおもむいて贈答品のやりとりをしたこともある。元来が攘夷派のほうに同情的な人だった。

根来上総は、ひどく落ち着いていたという。以下は俊輔があとから聞いた話だが、

「高杉と伊藤につたえろ。おぬしらの暴挙はすでに数日前から長府藩の察知するところ。ついさっきも、わしのもとに内通があったわ」

高橋熊太郎がおどろいて、

「どのような？」

と聞くと、

「高杉らが昨晩、子の刻に功山寺を発した。この会所へ襲撃に来ることが予想される。到着は昼ころであろうから、じゅうぶん警戒するようにとな。わしは『何をばかな』とこたえたよ。高杉は雷電のような男じゃ、来るなら夜もあけきらんうちに来るとな。……案の定じゃった」

くっくっと笑った。そうして、

「そんなわけだから、ここには金穀はない。二、三日前にすっかり、はこび出してしもうた。ゆるせよ」

「だとしても、少しはのこっているでしょう」

高杉側のふたりが血相を変え、ねばりにねばったので、根来上総はようやく札銀十六貫目を出してくれた。

「こんなはした金では、何もできん」

高杉はそう言いつつ、軍をひきいて、少し内陸側にひっこんだ。了円寺という真宗の寺を屯所としたのだ。寺側の僧に提供された部屋に入るや、どっかと腰をおろして、

「どうする、俊輔」

少し前なら、高杉は、馬関でも有数の豪商・白石正一郎に支援を申し入れたところだろう。実際、これまで何度も金の無心をしたことがあるのだ。しかし白石のいとなむ廻船問屋はいまはもう倒産寸前になっており、とても声をかけられるような状態ではない。

「あいつは、僧月照、真木和泉、平野国臣……あまりにも手びろく尊攘派の志士を支援しすぎたんじゃ。いまこそ天下分け目のときじゃのに」

と、高杉は、自分のことを棚にあげてくやしがる。俊輔はにこにこと、

「まあ、まかせてください」

俊輔にも、知りあいの豪商が馬関にいる。北前問屋・奈良屋のあるじ入江和作だ。こちらもやはり白石正一郎とおなじような尊攘志士の支援者だったけれども、まだ白石ほどには零落していなかったから、俊輔の訪問を受けると、即座に、

「二千両、出しましょう」

うなずいてくれた。もっとも、金をつくるのは難渋したらしい。俊輔はその後、何度か手紙で催促しなければならなかったが、とにかく高杉晋作のこの長州統一戦争は、その資金のほとんどを俊輔が調達したことはたしかだった。

俊輔が金策に出ているあいだ、高杉はつぎつぎと手を打った。
「ちょっと三田尻へ行って、軍艦を取ってくる」
と、まるで畑へ大根でも取りに行くように言うと、
「わしとともに死ねるやつは、ついてこい」
名乗りをあげた石川小五郎、所郁太郎、新坂小太郎、清水彦九郎たち十八人とともに、三艘の飛脚船に分乗して瀬戸内海にはいりこみ、三田尻のみなとへ急行した。三田尻には長州藩船籍の木造帆装艦、
癸亥丸（イギリス製）
丙辰丸（長州製）
庚申丸（長州製）
の三隻が浮かんでいる。いずれも十八ポンド砲や三十ポンド砲をずらっと搭載した信頼性の高い艦だけれども、いまは藩政府の幕府に対する徹底恭順方針を受け、武装解除して「謹慎」している。つまり浮かんでいるだけだった。
これらの軍艦の総大将は、佐藤与三郎という藩士だった。高杉軍の連中はさっそく面会をもとめ、
「即刻、碇をあげ、馬関へ向かっていただきたい。ご同意なくば、ここでおたがい刺しちがえましょう」
佐藤与三郎は、あっさり同意した。おどしに屈したというよりは、かねてから藩の方

針に不満をもっていたものらしい。高杉はこれらの軍艦をしたがえて馬関にもどると、ふたたび屯所の了円寺にどっかと腰をすえ、

「これで海上砲台が得られた。もうじき萩から政府の大軍が来るだろうが、かたっぱしから撃ちたおしてやれる。しかしそうなると、こんどは陸兵のほうが物足りんな。よし」

馬関市内で緊急に義勇兵をつのり、百二十人を得た。高杉はこれに、

「好義隊」

という名をつけ、ろくろく俊輔の意見も聞かぬまま俊輔の配下に組み入れてしまった。手まわしの早さ、実行力、ほとんど神業というべきだった。

「さて。次はどんな手を打とうか」

水を得た魚のような顔をして思案しているところへ、ちょうど俊輔がかえってきた。高杉は、

「おそいぞ。いままで何しとった」

「す、すいません」

俊輔は顔をまっ赤にして、めずらしく口ごもった。じつは金策だの、武器調達だのの仕事のかたわら、萩の実家へ砂糖をおくる手配をしていたのだ。妻のすみに「おくってやる」と約束したのはまだ昨日のことのようにも思えるが、実際はもう二か月以上もすぎている。高杉はふんと鼻を鳴らして、

「まあいい。おぬしもここへ来て、知恵を貸せ」

手まねきした。と、俊輔のうしろから、

「高杉さん！」

遊撃隊参謀・高橋熊太郎がどかどかと駆けてきて、俊輔を追いこし、高杉の前に正座した。高橋熊太郎はもともと水戸の出身、「高杉」の発音がどうしてもタガスギになる。

高杉は、

「何じゃ、水戸っぽ」

「あの、その……情報が、ふたつ、入りました」

「いいものか、悪いものか？」

「ひとつは上々吉。もうひとつは……」

暗い顔をしたので、高杉はあごをしゃくって、

「話せ。いいほうから」

「はいっ。山県狂介の奇兵隊が、とうとう立ちました」

奇兵隊の三百人の隊士たちはその後もずっと長府の街にとどまっていたが、高杉たちの功山寺挙兵、および伊崎新地の襲撃成功の報を聞いて興奮さめやらず、血気にはやって、とにかく自分たちも萩へ向かおうとばかり、十二月十七日に――つまり高杉たちの伊崎新地襲撃の翌日に――長府を進発したのだという。

実質上の総督である山県狂介も、こうなっては彼らを制止することもできず、なかば

引きずられるかたちで、

「彼らと行動をともにしたそうです。進発にあたっては山県殿はわざわざ剃髪し、あらたに素狂の号を名のり、なおかつ『呉竹の世のうきふしの杖と笠おもひたつ身ぞうれしかりける』という歌まで詠んで周囲の者にしめしたとか。いまは全軍、伊佐に滞陣しておる模様です」

高杉はぱっと立ちあがり、鉄扇でひざを打ち、

「でかした、狂介。よくぞ覚悟を決めおった！」

「どうかのう」

横から冷静に口をはさんだのは、俊輔だった。

「あの狂介が、そうかんたんに思いきりますかのう」

俊輔の見るところでは、狂介は、高杉とは人間の型がちがう。ただちに行動へ跳躍するような男ではない。

もともと山県狂介という男、軍人にしては文学志向のつよすぎる男で、部下をたくみな言いまわしで鼓舞することに長じる反面、どんなことでも熟考の上、名分を立てなければ始めようとしないところがある。よくもわるくも腰がおもい。伊崎新地の襲撃成功を耳にしたくらいでは、

「あの男は、うごきはせんよ」

「し、しかし、例の『呉竹の』の歌は」

と、高橋熊太郎がなおも水戸なまりで抵抗するのへ、

「決意の歌のようにも見えるが、坊主になりたい、出家遁世してみたいっちゅう歌にもわしには思える。狂介の心はまだ完全には定まっとらん。伊佐では滞陣しとるんじゃない、次の行動をどうするか長考しとるんじゃ」

「もうええ、俊輔」

高杉はにがい顔をして鉄扇をふり、

「せっかくの吉報を、台なしにしおった」

舌打ちしつつ、きまりわるそうに畳の上にすわった。どうやら俊輔が正しいとみとめたらしい。高杉は顔をあげ、高橋熊太郎へ、

「もうひとつの、わるい知らせとは？」

「それが、その……」

高橋熊太郎、とたんに口をにごした。高杉が、

「はっきりしろ」

こわい顔をしたので、ようやく、

「萩の政庁が、天をもおそれぬ暴虐を」

俗論党の連中は、高杉や俊輔の暴発に対する対抗措置として、萩城下に謹慎していた攘夷派の諸士をとつぜん野山獄にたたきこんで斬首したのだという。

「殺されたのは？」

「前田孫右衛門、毛利登人、大和国之助、渡辺内蔵太、山田亦介、楢崎弥八郎、松島剛蔵の七人です。ほかにも無実の罪で投獄された者数名」

全員、絶句した。

高杉は、怒りで顔をまっ赤にしている、というより赤黒くしている。俊輔も、

(毛利登人殿が)

目がしらが、熱くなった。

毛利登人。藩主一門、吉敷毛利の出のくせに、みずからロンドンがえりの俊輔や聞多をあれこれ世話してくれた。攘夷の方針をめぐって対立する俊輔たちと藩政庁のあいだに立ってくれたばかりか、俊輔ごとき百姓あがりが藩主父子の面前で意見を述べる機会さえ設けてくれた。

現在の俊輔が諸隊の隊長という地位を獲得し、四十人の隊員とともに高杉の義挙にくわわる名目を獲得したのも、もとはと言えば、この人がわざわざ力士たちを護衛につけてくれたのがきっかけだった。

この人がいなかったら、ひょっとしたら、俊輔はいまごろロンドンで得た知見を生かすことなく、もちまえの明朗な行動力を発揮することもなく、萩郊外の実家の北向きの部屋でひっそりと銀が錆びるように錆びきっていたかもしれない。

(その毛利殿が、わしのせいで)

しかも死にかたが尋常ではなかった。投獄即斬首。日本のどの地方を見まわしても、

武士の尊厳をこれほど徹底的に剝奪された最期はないのではないか。享年四十四。

お前様の死、むだにはしませんぞ。

俊輔はそう強烈に決意した。

しかし俊輔という男のふしぎさは、決意しつつも悲憤慷慨はしないところだった。この男は、切所に来るといつも笑った。泣くとなったら誰よりも多量のなみだをながすくせに、次の瞬間けろっとした。このときもそうだった。ぐいっと袖で目をぬぐうや否や、まるでお面をとりかえたみたいに、

「これはまた、絶好の機会の到来ですのう」

高杉はまだ怒りを濃厚にのこした目で、

「何じゃと？」

「萩政庁のこの処置は、いくら何でも唐突にすぎましょう。うわさが防長一円にひろまれば、あちこちで激情に火がつくのはまちがいなし。これまで事態を静観していた諸隊の長も、さぞかし」

と、俊輔はそこで言葉をぷつんと切って、意味ありげに高杉を見た。

高杉は非凡な男だ。ここまで言われればすべてがわかる。さっと立ちあがり、俊輔を見おろして、

「おぬしはつくづく、あまのじゃくじゃのう」

「そうですか」

「吉報が来れば悪いことを言う。凶報に接すれば、思わぬ良策をひねり出す」

「そういう役目が、性に合うとるようですな」

ほかの者は、まだきょとんとしている。高杉はたたみを鳴らして、

「ただちに檄文を作成しろ。藩庁の不正義を糾弾し、こっちの正義をうったえる文章を明々朗々としたためるんじゃ。そうして藩内のいたるところにばらまいて、蹶起をうながすんじゃ。いそげ！」

「早速！」

俊輔は身をひるがえし、どたどたと部屋を出た。俊輔はこのとき、

（狂介め。こんどこそ立てよ）

勝ちいくさの灯が、たしかに胸にともるのを感じている。

†

山県狂介は、なお立たない。

萩の南西およそ三十キロの伊佐の地にふんばったまま、軍を微動だにせしめない。ばかりか、萩の藩政庁から使いが来て、

「奇兵隊はじめ諸隊は、この伊佐から退去せよ。大砲小銃はこれをすべて藩公に返納せよ」

という命をつたえると、隊士はもちろん激昂して、

「拒絶すべし。いまこそ戦端をひらくべし」

気勢をあげたにもかかわらず、狂介はひとり、

「まあ待て。わしに策がある。ひとまず命はお受けしよう。ただし武器の返納をいっぺんにおこなうことは不可能じゃから、少しずつ、日時と場所を決めてお返しすると申し上げる」

などと、あくまでも時間かせぎの策をえらんだ。これには萩からの使者は手を打ってよろこび、

「ならばまず、武器完納の最終期限を設けよう」

「よろしい。来年の一月三日」

このことを馬関で聞いた俊輔は、顔をしかめて、

「狂介め。何を、煮えきらんことを」

もっとも、俊輔のほうの準備もすすんでいなかった。豪商・入江和作からの入金がおもいのほか遅れたため、軍を了円寺にとどめたまま、高杉晋作とともに小康の時をすごさざるを得なかったのだ。例の檄文も、いちおう下書きは書いたものの、いまだ印刷につかう板木を彫るところまでは行っていない。

年が、あけた。

元治二年（一八六五）の正月になった。この年号は、こののち四月、慶応とあらため

られることになるが、慶応はすなわち徳川幕府治下の日本の最後の年号。歴史上記念すべき一年のはじまりだった。

そういう年の元日を、俊輔は、

「まだか。まだか」

あせりつつ、了円寺の境内をうろつきまわっている。

狂介たちの武器完納期限は、もはや明後日にせまっているのだ。実際には返納事務はほとんどおこなわれていないようだが、しかしその日が来れば事態はどう変わるかわからない。俊輔としては、とても安心していられる情況ではなかった。

それに萩からは、すでに追討軍が進発している。各地に放った細作（スパイ）からの情報をまとめると、この追討軍は、

前軍　総勢　三百名（大将・粟屋帯刀）

中軍　総勢　一千名（総奉行・毛利宣次郎）

後軍　総勢　三百名（大将・児玉若狭）

の三隊にわかれており、このうちの前軍と中軍はまっすぐ伊佐へ――南西へ――向かっている。後軍ははじめ日本海ぞいに北浦街道を西進したが、途中、現在の長門市にあたる深川の正明市（地名）というところで南へ折れ、山みちを南下しはじめた。こちら

もいずれは伊佐に来るだろう、前軍中軍とともに狂介たちを包囲するだろう。

馬関には、彼らは目もくれない。

というより、よほどの大まわりをしないかぎり、萩から馬関へ向かうには伊佐を通らなければならないのだった。伊佐というのは山間部において東西南北からの道がまじわる交通の要路で、だからこそ豆腐屋だけで五軒もあるような大きな商業都市になっている。逆に言うなら、早々にこの地をおさえてしまった狂介はやはりただ者ではないのだった。

それにまた、政略上の判断もある。

藩側の肚づもりとしては、旗幟を鮮明にした高杉晋作の小軍よりも、いまだ鮮明にしていない山県狂介の大軍をまず手当てするほうが仕事がしやすい。

「戦わずして懐柔できるなら、それに越したことはない」

というわけだった。

裏を返せば、狂介のあの煮えきらぬ態度は、完全に相手の思うつぼにはまっている。ひょっとしたら、敵側は、一月三日の期限日に何かあたらしい講和条件をもちだしてくるのではないか。いきりたつ悍馬の前にまぐさをぶらさげるように諸隊を手なずけようとするのではないか。

「どうしますか。高杉さん」

俊輔は、聞いてみた。もちろん答はわかっているが、しかしここは、高杉自身に、

（あえて、兵士たちの面前で所信を表明してもらわねばならん）

高杉は立ちあがり、凜々たる声で、

「知れたことじゃ、俊輔よ。行動によって狂介をうごかす」

高杉たちは、ふたたび伊崎の新地会所を襲うことにした。一月二日のことだった。

新地会所は、このときはもう業務を再開している。しかし高杉や俊輔のひきいる軍勢がどかどかと闖入して、あっというまに役人どもを追い払った結果、この藩立の商業施設は完全に軍事占領下に置かれ、なけなしの金穀もほしいままに接収されることになった。

（もちろん）

と、俊輔は二手も三手も先を読んでいる。

（もちろん、金穀などは二の次じゃ）

この占領の真の目的は、情報の発信にあったのだ。俊輔はようやく刷りあがった檄文を馬関のあちこちの立て札にうちつけさせ、防長二州のあらゆる場所へとどけさせた。もちろん伊佐の山県狂介へも。

「討姦檄」

という題をもつこの痛烈な文章の発信人を、しかし俊輔はあえて高杉晋作とはしなかった。俊輔自身にもしなかった。ただ「遊撃隊」とだけした。こうしておけば、檄文を読んだ諸隊の隊士は、

（大いに、触発される）

俊輔はそうふんだのだ。

このもくろみは図にあたった。伊佐の奇兵隊本陣では、複数の隊士がこの檄文を手にして狂介のところへ駆けこんで、

「わが奇兵隊の名がここにないのは慚愧のいたり、千載の恨事ではありませんか。山県総督、われわれもやりましょう。萩に向かって進軍しましょう。これ以上おくれを取ってはなりませぬ！」

それでなくても毛利登人たち攘夷派の七士が斬首に処された一件により、彼らの怒りは頂点に達している。檄文は、その怒りの火におもうさま油をぶっかけたかたちになった。狂介はゆっくりと檄文に目を通し、

「俊輔め」

にがにがしげに舌打ちすると、その紙をふところにねじこんで立ちあがり、とうとう、

「よし」

蹶起の宣言をした。ただし山県狂介のそれは、高杉晋作ほどには派手ではない。地味な、ささやかな、しかし具体的きわまる軍事命令のかたちを取った。奇兵隊陣場奉行・天宮慎太郎をよび、こう言ったのだ。

「たしか萩からは、藩庁の使者がふたり来ていたな」

「はい。いまも伊佐近郊に滞在しています」

「拘束しろ」

拘束が終わるや、狂介は諸隊に出動命令を出した。天宮慎太郎を実質的な総大将に任命し、肩を抱いて、

「絵堂に行け」

と言ったのだ。絵堂というのは伊佐の北東約十五キロ、ちょうど伊佐と萩のまんなかにあたる村の名前。そこには敵の三軍のうちの前軍、粟屋帯刀を大将とする約三百名の兵が滞陣しているはずだった。

一月六日、夜。

ひそかに絵堂へ向かったのは、奇兵隊の一部、南園隊、および膺懲隊の諸兵だった。合計二百名あまり。天には月がなく、山道はまっくらで何も見えなかったが、しかし兵たちは秋吉台あたりの特に険難なところでは小さなたいまつに火を点じたものの、それ以外はひたすら闇を歩いた。夜襲を敵に知られないためだった。

彼らの配慮は、細心をきわめた。話し声ひとつ、おくびひとつ洩らさなかったのはむろんのこと、馬もくつわを強くかませて声が出ないようにした。たまたま住民に出会ったら、これを木にしばりつけ、布をまるめて口におしこんだ。ちょっと神経過敏なほどだが、ここ十数日の情勢の緊迫をかんがえれば、むしろこのくらいのほうが、

「ちょうどいい」

というのが山県狂介の判断だったのだ。

諸隊は、夜半、絵堂の南郊に到着した。

ただし、いきなり入村はしない。天宮慎太郎はまず、中村芳之助、田中敏助のふたりのみ出向かせることにした。ふたりは馬上の人となり、敵本陣めざしていっさんに鞭を打つ。途中、番所がいくつかあった。誰何されずに通過した。どうやら番人がみな熟睡しているらしかった。

ふたりは本陣に着き、門をたたいた。門番が出てくる。中村芳之助はふところから戦書（宣戦布告の通知書）を出し、つきだした。門番は血相を変えて、

「総大将の粟屋帯刀様は、おやすみになっている」

「そうじゃろうな」

「すぐにお起こしする。この書面をお見せする」

あたふたと奥へひっこんだ。藩側はどいつもこいつも、信じられないなまくらぶりだった。これならば、たいまつを千本つけて法螺貝ふいて来たとしてもやはり敵本陣にらくらく到着できたにちがいない……というのは、のちのちまでの諸隊の隊士たちの語りぐさだった。

諸隊には、もとより貴人の覚醒を待つ気はない。

中村、田中の両名は返事を待たず、馬首をめぐらし、村外南郊の自陣にもどった。天宮慎太郎はその報告を聞くと、すぐさま、

「鉄砲方あっ！」

一発の空砲を天に撃たせた。

これが総攻撃の合図だった。天宮慎太郎にひきいられた奇兵隊、南園隊、膺懲隊の連合軍はきっちりと隊伍（たいご）をみださず村内を通過し、敵本陣にせまり、まずは鉄砲の弾を、ついで大砲の砲弾を、おもうさまあびせた。本陣はもともと裕福な一般市民の民家であり、防衛施設はもうけられていない。たちまち死傷者が続出し、大混乱となった。

その混乱のなかで、

「退（ひ）けえ。退けえっ！」

とくりかえしたのは、総大将・粟屋帯刀だったのだろうか。いずれにしても萩から派遣された約三百の兵は、そのほとんどが正規の藩士だが、ろくろく反撃もせず本陣をすてて北へ去った。彼らはこの夜、二度と村内に足をふみいれることをしなかった。

もっとも、一部はひきかえしてきた。

あるいは最初から村を出なかった。この残敵は士気がたかく、かなり手ごわかった。天宮慎太郎はこれを掃討しようとして本陣の裏門をおどり出たところを狙撃（そげき）されて死亡、また足軽出身の奇兵隊小隊司令・藤村太郎（ふじむらたろう）もこのとき市街戦でいのちを落とした。天宮は三十九歳、藤村は二十八歳だった。

ともあれ。

夜あけころには、諸隊は完全に絵堂を制圧した。

この戦果は、ただちに伊佐の山県狂介のもとへ報じられた。狂介は、にこりともせず、例の拘束しておいた二名の使者をよびだした。そうして絵堂の襲撃軍が敵本陣にさしだした戦書の写しを手わたして、

「そういう次第で、われわれは君側の奸を払うためやむを得ず戦端をひらいた」

つまり現在はもう交戦状態にある、と狂介は念をおしてから、

「貴殿らは俗論党の人、どう処置するかに関しては拙者にも考えがあるけれども、しかしいま貴殿らは主家の上使をつとめておられる。あえて不問に付すこととしよう。すみやかに萩へ帰り、われらの意あるところを藩公へお伝えしてもらいたい」

その上さらに、ふと思い出したという感じで、

「そうそう、お帰りのさいには本道ではなく、間道をたどることをおすすめする。本道は、われらが諸隊の行進するところ故」

にやっと笑ってみせたものだから、ふたりの使者はあわを食って、そうそうに伊佐から逃げ出したことだった。

彼らはよほどあわてていたのだろう。そのうちのひとり、山本伝兵衛という者は、そもそも伊佐へは馬で来たことをすっかりわすれ、歩いて萩に向かってしまった。諸隊の隊士はこれを嗤い、これを囃し、あるじに捨てられたあわれな馬を、

「伝兵衛馬」

と呼んでかわいがったという。

†

戦いは、これで終わりではない。

というより、ここからが佳境だった。狂介はただちに伊佐を発した。伊佐には一兵ものこさなかった。よりいっそう萩にちかい絵堂の地がおさえられれば、戦略上、もはや伊佐は必要ないからだ。

しかし絵堂に到着し、そこで夜あけをむかえるや否や、

「全軍、後退！」

そうして南へ五キロほど引き返して、

「大田（おおだ）」

の地に本陣を置くよう指示した。絵堂は土地がせまい上に四方から道があつまっていて、まもるに不利と判断したからだ。こういう人文地理的な洞察を瞬時におこなう能力では、俊輔も、高杉晋作も、この軽輩あがりの奇兵隊総督にはおよばなかった。狂介は本陣を、

「大田天神」

と地元で呼ばれる、村内第一の神社の拝殿にさだめた。

大田の地から北をのぞむと、ふたつの山が前後にならんでいる。

手前のものは中山、奥のものは権現山。まあ実質的には南北にながい一つながりの山なのだが、道はこの山の手前で左右にわかれ、それぞれ山腹をかすめるようにして北へのびることになる。左が本道、右が間道。山がつきて道がふたたび合流する地点がすなわち絵堂というわけだ。おそらく藩政府軍は、この絵堂かさらにその北方に本陣を置いて、

「隊伍をたてなおすじゃろう」

狂介は、そう見た。

ということは、狂介たちと政府軍は、山をはさんで南北に対峙することになる。当然、激突の地は、山の東西になるだろう。その街道上になるだろう。そこで狂介は、全軍をおよそ三つにわけることにした。

山の西側、本道上の長登口には膺懲隊、八幡隊、南園隊、および奇兵隊の槍隊と砲隊を。いっぽう山の東側、間道上の川上口には奇兵隊の主力部隊を。そうして、のこりの一隊――諸隊の連合軍――には、もちろん本陣の大田天神をかためさせた。ちょうどYの字の三つの頂点上にそれぞれ布石を打ったことになる。この陣立てに、狂介はたっぷり三日間かけた。

大田村内の住民は、みな狂介たちに対して好意的だった。すすんで金銭をさしだしたり、米や味噌を提供したり。そのうちに女たちがめし炊きの手伝いまでしはじめたのには狂介もさすがに感動をおぼえて、

「このいくさ、民草のためにも、負けることはゆるされんぞ。なあ？」

たまたま横に立っていた奇兵隊第二銃隊隊長・湯浅祥之助へつぶやいた。湯浅祥之助は表情を変えず、ぶっきらぼうに、

「はい」

この男のひきいる隊は、今回は、川上口の二ノ手（二番隊）に任じられている。どうやら名誉ある一ノ手をまかされなかったことが不満のようだった。狂介は、これを心にとめた。

三日間は、いくさがなかった。

ということは、逆に言うなら政府軍のほうも三日間まるまる反撃しなかったことになる。これは決して怯懦の故ではなかっただろう。彼らもこの大田をめぐる戦いが、いわば天下分け目の、

「関ケ原」

であることを知っているのだ。じっくりと時間をかけて軍備をととのえ、援軍を待つのは、これもまた当然の態度だった。鎮撫総督に萩藩支藩の清末藩主・毛利元純がじきじきに派遣されることになったのも、萩の政庁がこの一戦をどれほど重視しているかのあらわれだった。

いや。あとで聞いたところによると、はじめは清末侯どころの話ではなかった。萩藩藩主の世子・毛利元徳がみずから出馬する予定だったという。

†

三日後、一月十日。

先に行動を起こしたのは、藩政府軍のほうだった。

絵堂の北方・雲雀（ひばり）峠に本陣をかまえた政府軍は、まず荻野（おぎの）隊・選鋒（せんぽう）隊の連合軍を山の西側の本道より南下させた。ごりごりの正攻法といっていい。むかえうつ狂介の側の諸隊のほうは、膺懲隊、八幡隊、南園隊、および奇兵隊の槍隊と砲隊。

激突は、午前十時ころはじまった。

事前に予想されたのは、

「旧式の政府軍・対・新式の諸隊」

という図式だった。何しろ政府軍にはむかしからの正規の藩士が多いだけに、先祖伝来の陣羽織、腹巻、脛当（すねあて）というような鈍重きわまる具足に身をつつむ者が多かったし、これに対して諸隊のほうは、筒袖（つつそで）にだんぶくろ（ズボン）という西洋ふうの軽装がもっぱらだったのだ。

装備の点でも、諸隊には最新式のライフル銃が多数配備されていた。その軍備を生かすための組織的行動もじゅうぶん訓練されていた。むろん兵員の数そのものは政府軍のほうが圧倒的に多いから、諸隊にとっては、数の上の劣勢をどのくらいまで装備と能率でおぎなえるかというのが勝敗をわける重要な点だったのだ。

ところが。

長登口での戦闘がはじまると、ここに予想外のことが起きた。政府軍の第一陣が、あろうことか、古式ゆかしい具足ではなく、西洋式の軍装をしていたのだ。

この第一陣の名を、

「荻野隊」

という。軍隊名にしては少し変わっているけれど、これは隊の創始者である守永弥右衛門(もりながやえもん)がもともと荻野流の砲術家であることに由来する。

荻野隊は、かねて藩では諸隊のひとつと位置づけられ、奇兵隊や膺懲隊とおなじく洋式調練をほどこされていた。しかしこのたびの内訌(ないこう)戦にあたっては、諸隊で唯一、藩政府の側についた。創始者守永がれっきとした藩士だったため、いろいろ義理のしがらみがあったもののようだった。

そんなわけで、荻野隊は、政府軍に属しながら新式の装備をほこっている。むかえうつ諸隊にとっては大誤算だった。本格的な戦闘がはじまるやいなや、彼らは小銃のうちあいから白兵戦へもちこんだものの、この荻野隊という決して規模の大きくない——せいぜい五十名程度か——集団をなかなか突きくずすことができず、むしろじりじりと後退を余儀なくされた。

後退しつつも、南園隊総督・佐々木男也(ささきおなり)は、

「突っ込め。いのちを惜しむな」

味方を叱咤した。ここで敗れたら敵はまっすぐ大田天神の本陣へなだれこむ。彼らは何としてもこの地をまもらなければならなかった。

とつぜん。

政府軍の後方で、陣鐘の音がこだました。

と思うと、荻野隊・選鋒隊の連合軍はたちまち攻撃をやめ、白刃をふりまわしつつ背進をはじめる。ほどなく彼らは、みずから山の向こうへ姿を消した。

「やった。あやつらは攻めつかれた。わしらは防ぎぬいたんじゃ」

佐々木男也はよろこびを口にしたが、かといって追撃を命じることはしなかった。しなかったというより、できなかった。佐々木自身、息をするのがやっとだったのだ。二時間ばかりの戦闘だった。気がつけば、まわりで農家六軒が焼失している。

この戦いは、ほんの小手しらべにすぎなかった。

午後になると、政府軍は、こんどは山の東にあらわれた。間道をまっすぐ南下して、川上口におそいかかる。これは午前の連中よりもさらに強力な敵だった。何しろ長州藩正規軍というべき選鋒隊に、その勇猛さで名高い力士隊（俊輔のひきいる力士隊とは別）がくわわっているのだ。むかえうつのは、奇兵隊。

すなわち、主力対主力。

この一戦が、

「すべてを左右する」

かねて山県狂介も予言していた、その川上口の攻防戦が開始された。

兵力の差は、二百対百五十というところか。数字の上ではあまり差はないが、しかし実際、この差はかなり深刻だった。なるほど近代的装備や組織的行動という点では奇兵隊のほうが上だったけれども、この場合、それは数的不利をおぎなう要因にはなり得なかったのだ。

その理由は、もっぱら地形にある。それでなくてもこの道は幅がせまい上、諸隊から見て左の道ぞいに小さな川（大田川）がながれていて、組織的行動がどうのこうのという前にそもそも兵がうごける広さがないのだ。あたかも水と油をかきまぜたように、道の上では敵味方がいりみだれ、もみあった。それが戦いのすべてだった。

敵味方を問わず、誰もが鉄砲を撃つことをはばかった。味方にあたるかもしれなかったからだ。兵の数の差がそのまま戦況の差になった。わずかずつだが、奇兵隊は後退せざるを得なかった。

もっとも、奇兵隊のほうも、こうなることはわかっていた。この戦場の総責任者というべき第三銃隊隊長・久我四郎は、きゅうに陣鐘を乱打させると、

「ひけ。ひけーい！」

兵をまとめ、まとめつつ自分がまっさきに敵に背を向けた。これは戦略の一部だった。逃げると見せかけて敵に追わせ、罠にかけようとしたのだった。罠とは、この場合、

「地雷火(じらいか)」

だった。奇兵隊はこの道のまんなかに、あらかじめ二個のそれを埋めこんでいたのだ。土の上に、わずかに縄が顔を出している。久我四郎はそこを通りすぎるさい、目立たぬよう縄に火をつけさせた。火はたちまち縄をつたい、黒蟻のように地中にもぐる。こうしておけば、奇兵隊がすべて通りすぎ、その次にこの地点をちょうど敵兵が通過するとき、火薬が爆発、血肉を散らす大惨事が起きるはずだった。

久我四郎は遁走(とんそう)しながら、

「来るぞ。来るぞ」

背後で轟音(ごうおん)が起きるのを待ちこがれた。ときどきうしろを振り返りもした。しかし何も来なかった。爆発どころかそよ風も起こらず、ただ敵兵がこっちを追いかけてくる威勢のいい足音のみがあたりに響いた。力士が多いから足音もおもい。おもいわりには遅くない。

「くそっ。なぜじゃ」

理由はわからない。川のそばの道だから地下がしめっていたのかもしれない。ふだんめったに使わない特殊兵器のあつかいに誤りがあったのかもしれない。

政府軍はいよいよ足をはやめる。なかには走りながら鉄砲をぽんぽん撃ってくるやつもいる。久我四郎はようやく地雷火をあきらめて、

「全隊、止まれ」

ただちに反転し、敵にあたらせた。街道上の白兵戦が、こうしてふたたび開始された。

†

「おあっ」

山県狂介は、つい腰を浮かした。

銃声が、この本陣にまでとどいたのだ。狂介はかたわらの小者へ、うわずった声で、

「いまのは、だいぶん近かったぞ」

「そ、そのようで」

「見てくる」

馬に乗り、神社の境内をとびだした。みずから斥候になろうとしたのだ。

わずかの狙撃兵をつれて大田川の渓流をわたり、篠竹のあいだの杣道を行ったり来たりして、戦況を偵察した。ときには地形をながめ、ときには兵たちの姿をかいま見た。怒号や、銃声や、ばしゃばしゃという水をふむ音を聞きもした。その結果、両軍の位置関係をほぼ頭に入れてしまうと、

「ふむ」

川のほとりで馬をとめ、目をとじた。思案しはじめたのだ。

戦況は、どうやら憂慮すべきものらしい。北から寄せる敵軍、南から打って出る自軍

という構図そのものは変わらないが、戦線はだいぶん南へさがったようだった。大田天神の本陣まではあと一キロほどしかない。ここで奇兵隊がやぶられれば、いっきに本陣が落とされるだろう。

が、そんななかにあっても、

（落ち着いている）

狂介は、自分をそう評価した。われながら、ふしぎなほどに泰然としている。

（あのときとは、えらいちがいじゃ）

半年前のことだった。イギリス、フランス、オランダ、アメリカの四か国艦隊に馬関を砲撃されたとき、狂介はいまとおなじように奇兵隊をひきい、おなじように戦況をたてなおそうとした。あのときはもっと惑乱していた。もっと滑稽なまねをしたように思う。

（それはまあ、無理もないのう。何しろ相手は外国勢の軍艦、あまりにも強すぎたからのう）

そう思った瞬間、狂介は、目をひらいた。そうして、

「勝てる」

つぶやいた。今回の相手は列強ではない。しょせん長州一藩の陸兵どもではないか。

「ついて来い！」

狂介は、わずかな手勢に声をかけた。馬を駆り、まっしぐらに本陣ちかくに帰ったが、

ただし境内には入らず、あらためて山ぞいの街道をたどりはじめた。このまま行けば戦場に着くが、しかしその手前の路上には思わぬ集団がかたまっている。味方の二ノ手の兵だった。

狂介は、第二銃隊隊長・湯浅祥之助をさがしだし、

「おい」

馬上から声をかけた。湯浅はすぐに気づいた。狂介を見あげ、露骨に不満そうな顔をして、

「総督！」

「何じゃ」

「われわれは、いくさに加われませぬ！」

わかっている、という顔を狂介はしてみせた。二百対百五十とはいっても実際に白刃をまじえているのは少数で、あとの者はながながと行列をつくって前の様子をうかがっている。せまい路上を戦場としたことの必然的な結果というべきだった。狂介はかすかに笑って、

「よっぽど退屈がきらいなようじゃのう、湯浅よ」

「当たり前です」

「名をあげる機会がほしいか」

「もちろんです」

「ならば、こうしろ」

狂介は、手みじかに腹案をつたえた。湯浅の顔がみるみる明るくなる。

「できるか、湯浅」

「はっ、すぐに！」

結局。

湯浅祥之助の果敢な奇襲が、味方を逆転勝利にみちびいた。

彼のひきいる別隊は、道をそれ、北側の山をのぼりはじめたのだ。或る程度のぼったところで東に駆けおり、鬨の声をあげながら敵軍の横っ腹へなだれこむ。木こりの手が入ったのだろうか、その斜面には樹木の遮蔽物はなかったから、

「あのときはもう、命はないものと思うたわ。われながら気づかんうちに南無阿弥陀仏をとなえとった」

あとで湯浅がそう振り返ったほど、それほど非常識な攻撃だった。これで敵は大くずれにくずれたが、しかし湯浅の冷静さは、このとき鉄砲隊だけは山にのこしたことだった。

ぱーん。

ぱーん。

まわりの山々にさかんに銃声をこだまさせつつ、鉄砲隊は撃ちおろした。上から見れば敵兵の密集地とそうでない場所はまるで色をぬりわけたように明瞭だったから、この

弾丸はおもしろいように敵を、敵のみをたおした。政府軍の兵は、力士隊、選鋒隊とも、陣形をみだして逃げだした。

奇兵隊には、さらなる有利がおとずれた。

援軍が到着したのだ。南園隊、八幡隊というような午前中には山の西側で奮戦していた連中が、いまだ疲れも癒えないうちに山を越え、さっきの湯浅祥之助たちとおなじように斜面を駆けおりて来てくれた。これで完全に勝敗は決まった。日暮れころには政府軍はすべて戦場から姿を消し、あとには死体だけがのこされた。

戦死者の数は、政府軍が五、諸隊が八。

ほかに負傷者が多数とはいえ、終わってみれば、いかにも小さな戦いだった。しかしその小さな戦いこそが、こののち日本の幕末史を決定づける巨大な成果を生むことになる。もっとも、そこまで行けば、それはもう山県狂介のような軍人の仕事ではない。武器よりもむしろ人間をうごかすことに長けた、いわゆる政治家の仕事になるだろう。

四日後、一月十四日。

長登口の南の呑水峠で、ふたたび両軍は激突した。

狂介はもはや負ける気がしなかった。心気が充実しきっていた。実際、路上で正面から激突しても、味方の諸隊はどんどん敵を押していく。これが勢いというものかと狂介は思った。ころあいを見て、狂介は、

「あれをやれ」

ぬけぬけと、前回とおなじ戦法をもちいた。側面の山から奇兵隊の別隊をなだれこませ、敵の左翼を衝かせたのだ。敵はおなじようにおどろき、おなじように総くずれになり、おなじように敗走した。指揮官の無能というよりは、一種の集団心理の問題だったのだろう。どうやら、滅びに向かいつつあるときの人間というのは、

（そんなふうに、なるものらしい）

死者の数は政府軍が十、諸隊が一。四日前とくらべれば、完勝としか言いようのない結果だった。

この日にはもうひとつ、狂介をよろこばせた出来事がある。

戦いがすんで、狂介は本陣の外へ出た。こまかな指示をして大田天神の本陣へもどると、境内には、ふたつのなつかしい顔がある。

「……高杉さん。俊輔」

ふたりは絵堂・大田での開戦を聞いて、長駆、馬関から駆けつけたのだった。もちろん遊撃隊三百名と力士隊五十名もつれている。高杉は狂介の顔を見るや、泣かんばかりの顔になって、

「ようやった。生みの親より育ての親じゃ」

狂介の肩を抱いた。どうやら奇兵隊のことを言っているらしかった。

そもそも奇兵隊というのは、一年半前、外国船に対する馬関防衛のため高杉自身が結成したものだったが、その後、高杉よりもむしろ山県狂介や赤根武人の訓育によって成

長し、ここへ来て、とうとう正規軍をこえる実力をもつようになった。その意味では、今回の戦勝は、狂介がひとつ自己表現を完結したということでもあったかもしれない。

「ありがとうございます」

狂介は、万感をこめて答えた。それから高杉とはなれ、俊輔のほうを向いた。俊輔はにやにや笑って、

「よう決意したな、狂介」

「……ああ」

「檄文が、効いたようじゃな」

「ふん」

狂介はそっぽを向いて、

「あんな下手くそな文章は見たことがない。あとで添削してやる」

のこりの仕事は、ただひとつ。

敵の総大将・粟屋帯刀をじかに叩くこと。そうして名実ともに勝利を得ることだ。粟屋帯刀の本陣は、はじめは雲雀峠にあったけれども、いまは西のほうへ移動していて、

「赤」

という奇妙な名前の村のなか、正岸寺という浄土真宗の寺にあった。高杉、俊輔、狂介は、三人そろってこの寺を奇襲することにした。決行は一月十六日の夜。

雨が、ふっていた。

星あかりもない真の闇のなか、しかし高杉晋作ひきいる遊撃隊は、

「わあっ」

子供みたいな声をあげつつ、ぬかるんだ道をばしゃばしゃと走った。たいまつも無数にかかげて闇をはらっている。これで敵の本陣を正面から襲おうというのだから奇襲もへったくれもありはしなかった。案の定、敵方は、

「何だ。なんだ」

「高杉じゃ。高杉が来よった」

もちろん武器を取って打って出た。高杉の遊撃隊は、境内どころか山門をくぐる前にはやくも足どめを食らわされた。

そこがこっちの狙い目だった。寺の左右に、あらかじめ何の灯火具ももたない伏兵をこっそり配置していたのだ。向かって左には山県狂介の奇兵隊、右には俊輔の力士隊その他。

ふたつの兵団はやおら立ちあがり、音もなく敵の側面へぶつかっていった。挟撃である。彼我の兵力差をかんがえれば成功は確実だったし、実際、選鋒隊は退却した。どうやら総大将・粟屋帯刀もいっしょに脱出したらしい。粟屋はとうとう一度も俊輔たちの前にその姿をあらわすことをしなかったのである。

俊輔は、そいつらの背中を見おくりながら、

「あっさりしたもんじゃの、文章屋」

となりの狂介へ声をかけた。狂介は、

「……」

「返事せい」

俊輔が言ったのと、狂介がぐいと身をひねったのが同時だった。狂介は、その長いあごの口をあけ、

「死ね」

俊輔の首へ横ざまに白刃をひらめかせた。

俊輔は、背がひくい。野糞(のぐそ)をするときのようにしゃがみこんだが、

「あっ」

頭の鉢をサクリとやられた。たちまち目の前に血の幕が垂れる。

「おっ。おい」

狂介。

ではなかった。洋式の服に身をつつんではいるが、その肩幅のひろさから一目で剣客あがりとわかる。年齢は五十歳ほどか。その老剣客が、

「伊藤俊輔。おのれが、わが藩を腐らせた」

「何やつじゃ」

と俊輔がうしろへ跳びつつ問うと、

「康本一右衛門(やすもといちえもん)」

（ああ）

みょうに納得するところがあった。

伝説級の剣士である。江戸詰の上級藩士の家に生まれ、神童の名をほしいままにし、七歳で帰国して藩主にはじめて稽古をつけた上、十四のとき萩城下・呉服町にみずから神道無念流の道場をひらいた。

「一右衛門の抜き胴」

というのは藩内では一種の慣用句である。それひとつで凡人の仕事は終わってしまうといったような意味だから、あるいは「鶴の一声」と似ているか。彼はまた裕福でもあった。石高こそ父祖の代より変わらなかったものの、指南役の役料が高額だったのである。生前の久坂玄瑞や高杉晋作など、口のわるい連中はあちこちで、

「あれは、竹刀をもったお茶坊主じゃ」

などと子供のように囃し立てたものだし、俊輔自身、その尻馬に乗りもしたが、これは一面、一右衛門のあまりの清廉さを嫌ったのかもしれなかった。彼はその財力をほとんど遊興へかたむけず、もっぱら藩内の剣術普及にもちいたのだ。高弟たちを僻村へ派遣して道場をひらかせ、百姓も無料で稽古できるよう取り計らってやったのは後世に伝えるべき一右衛門の最大の功績のひとつなのである。

封建の世が生んだ、最大の良心。

少なくとも彼を批判する松下村塾派の連中のほうが圧倒的に品性低劣だったことはま

ちがいなかった。藩の金庫から勝手に小金をもちだしては酒家へとびこみ、妓楼へのぼって邪欲淫欲をほしいままにしたのは彼らなのである。一右衛門にしてみれば、

——何が攘夷か。

単なる不良の怪気炎、という感じだったのではないか。

ところがその後は、攘夷派の天下だった。

一右衛門は、役料をうばわれた。ようやく蛤御門の敗戦で門閥派が復活し、一右衛門の待遇ももとどおりになったが、攘夷派はなおあきらめず、高杉晋作にいたっては功山寺で蹶起してふたたび藩権力をにぎろうという。悪がきの跳梁跋扈ではないか。一右衛門はもはや堪忍ぶくろの緒が切れたのだろう、

「老兵、死に花の咲かせどころ」

とうそぶき、荻野隊に入った。荻野隊はむろん銃砲をそなえた近代兵だが、彼ひとりは銃をとらず、

「わが剣は、余人に興味なし。わが藩を滅亡にみちびかんとする松本のやから（松下村塾出身者）どもの爛れ首をのみ斬る」

その一右衛門が、俊輔の前に立っている。

青眼にかまえ、俊輔をさそうかのように切っ先をひこひこ上下させつつ、

「おぬしは、武士か」

「武士じゃ」

「なら武士らしく勝負せい」

俊輔の腰にも、二本ある。

大刀をざらりと抜いて右手でもち、左の袖で血をぬぐった。頭の傷はさほどでもないようで、めまい等はしなかったが、しかし何しろ血がとまらない。ぬぐってもぬぐっても視界がなめらかに漆黒になる。相手の像の遠近がつかめず、手をのばせば触れられるとすら錯覚する。

「俊輔、加勢する」

と呼ばわりつつ、南園隊の連中が二、三人来た。

一右衛門のほうも荻野隊の残党がひとり鉄砲ぶらさげて来て、

「先生、助太刀を」

もう弾がないのだろう、鉄砲をすてて刀をぬいた。しかし俊輔も一右衛門も、

「よせ」

同時にそう応じたため、一対一の構図ができあがった。まわりの戦闘はほぼ終わっている。敵兵はほとんど森へまぎれたらしく、激戦の直後に特有のあの虚脱感にみちた静けさがその場を支配しつつあった。

（わが軍が勝った）

俊輔は、ぼんやりと思った。

（わしはまだ、勝っとらん）

柄にもない、と俊輔はわれながら思う。剣と剣での一騎うちなどという時代おくれもはなはだしい手段によって決着をつけるとは、困惑をとおりこして笑みすら浮かぶ。なぜだか知らない。知らないが、とにかく銃砲はつかいたくなかった。臆病だから近代をえらんだわけではないことを証明したいのかもしれない。あるいはただ単に、古風なものにあこがれる不良気質が出ただけかもしれなかった。

一右衛門は、するすると近づいてきた。

近づきつつ打ってきた。一秒のうちに三つ、四つというような組織的な攻撃である。俊輔はたびたび受けそこねた。臑、腹、ひじが血で生あたたかくなる。痛みは感じない。興奮のせいもあるだろうが、傷そのものが浅いのだろう。

（なぶられている）

俊輔は、そう思った。おそらく一息に殺すことなく、心ゆくまで絶望を味わわせる気なのではないか。

「くそっ」

が、さらに何度か傷を受けるうち、

（ちがう）

俊輔は、かんがえをあらためた。ときおり敵の剣にためらいの気配が見えたのである。故意なのではない、一右衛門はほんとうに踏みこんで来られないのだ。

こっちの受け様がよほど不規則ということなのだろう。もともと剣技は大したことない上、遠近感がくるっている。正しい受けなどやりようがない。そうして一右衛門のように人生のすべてを稽古剣術にささげてきた名人にとっては、不規則は、そのまま不確かな未来にほかならないのだ。

「おっ」

俊輔は、きゅうに飛びしさった。ならば不規則に徹すれば、

（勝てる）

気がらくになった。こっちは人生そのものが不確かの連続なのである。今後も、死ぬまでそうにちがいない。

「やあ、老人」

声とともに、大刀をほうった。

矢のように敵の体をつらぬくべく、などという投げかたではない。ただガラリと放り出した。野菜に肥でもやるような、そんな無造作さだった。

一右衛門、停止。

中段にかまえた姿勢のまま、地に横たわる刀を見た。

ただ見ただけだった。対応のしかたがわからなかったのだろう。俊輔は猛然と肉迫して、小刀を抜き、抜きざま相手の手首を打った。小手一本、などというきれいなものではない。力まかせに振りおろしたにすぎなかった。

一右衛門は、反応した。

大刀をかたむけ、鍔で受けた。そこまでだった。どんと体ごとぶつかると簡単にうしろへつまづき、両の手が左右にわかれた。

さながら仏壇の扉がひらくように胸ががらあきになる。俊輔はぐっと踏みこんで、

「死ねっ」

一右衛門の軍服が、肩から胸へ切り裂かれた。

じわりと赤いノの字が浮かんだかと思うと、さっと血がふきだす。一右衛門はくるりと白目をむいて、両ひざを地につき、あおむけに倒れた。唇のはしに白いあわが浮いている。

「とどめろ、俊輔」

背後で声がしたのは、あるいは山県狂介だったか。俊輔はふりかえらず、

「わかっとるわ」

と応じると、一右衛門のかたわらへ歩み寄って足をあげた。

のどをまたいで仁王立ちする。小刀を逆手にもちなおす。このまま、のどを一刺しすれば、俊輔のふところには剣士として藩内最高の名誉がころがりこんでくる。鯵をさばくより容易なはずだった。

「殺れ、俊輔」

(塙次郎)

その瞬間。

脳裡を、数年前の光景がよぎった。

『群書類従』を編纂した盲目の大学者・塙保己一の実の息子。とても篤実な老学者だったが、廃帝の先例をしらべているとか何とか尤もらしい罪を着せて手にかけたのは俊輔自身だった。あのときの塙次郎もそうだった。胸が傷つき、あおむけになり、こうして俊輔にひえびえと見おろされていた。

俊輔は、一右衛門から目をそらした。

横っとびして離れ、小刀を捨てる。背後からは、

「どうした」

「殺れ殺れ」

「臆したか」

非難ないし激励が殺到したけれども、俊輔は一右衛門へ、

「起きなされ」

言いつつ腕をぽんと蹴った。一右衛門の体はからくり仕掛けの人形のごとく、目を見ひらいたまま上体が起きる。胸から噴き出した血はほとんど一瞬でとまったようで、このあたり、塙次郎と康本一右衛門のちがいだろう。あるいは俊輔の技倆がさらに落ちていたのかもしれない。

（落ちて、よかった）

俊輔は、くるりと背を向けた。

楠(くすのき)の木の下に、狂介ほか数名の兵士がいる。俊輔はそっちへ片手をあげてみせて、

「やあやあ狂介、ゆるせよ。暗中じゃ。勘ちがいは戦場のつね。しかしおぬしのそのあご茄子(なす)にも責めはある。さだめし四十年後には、おぬしも……」

「俊輔！」

狂介が、絶叫した。

犬でも追うように激しく腕をふっている。うしろを見ろということらしい。ふりむくと一右衛門がこちらを向いて立っていて、血刀を大上段にかまえていた。

カタカタと目釘(めくぎ)がふるえる音がする。瞳孔(どうこう)が無限にひろがっている。

(乱心した)

としか思われない動物そのものの顔だった。

その顔のまま、ふりおろした。俊輔はぽかんと口をあけて見あげるだけだった。赤い刃(やいば)はきらきらと白い光芒(こうぼう)を曳(ひ)きながら、ひどくゆっくりとした動きで俊輔の頭へ吸いこまれてくる。

「斬らんよ」

俊輔は、ぼそりと言った。

まるで刀に話しかけるかのごとく、無愛想きわまる声で、

「あんたは、背を向けた相手は斬らん。そういう生涯じゃ」

刀が、ぴたりと停止した。

一右衛門、目の色はやはり狂痴である。刀が勝手に攻撃をやめた、信じられぬというような顔をしている。俊輔はにっこりとして、

「旧時代も、ええもんでしたのう」

皮肉のつもりはなかった。ふたたび背を向け、狂介たちのほうへ歩きだす。一右衛門はどこかへ行ってしまったらしく、戦場は、氷水をみたしたような静寂につつまれている。もとの寺にもどったのである。

狂介はひどく生まじめな顔で、

「終わったな、俊輔」

「ああ」

「もはや、残敵掃討の必要もない」

ふたりはそれから、兵士として書院や庫裡をあらためた。ゲベール銃、ミニエー銃など百挺以上がころがっている。ほかに大砲や火薬もあった。兵器のなかにはどういうわけか土中に埋められているものもあったけれども、これらがすべて諸隊の接収するところとなったことは言うまでもない。

「やっぱり、わしらの得物はこっちじゃのう、狂介。もう剣なんぞ七面倒くさいわ」

俊輔の傷は、翌朝には癒えはじめた。

頭はゆれると痛んだが、全身の傷ははやくも瘡蓋になって、かきむしりたくなるほど痒い。或る意味、斬られるよりつらかったが、それだけに、

（わしは、生きてる）

その実感が、あらたになる。ともかくも生きているのだ。

†

この直後、高杉晋作と山県狂介のあいだに、激しい争論があった。

高杉が、

「この機に乗じて、まっしぐらに萩のご城下へ進軍すべし」

と息まいたところ、狂介は、

「いや、それは危険です。ここから萩までの道には険しい峠がいくつもあります。峠をひとつ越えるたび敵のまもりを突破するのでは、いくら何でも勝ち運を使い果たしましょう。萩へ着く前にこっちのほうが全滅しかねん」

「また狂介の日和見病が出おったぞ。手ぬるい手ぬるい。この期におよんで敵にわざわざ再起の時間をあたえてどうする」

「こちらも根拠地をつくって、じっくり足場がためをすればいい」

「どこに？」

「山口にです。あそこなら武器も金穀（きんこく）も手に入るし、萩への道もととのっとります」

「手ぬるいわ。いまは『じっくり』などと言うちょる場合ではない」

この、高杉は高杉らしい、狂介は狂介らしい言葉のやりとりを聞きながら、俊輔は、

（どっちの御仁も、いくさしか考えとらん）

おもしろく思った。ふたりがしゃべり疲れたところを見はからって、

「高杉さん」

「何じゃ、俊輔」

「ここは狂介の論に理があります。山口にひっこみましょう」

俊輔はしかし、軍事的理由から述べたのではなかった。この意見のよりどころは、そもそも山口という都市が、

（ほかとは、ちがう）

という認識に発している。そこは人口の一大集積地であり、攘夷（じょうい）派の巣窟（そうくつ）であり、しかも政治的権威において藩内で唯一、萩に対抗し得る場所だった。いうなれば、もうひとつの首府。そこに蟠踞（ばんきょ）して或る程度の政治的支配をしつづければ、いずれ萩のほうで、勝手に、

（政権が、崩壊するかも）

そう見たのだ。

あまい期待では決してない。このまま行けば、萩の政庁では、

「もはやわがほうの軍は諸隊には勝てぬ。何度やっても負ける」

というのが一種の固定観念になるだろう。言いしれぬ恐怖になるだろう。

いや、その恐怖はもう現実のものになりつつあった。その証拠に、絵堂や大田の戦場において粟屋帯刀の前軍がさかんに狂介たちと戦っているあいだ、毛利宣次郎の中軍一千名、および児玉若狭の後軍三百名は、とうとう加勢に来なかったではないか。あれはおそらく、

「行っても勝てない」

という恐怖の故だろう。あるいは、あきらめの故だろう。粟屋帯刀は、つまり味方に見すてられたのだ。

その見すてられた人間と、見すてた人間がおなじ萩に逃げ帰る。それらをむかえる政庁の当局者たちも、すでに負の心理にとらわれている。そこへさらに山口というもうひとつの首府から軍事的、政治的、精神的圧迫を受けるのだ。余人はともかく、俊輔の目には、いまや彼らの人間集団としてのもろさがありありと見えていた。透視しているようなものだった。

となれば、

(むしろ積極的に出るべきではない。山口でじっくり待つのが上策)

俊輔はなかば理論的に、なかば直感的にそう判断したのだった。本人はほとんど意識していなかったが、一種の政治的陰謀だった。

「山口か」

高杉は、思案顔になった。

「はい」

　俊輔はにこにことうなずく。多くは語らない。高杉は結局、

「わかった。そうしよう」

　山口にもどると、ほどなく俊輔の予想の正しさが証明された。いや、予想以上の展開だった。一月二十八日——赤村夜襲のわずか十二日後——、萩では山田宇右衛門、兼重慎一、中村誠一というような諸隊に同情的な人材がたてつづけに登用された。と同時に、これまで要路を占めていたいわゆる俗論党のほうは、その巨魁というべき椋梨藤太以下十一人がことごとく役を免ぜられた。

　身の危険を感じたのだろう。椋梨藤太はひそかに萩の城下を脱して、隣国・石見国津和野藩へ亡命したが、津和野藩はこれをあっさりと抑留、萩に送還してしまった。椋梨はこののちわずか数か月後に野山獄で斬首されることになる。あまりにもあっけない、無常迅速というほかない政権崩壊劇だった。

　このことを知った山口の高杉晋作は、ただちに諸隊の名で上書をおこない、藩主に対して騒動を謝した。藩主もこれをゆるしたため、ここに長州藩の内訌戦は名実ともに終わりを告げたことになる。俊輔は数日後、

「これで、討幕が成ります」

　高杉にそう言った。単なる一地方での政権交代がどうして中央政府の打倒にまでむすびつくのか、なかなか他人にはわかりづらいが、さすがに高杉は、

「うむ。そうじゃな」

俗論党はもともと幕府への徹底恭順が党是だった。その俗論党を除いたということは、つまり徹底恭順のほうもあわせて破棄し得るということだろう。長州はこれからは猫ではなく、虎になる。あからさまに牙をむく。

もちろん、ただちに討幕の挙兵をおこなうわけではない。それにはまだ多くの準備がいる。しかしそのための大きな一歩をふみだしたのはまちがいないし、その歩みはもはや誰によっても止められないだろう。俊輔の理想が、いよいよ実現されるときが来たのだ。高杉は、

「うむ」

もう一度うなずいてから、

「これは長州一藩の内戦にあらず。大いなる回天の偉業である」

俊輔は内心、おかしくなって、

(高杉さん、やっとわしに追いついたわい)

むろん、口に出すことはしなかった。

†

ただし、政治的混乱はまだ終わっていない。

藩論統一が成立したのは結構なことだが、それだけに、頭のよくない連中が、またしても、

「異国人、打ち払うべし」

さけびだしたのは厄介だった。まるで時間が逆戻りしたようだった。高杉晋作の義挙の成功を、ただの偏狭な攘夷論の成功とかんちがいしたための勇往邁進にほかならなかった。

高杉と俊輔は、まだ山口にいる。

「こまるのう」

高杉はため息をついた。そうして、あたりに誰もいないことをたしかめてから、

「俊輔よ。おぬしは、どうする」

「どうする、とは？」

「あの連中には、これからは少しおとなしくしてもらわねばならん。攘夷はもはや単なる討幕の口実にすぎんからじゃ。しかし同時に、あいつらを完全におしつぶしたら口実そのものも無に帰してしまう。生かさず殺さず、なかなか塩梅がむつかしい」

「上に立つ人が、うまく操作するほかありませんなあ」

「その『上に立つ人』に、適任がおるか」

聞きながら、高杉は苦笑いした。その苦笑いの意味が、俊輔にはよくわかる気がした。

高杉は、自分がその仕事にもっとも不適当であることを知っているのだ。

なぜなら高杉は、まさしく彼らに攘夷の巨魁と目されている。内戦の勝利という実績もつくってしまっている。その高杉がどれほど誠意をこめて攘夷の無謀を説いたとしても、いや、説けば説くほど、彼らの素朴な攘夷熱はいや増しに増すのはまちがいないからだ。

(かといって、わしにも無理じゃ)

俊輔は、冷静にそう判断している。俊輔にはいまだ貫禄に欠けるところがあった。何しろまだ二十五歳なのだ。高杉晋作の二つ下、山県狂介の三つ下、井上聞多の六つ下。長州藩のおもだった志士のなかでは最年少で、しかも身分の問題もある。いくら実績があろうとも、いくら政治的な判断力がすぐれていようとも、公然と人を指導するようながらではないことを俊輔自身よくわきまえていた。

ならば山県狂介はどうか。井上聞多はどうか。

(どっちも、なあ)

山県狂介はいまのところ有能な軍人という以上の存在ではないし、井上聞多はようやく傷が癒えたばかり。結局のところ、

「これは難問中の難問ですなあ、高杉さん。人にあおがれる年齢でありながら老人ではなく、身分がありつつも青雲のこころざしを忘れない。聡明で、攘夷派の連中の尊敬を得ているにもかかわらず異人との交渉のたいせつさを知り、責任感があって、藩公のおこころにも留まること厚い。そんな都合のいい人材が、はたして長州にありますかな

あ」

俊輔はわざと大げさに天をあおいでから、ひょいと真顔になり、

「おられますな。ひとり」

高杉がひざを打って、身をのりだし、

「誰じゃ」

「それは」

俊輔は、目もとをゆるませた。手はすでに打っているのだ。

†

蛤御門の変以降、杳として消息の知れなかった桂小五郎が、どうやら他国で、

「生きておられる」

ということは、少し前から俊輔は耳にしていた。小五郎は、あの京の禁裏のすさまじい戦場をからくも脱けだし、新選組や会津藩兵の目をかすめ、かねて知人の多かった河原町三条上ルの対馬藩邸にかけこんで助けをもとめたのだという。

対馬藩邸には、広戸甚助という商人が出入りしていた。これが商人ながらなかなかの硬骨漢で、小五郎の窮状を知るや、

「よろし。わいの生国においでなはれ」

但馬国出石の地へひそかに小五郎をみちびいた。ここは京の北西方、約百キロの山中の街だが、それでも会津藩の探索の手はおよんだため、小五郎はつねに人目をはばかる生活を余儀なくされた。元治二年（慶応元年）の元日も、ずいぶん不自由な状態でむかえざるを得なかったという。

こんな潜伏のありさまを、長州藩では誰ひとり知らなかった。

むろん小五郎が知らせなかったからだが、しかし二月に入り、ぼちぼち高杉晋作たちの挙兵や内戦勝利のうわさが出石の地にもとどくようになると、小五郎は、

「やはり無為の日はすごせん」

と思ったのだろう。広戸甚助を馬関にやり、愛人である舞妓の幾松に会わせたのだった。

幾松は小五郎の無事をよろこびつつ、すぐさま俊輔に相談した。俊輔は、

「これで」

大枚五十両をぽんと手わたし、

「桂さんを迎えに行ってくれ。わしは萩で下地をつくる」

俊輔は萩に入り、人と会い、それとなく小五郎帰藩の機運をさぐった。

多少心配でないこともなかった。何ぶん小五郎はこれまで七か月も――ほんとうに濃密きわまる七か月だった――藩政から遠ざかっている。死んだと信じた者もいる。そのことが政府内の人心にどう影響するか、どう影を落とすか、俊輔はちょっとわからなか

った。だから微震計のようにあちこち測定してまわったのだった。

身分上、じかに政庁へは出入りできないので、村田蔵六（のちの兵部大輔・大村益次郎）のような役付の先輩のちからを借りたりもした。その結果、俊輔は、藩政府の構成員がおおむね、

（桂さんの生存をよろこんどる。桂さんが帰れば、みんな歓迎する）

という確信を得たので、出石の広戸甚助に手紙をやり、こまごまと萩の情況を説明したのだった。

小五郎は、これを受けて、とうとう出石を出発した。

四月八日のことだった。いったん京大坂へもぐりこんで抜け目なく中央の政情をさぐったのち、船に乗り、瀬戸内海を西進して、馬関のみなとにたどり着いた。これが四月二十六日のこと。

小五郎上陸の一報は、まっさきに俊輔につたえられた。宿泊先は旅亭「桶久」だという。次の朝、俊輔はそこを訪問した。

さすがに胸がどきどきした。下女にみちびかれ、廊下をすすみ、ふすまを横にすべらせる。なかには見なれた男のすがたがあった。まだ朝はやいのに正座して見台に向かい、本を読んでいる。

「桂さん」

声をかけた。

小五郎は、こちらを向いた。

端正な顔はまるで農夫のように黒く、やせている。ひとまわりもふたまわりも小さくなって、まるであんこ玉のようになっている。よほど辛苦をなめたのだと思うと、俊輔は何も言えず、たちまち目になみだがあふれた。

「泣くな、俊輔」

たしなめる小五郎の声も、ふるえて少しうわずっている。そのことが自分でもわかったのだろう、何度もむりやり咳払い（せきばらい）して、

「俊輔よ」

「はい」

「このたびは、ご苦労じゃった」

「はい」

「おぬしの見事なはたらきぶり、すべて甚助から聞いたぞ。そればかりかおぬし、近ごろは幕府との対決すら辞さんと息まいちょるとか。あの、ひよっこの俊輔がのう」

からかうように言われて、俊輔の脳裡（のうり）に、これまでの記憶がよみがえった。自分はもともと来原良蔵の弟子だった。その来原の紹介で吉田松陰の門下になった。松陰はほどなく罪を得て死んだが、そのなきがらを洗って引き取ったときは先輩の桂小五郎といっしょだった。

これらの人々との出会いこそ、俊輔にとっては万金にも代えられぬ貴重な宝にほかな

らなかった。これらの人々がなかったら、俊輔はいまごろ単なる農夫として束荷村の黒土にうもれていただろう。ロンドンどころか萩の城下すら知ることなく一生を終えていただろう。

「俊輔よ。おぬしはこれから、もっと大きな仕事をせねばならん」

「はい」

「長州のために、もう一肌ぬいでくれ」

（長州のため、か）

俊輔はなみだをぬぐうと、

「わかりました」

ようやくいつもの笑顔になって、胸をたたいて、

「それが、日本のためになりますなら」

小五郎のもとを去るやいなや、俊輔は、ただちに手紙を書いた。一通は鞆津（ともつ）に滞在中の高杉晋作へ。もう一通は別府（べっぷ）の井上聞多へ。どちらの手紙にもはっきりと小五郎到着のことを記したから、ふたりとも歓声をあげ、じきにこの馬関へとんでくるにちがいない。

（こんど会うときは、四人になる）

その日のことを考えると、俊輔は胸がはちきれそうになった。四人で話せばいろいろ知恵もわくだろう。ますます活気があふれるだろう。そうなれば討幕などはかんたんに

成る。あたらしい日本はかんたんに来る。俊輔は本気でそう思った。もしも高杉晋作がこれを知ったら、

「おぬしはやっぱり、楽天家じゃのう」

などと冷やかすだろうか。俊輔は手紙を使いに託すと、ひとり馬関の街を走った。家々のあいだを走り、神社の鳥居の前を走り、海への坂を駆けおりた。そうして海峡をのぞむ砂浜に立ち、いっぱいに頰をふくらまして、

「待っとれよ、おぬしら！」

誰にともなく命令した。

8

二年後、慶応三年（一八六七）九月。

時勢は、いよいよ煮つまっている。幕府将軍・徳川慶喜が大政奉還を決断し、約三百年にわたり保持してきた政権を朝廷へ返上するのは翌月なのだ。一流志士のあいだでは、

「もはや大政返上は、時間の問題じゃ。土佐の連中があれこれと前藩主・山内容堂を通じて将軍にふきこんでいる」

などと公然とささやかれていたし、その「土佐の連中」の中心人物が、

「もと脱藩、坂本龍馬じゃ」

ということも知れわたっていた。

長州にとっては目ざわりである。なぜなら長州はひそかに薩摩と同盟していて、武力討幕をめざしている。大政奉還などという幕府のむしろ名誉となるような平和的妥結を見るくらいなら、一刻もはやく名目を立てて、勅命を出させて、

「徳川と、一戦する」

だからこの日、桂小五郎が、

「坂本が、馬関に来ている」

と言うと、俊輔はすぐさま、

「わかりました。話をしに行ってきます。こっちの言いぶんを呑ませるのですな？」

「説伏してこい」

坂本は、馬関に支援者がいる。

赤間関の大年寄・伊藤助太夫である。助太夫の家はいわゆる本陣に指定され、参勤交代の大名をも泊めるほど格式が高いのだが、ことに母屋が広壮で、俊輔は、

「ごめん」

と門をくぐってからも、どこが玄関だかわからなかった。えんえんと板壁がつづくのである。

下人に案内されてようやく家にあがり、奥の一間へ通されると、

「親類かね」

床ばしらを背にして腕を組んでいる男が、いきなり声をかけてきた。俊輔は立ったまま、

「え？」

「おんしは、伊藤俊輔君じゃろう。ここのあるじと姓がおなじだが、親類か何かかな」

「まったくべつの血です。それがしは周防国束荷村という山あいの村の出身で。ここから千里もはなれている」

などと自己紹介しつつ、部屋のまんなかに平然とすわった。まわりには十人ほどの男がいるのである。

ほとんどが俊輔より背が高く、俊輔より日に焼けている。龍馬がひきいる海運組織である海援隊の隊士だろう。俊輔は、たったひとり。何だか黒い擂鉢の底へほうりこまれた感じもする。

正面には、龍馬。

ひときわ高い位置に顔がある。かつて桂小五郎と旅をともにしたとき、小五郎はこの男のことを、

「北辰一刀流免許皆伝、千葉定吉門下の大才ながら、剣技よりも人柄のほうがおもしろかった。世のなかの悪いことと醜いことをあそこまで忘れられる男はめずらしい」

などと回想したことがある。八年前のことになるか。いまはどうだろう。やはり、

（悪いことを、忘れられるか）

俊輔は、ためしてみたい衝動に駆られた。龍馬を見あげ、口をひらいて、

「本日参上したのは、あなたに釘を刺すためでして」

「ほう？」

「長州としては、大政奉還などをやられてはこまる。坂本先生にはおとなしくしてもらいたいのです」

「わしゃ、敵か」

坂本は、細い目をさらに細くした。俊輔はあっさり、

「ものたとえです」

「ええ度胸じゃ。しかし」

龍馬は、視線をさっと隊士の環(わ)へ走らせてから、

「残念ながら、事はもう進んでおっての。長岡(ながおか)」

「はっ」

俊輔のななめうしろから声があがった。俊輔がふりかえると、龍馬の声が、

「わが海援隊書記、医家出身の長岡謙吉(けんきち)じゃ。長岡よ、例の八策を」

「はっ」

長岡は、両手をひざに置いている。目をやや上に向け、朗々と諳(そら)んじた。

一、天下の政権はこれを朝廷に奉還せしめ、政令はすべて朝廷から出すべし。
一、朝廷には上下院を設け、議員を置き、彼らの公議で万機を決すべし。
一、有名無実の官人をのぞくべし。有能な公卿(くぎょう)、大名および天下の人材を顧問にせよ。
一、外国との交際も右の公議によることとし、対等な条約を締結せよ。
一、古来の律令を折衷し、無窮の大典を選定すべし。
一、海軍を拡張すべし。
一、御親兵を置いて帝都を守衛させるべし。

一、金銀の交換比率はよろしく外国と同等とする法を設けるべし。

後年のいわゆる船中八策である。諳んじ終えて長岡が口をつぐむと、龍馬が、

「三か月前、夕顔丸（土佐藩船）に乗っちょるとき、ひまつぶしに藩重役の後藤象二郎とともに案じたものじゃ。むろん容堂公を通じて将軍の耳にも入っちょる。将軍はこの綱領にもとづいて大政奉還をおこなうじゃろうし、その後の新政権も、やはりこの綱領にもとづいて造られることになる。俊輔」

「はい」

「武力討幕も結構じゃが、その後の構想が長州にはあるか？　薩摩にはあるか？」

「ありません」

「この八策、なかなか立派なものと自負しているが？」

「立派です」

と、俊輔は即答した。

お世辞ではない。かけ値なしにそう思った。もっとも、話自体ははじめて聞くものではない。俊輔はあの高杉晋作や山県狂介らとともに命を賭した長州内訌戦のあと、藩外へ出て、長崎や兵庫や京などで諸国の人士とまじわったが、そこでの議論はたびたびこういう徳川後の新政体にわたって白熱したのである。

坂本も、さだめし同様の経験をかさねたのだろう。その結果が右の条々なのだろう。

ここでの坂本は独創家ではなく、むしろ優れた取捨選択者、あるいは編集者というべきかもしれないが、その編集者が長州にも薩摩にもいなかった。日本中の心ある志士たちが発したであろう無数の意見をこの単純な、しかし効率のいい八本の線にまとめてしまうのは、

（わしには、無理じゃ）

俊輔はつくづく感服したけれども、しかし口では、

「ただし穴がありますな。大小ひとつずつ」

鼻くそをほじりつつ言い放ったのである。

「何っ」

金切り声をあげたのは、龍馬ではない。

龍馬のひとつおいて右に座している、痩身の、ひたいの縦にながい男。腰を浮かし、刀に手をかけて、

「何を生意気ぬかしやがる」

「静かにせい、陽之助」

と龍馬はそちらを目で制して、俊輔へ、

「大小の、小から聞こう」

「第四条、外国との交際」

まるでその文面が目の前に書かれているかのように、俊輔はすらすらと述べた。

「上下院の公議もけっこう、対等な条約もけっこう。理想はたかだかと持つべきです。しかし現実的な問題として、そもそも外国にわが新政府の存在をみとめてもらわんと話にならんのではありませんかな。とりわけ世界最強のイギリスには、日本の代表は将軍にあらず、天子であると……」

「わかっとるわ」

陽之助とよばれた男が吼えた。紀州出身の陸奥陽之助、じつは俊輔より三つ四つ年下だが、犬がきゃんきゃん吠えるごとく、

「そんなのは補足の論にすぎん。根幹のふとさを見ず、こまかい枝ぶりにこだわる活眼なき盆栽いじり」

「だから小じゃと言うちょるに」

「なら大を申せ」

「わしは、一国の宰相になりたい」

「はあ？」

「一国の宰相になりたいんじゃ。その意気を容れるだけのものが、この八策にはない」

「天下談議に私をはさむな。おのれの望みなぞ知るか」

と、陽之助は痰でも吐きそうな顔をしたが、龍馬が身をのりだして、

「宰相？」

「英語ではプライム・ミニスター。まあ臣下の第一位ちゅうところですが……」

「太政大臣なら要らんぞ。身分の高い能なし貴族が幅をきかせるに決まっちょる」

龍馬は眉間にしわを寄せて、

「おいおい、俊輔」

「太政大臣とはちがいます」

龍馬は、やつぎばやに質問してくる。子供にもどったような目のかがやきだった。俊輔は首をふって、

「それでは武家の体制でいうところの、側用人頭か、家老筆頭か」

「側用人も家老も、やはり門地がものを言いますしなあ。不肖それがしが見聞したイギリス帝国におきましては、国民全員が選挙によって上下院の顔ぶれをえらぶ。えらばれた人々が公議をつくして、ひとりの宰相をえらぶのです」

だから宰相はいっぽうで全国民に責任をもち、もういっぽうで国王に対して責任を負うことになる。前者を胴、後者を頭とすれば、宰相とはつまり一国の政治機構のなかで仏像の首にあたる部分を占めるといえよう。

「坂本先生の八策は、いわば首のない仏像です。頭と胴のみがある。そもそも像と呼べますかな？」

龍馬は、外国経験がない。

しかし、ものごとの把握力はなみはずれているようだった。ひざを進めて、

「ええ子じゃ」

手をのばし、この六つ年下のこまっしゃくれた若造の頭をくしゃくしゃと撫でた。そうして周囲の隊士たちへ、

「わしの見るところ、この子は、長州第一等の人材じゃ。桂小五郎君にすら先んじちょる。何しろ桂君はまだまだ大政奉還か武力討幕かというその段階で気をまわしちょるからの。俊輔よ、おぬし自身もそう思うじゃろ？」

俊輔は、さすがに手をひたいにかざして、

「弟分です」

「おぬしの言う『首』、たしかに繰りこむぞ。それでこそあの八策は真に完成する。後藤象二郎へも言っておく。将軍の耳にもとどくじゃろう。それでええか？」

「将軍はどうでもよろしいが」

「言うと思うたわ」

龍馬は気持ちよさそうに笑ってから、陽之助へ、

「おぬしもいいかげん機嫌をなおせ。俊輔の面をよう見ておけ」

「ふん」

陸奥陽之助、まだそっぽを向いている。機嫌がわるいというより、俊輔に龍馬を取られるのが恐いのかもしれなかった。

†

陸奥陽之助は、後年の陸奥宗光(むねみつ)である。維新後は外交の分野で力をつくし、外務大臣となり、欧米列強とねばりづよく交渉して不平等条約（治外法権）を撤廃させた。

すなわち船中八策の第四条をみごとに実現させたのだが、そのとき陸奥を指揮監督した「宰相」つまり内閣総理大臣は、伊藤博文(ひろぶみ)という男だった。

博文は、維新後の俊輔の名のりである。

†

龍馬と俊輔による右の会談の翌月に、大政奉還は実現した。

龍馬の言う「新たな世」が来たのである。もっとも龍馬自身はさらに次の月に京で暗殺された。

こんにちにのこる船中八策の全文には、宰相という語はどこにもない。改訂はおこなわれたかどうか。しかしその概念と機能は、維新後約二十年を経て、内閣制度の発足により、たしかに日本で定着した。日本は、首のある仏像になったのである。

9

明治四十二年（一九〇九）十月。

ひとりの老人が列車のサロン車に乗っている。

ごとん、ごとんという鉄の車輪が線路の継ぎ目をふむ単調な音が、もう何時間、いや何十時間つづいているだろうか。老人はその小さな体をゆったりとビロード張りの椅子にしずめ、テーブルの上からティーカップを取った。ただし紅茶を飲むことはしない。じっと真紅の水面を見ている。

となりの車両から、息子くらいの年齢の男が来て、

「閣下」

「うん？」

「あと三十分ほどでハルピン駅に到着します。ながながお疲れ様でした」

「そうか」

閣下とよばれた老人は、しかしやはりカップに目を落としたまま。その様子にただならぬものを感じたのか、壮年の男は、

「閣下。お具合でも悪いので？」

「そんなことはない」

「何でしたら、小山さんを呼びますが」

と、今回の旅に随行している医師の名前を挙げた。老人はかすかに笑うと、

「いや。ちょっと考えごとをしていただけじゃ」

「考えごと？」

老人はカップの内部をゆびさして、

「むかしのことを思い出しとった。このわしも、若いころは、妻に贈りものをしたこともあったんじゃが。もう四十年以上も前になる」

「四十年以上……旧幕時代ですか」

「ああ」

「何をお贈りになったので？」

男が聞くと、老人はひょいと肩をすくめて、

「砂糖じゃよ。砂糖を一壺。あのころは手に入りにくかった」

と言うと、きゅうに顔の横で手をふって、この話はもうよそうという意思を表示した。照れくさいというのもあるが、よく考えたら、その妻というのは、

（いまの妻では、なかったわい）

老人は、そう思い出したのだ。

いまの妻は、梅子という。日本の大磯で家の留守をあずかっている。もともとは馬関稲荷町の芸者あがりの、しゃきしゃきとした性格の女だ（京の舞妓の梅路とはべつ）。しかしあのころ萩の家にいたのは前妻のすみ、これは蛤御門の変で右目を突かれて死んだ朋友、入江九一の妹だった。

べつだん悪い女ではなかったが、そのおとなしすぎる性格は、とうとう老人の柄に合わなかった。

（いや）

老人は、思い返した。

ほんとうは、合う合わないの問題ではなかったのかもしれない。一方的に老人のほうに原因があったのかもしれない。何しろ当時、老人は、ろくろく家にかえらなかった。やれ馬関だ、やれ長崎だ、横浜だ京だ江戸だと日本各地をとびまわり、全心全身をうちこんで討幕という大目的のために日夜奔走していたのだから。

（奔走、か）

そのことばのあまりにもいきいきとした感じに、老人は、つい笑いを洩らしてしまった。このごろは、しきりとむかしのことが思い出されてならない。

その奔走の内容は、或る時期からは、

「買いつけ」

が主だった。特にイギリスのグラバー商会を相手にしての銃砲購入、蒸気船の借り入れといったような重要な仕事は、長州藩は、この老人――まだ二十代だった――がなければ一歩も先にすすませられなかった。老人は、イギリス人とじかに英語で交渉ができる数少ない日本人のひとりだったからだ。

逆に言うなら、老人は、或る時期以降、おもてむき藩の政治や戦争にはほとんど関係をもたなかった。もとうと思えばもてたのだが、しかしそういう檜舞台の大立ちまわりは、先輩にあたる個性ゆたかな男ふたりの肩にそれぞれすっかりあずけてしまったのだ。

政治のほうは、桂小五郎。

潜伏先である但馬国出石からの帰藩以降、小五郎は、それまでの無為をとりかえすかのような縦横無尽のはたらきをした。内政的には攘夷派の世論にじゅうぶん配慮しつつ、しかし世論をたくみに操作して、二度と内戦を起こさせなかった。対外的には、

「薩長同盟」

という驚天動地の政治劇を実現し、長州藩の――ひいては日本全体の――民心を決定的に幕府打倒へかたむかせた。

軍事の面では、高杉晋作。

内訌戦で俗論党（徹底恭順派）を藩から一掃してからというもの、幕府への対決姿勢を鮮明にして、軍備をととのえ、とうとう藩全体を、

「第二次長州征伐」

と後世によばれる幕府との全面戦争に突入させた。

しかも完勝した。圧倒的な規模をほこる幕府軍に対してひるむことなく、奇兵隊などの諸隊を叱咤し、日本中の誰もが予想しなかった鮮烈な戦果をたたき出した。これ以降、徳川幕府の権威は目に見えておとろえることになる。そうしてほどなく、

大政奉還

王政復古

五か条の誓文

という誰もが知る一連のながれが訪れたのだ。もっとも、高杉自身はその前に労咳（肺結核）で死んでしまったため、明治の世を見ることはなかったけれども。わずか二十九年の生涯だった。

いずれにしろ。

桂小五郎。

高杉晋作。

歴史はこのふたりを長州の維新の傑物とした。ほかの志士はみな二番手以下という評価になり、老人もせいぜい彼らの使いっ走りという程度にしか見られなかった。しかし老人は、当時もいまも、

（それでええ）

と思っている。ほんとうは老人が最新の兵器をもたらさなければ高杉晋作による対幕戦争の勝利もあり得ず、またその直前に実現した桂小五郎の薩長同盟も――純然たる軍

事同盟だ——あり得ないことになるのだが、そういうことは、

（知る者が、知ればええ）

老人は、べつだん謙虚なたちではない。

野心がないわけでもなく、或る種の禅僧のように無欲恬淡なわけでもない。しかし老人にとっては、そういう地味な、縁の下の力もちというような仕事こそが、

「宰相」

の仕事だった。老人は宰相らしくありたかった。それだけの話だったのだ。

もっとも。

世が変わり、時がすぎると、思いがけず老人はほんものの宰相になってしまった。

明治新政府の発足と同時に敷かれた太政官制という行政制度では、元首たる天皇の補弼をおこなう太政官は公家や旧藩主にかぎられていたが、しかしこの制度は人材の質という点であきらかに無理があったため、明治十八年（一八八五）に廃止され、あたらしく、

「内閣制」

にきりかわった。こちらのほうが中級下級の士族の出の良質な人材を登用しやすいというのが重要な理由のひとつだった。

内閣制というのは要するに、首相と大臣の合議体がいちばん上に来る行政制度だ。したがって首相がまさに名実ともに天皇の宰相ということになるのだが、その初代の首相、

つまり、

「内閣総理大臣」

の職には、どういう運命のいたずらか、ほかならぬこの老人が就くことになった。当時四十五歳だったろうか。いくら若いときから先見の明をほこった老人でも、わが身に起こったこの事態だけは、まったく予想がつかなかった。

なお、このときの外務大臣は井上馨（旧名聞多）であり、内務大臣は山県有朋（旧名狂介）。まったく、くされ縁としか言いようがない。老人はその後、都合四度もこの宰相の座に就いたけれど、そうでないときも宰相にちかい政治的な場所にいつも立ち、天皇の補弼の任にあたった。それを国家にもとめられた。

そういう重要な国政の地位を、とにかくまあ、

（われながら、ようつとめたのう）

老人はいま、そう振り返っている。

そのことにだけは満足している。おそらく明治天皇のご信頼も厚かっただろう。その証拠に……と言うのも何だけれど、天皇はしばしば老人に、

――蛤御門の変のときは、恐ろしかったなあ。

なつかしそうに言われたものだった。蛤御門の変の当時、天皇はまだ十三歳。禁裏の奥におられたところへ、この騒動が勃発したのだ。

――流れ弾が、私のところまで飛んできた。何が起きたのだと女官に聞いたら『長州

こわかったぞ。

者が襲うて来た』と。あのときの長州という言葉はほんとうにこわかった。おばけより

老人はそのつど恐懼(きょうく)して、

「わたくしは、その場にはおりませなんだ。あの挙を起こした連中とは、かえりに岡山で出会ったのです」

弁解するのだが、しばらく日が経つと天皇はまたしても老人をおなじように揶揄(やゆ)し、おなじように笑う。どうやら天皇にとって、老人は、長州代表というべき存在であるようだった。

むろん天皇と老人は、むだばなしばかりしていたのではない。

そのときどきの重要問題について話しあい、了解しあい、ときに一歩もひかず議論を交わした。そのことによって国につくした。明治維新以降の日本は大日本帝国憲法を制定し、日清戦争に勝ち、欧米列強に対して不平等条約の改正をみとめさせ、さらには日露戦争で大国ロシアに勝利するという世界中を驚嘆させる大発展をなしとげたが、そのかなりの部分はこの老人の的確な判断、正しい予測、たくみな人間操作に負うていた。とにもかくにも、老人は、このアジアの小さな島国を近代化させる大事業のほとんどに大なり小なり関係したのだ。

しかしまあ、

「そのことはええ」

あいかわらず両手のカップに目を落としつつ、老人はつぶやいている。

いわゆる明治の顕官としての業績については、またべつに思い出すおりもあるだろう。いまはただ、どういうわけか、それよりも幕末のころの私事のほうが追懐された。あるいは悔やまれた。天皇のご信頼を一身に受けた国家の宰相も、あのすみという女ひとり、

（しあわせに、してやれなんだ）

もっとも老人は、離縁の責任はそれなりに取った。おなじ長州出身者で、神戸税関に奉職している長岡某（なにがし）という男のところへ再嫁するよう人を介して世話したのだ。いまもまだ生きているかどうか。生きているなら、

（息災じゃと、ええがのう）

列車は、おなじ速度で走っている。

あいかわらず線路の継ぎ目をふみつづけている。

「閣下」

男の声が、老人を明治の世にひきもどした。

いつのまにか、となりの椅子に腰かけて葉巻をふかしている。老人はゆっくりとそっちを向いて、

「ああ。何だい？」

「もうじきハルピン駅に到着します」

「さっき聞いたよ」

「失礼しました。ひとつ、ご留意いただきたいのですが」

「何じゃ」

「駅に着いても、閣下はすぐにお降りにならず、このまま車両内でお待ちいただきたいのです」

男は説明した。そもそも今回の老人のハルピンへの旅は、ロシアの財務大臣ココフツェフと極東問題に関する会談をおこなうためのものなのだが、ココフツェフはすでに駅に到着しており、彼のほうから列車に乗りこんで老人をむかえる気でいるのだという。

「それはわざわざ、ありがたいことじゃ」

老人はほほえんだ。

「したがって閣下には、駅へはココフツェフ氏といっしょに降りていただきます。そのほうが世界に対して日露の友好をつよく印象づけることになります」

「ああ。わかったよ」

老人はふたたび椅子の背に体をあずけたが、男はなおもしゃべりやまず、

「列車とホームのあいだには段差があります。お気をつけください」

こまかいことを言った。男の名前は、田中清二郎（せいじろう）。東京帝国大学法学部を出た秀才であり、いまは南満州鉄道理事の顕職にあるが、老人はいつもの習慣で、

（記憶力は抜群じゃが、そのぶん些事（さじ）にとらわれすぎる。書類仕事むきじゃな）

などと、ぼんやり瀬ぶみしている。人間を見る目はまだまだたしか、一分の隙もない

自負があった。だからこそ日本政府のほうでも老人に引退することをゆるさず、こうして重要な案件がもちあがるたび出張を乞うのにちがいない。老人はゆっくりと紅茶を飲んだ。さめていた。

列車が、速度をゆるめた。

駅の構内にすべりこみ、そして止まった。

ドアがひらき、どかどかとロシア人らしい豪放な靴音を立ててココフツェフが入ってくる。老人は立ちあがり、帽子を取って、

「日本政府より派遣され、まいりました」

初対面だったのだ。ココフツェフは人のいい笑顔を浮かべ、しかし措辞は慎重に、

「世界各国より絶大な尊敬を受けておられる閣下からお言葉を頂戴するとは、まことに恐懼のいたりです。元来わが国ロシアは正義と公平を旨として、世界各国と平和協調の関係を保持することを願うものです」

「種々の問題に関しては、追って懇談したいと思います。もっとも私の意見は、貴国の皇帝陛下にご不満をあたえたり、貴国に不利益をあたえたりするものではありませんが――」

「ぜひとも貴説を拝聴したい」

ココフツェフにみちびかれ、老人は列車を降りた。

すでに外交儀礼ははじまっている。老人はまずホームに整列しているロシア国境警備

隊を閲兵し、それから列車のほうへ数歩もどって、各国の領事たちのほうへ歩み寄った。ひとりひとりと握手を交わし、ことばを交わす。

ホームには、日本人の一団もいる。ハルピン在住の一般市民だ。みんな笑っている。なかには日の丸をばさばさ手でふっている者もある。老人は感謝の意を述べるべく、そちらへ体の向きを変え、足をふみだした。報道関係者の焚（た）くストロボが視界のすみをにぎやかにする。

そのとき。

広大な満州の空に、銃声がこだました。

銃声は何度もつづいた。老人はかたわらの誰かへ、ひどく事務的に、

「たしかに三発は命中した。凶漢は何者か」

言ったときには体がぐらっとかたむいている。あわてて南満州鉄道会社総裁・中村是公（これきみ）をはじめ数人の男が老人をささえ、ささえたまま列車のなかへ難をのがれた。ココフツェフも、表情を凍りつかせて後についた。

老人は、じゅうたんに横たえられた。医師の小山善（ぜん）らが数人がかりでコートをぬがせ、上着をぬがせ、チョッキをぬがせた。白いシャツは赤くそまり、ぬれぬれと油のような光をはなっていた。出血のもとは右の胸から腹にかけてらしい。なおも滾々（こんこん）とあふれ出て、赤の面積をひろげていく。

老人は、しかし苦痛をうったえない。医師の小山が、ブランデーの入ったコップのふ

ちを唇におしつけて、

「お飲みください。閣下」

「うん」

老人はすなおに飲みほし、ほんの一瞬、眉(まゆ)をひそめた。誰かが靴音もあらあらしく車内に来て、

「加害者は、どうも韓人(かんじん)のようです」

一同に、おどろきの声。は、なかった。むしろ予想どおりだったかもしれない。

なるほど老人はかつて韓国（大韓帝国）の初代統監をつとめたし、その意味では朝鮮の植民地化に加担したといえる。当然、民衆の反感はたいへんなもので、老人自身そのことを以前から嘆いていた。

しかし老人のほうの意識としては、もとから朝鮮民衆の自尊心をうばう気はなかった。むしろ統監という皇帝純宗(じゅんそう)の「宰相」の地位にあることを奇貨として、朝鮮を中世的退(たい)嬰(えい)から救い出し、世界一流の近代国家にしようと努力していた。

いらぬお節介だったかもしれない。大きなお世話だったかもしれない。けれども日本がそれをしなければ別の国がいずれくちばしを突っ込んで、おなじことをやるに決まっていたし、そっちのほうが朝鮮人民をより大きな不幸におとしいれるかもしれなかった。

老人は、情況のゆるすかぎり、人助けをしたつもりだった。

実際、老人は、この「お節介」のためにさまざまな名目を立てては日本政府に多額の金を出させた。人も出させた。そのことで朝鮮の近代化を助けようとした。負担をともなわぬ支配はあり得ない。それが老人の常識だった。

もっとも、朝鮮は古い。

どうしようもなく古すぎる儒教国、いや儒教王朝にほかならなかった。それを短期間で近代化しようとするのは、枯れ木に花を咲かせるようなもの、無理をしなければならない部分もある。その無理が民衆の敵意をまねいたのだとすれば、これは因果応報というよりは、単なる、不幸な、

「すれちがい」

と見るほうが正しいのかもしれなかった。老人のもつ初代統監という象徴性の高い経歴がいっそう民衆の敵意をあつめたということもあるだろう。老人はこのとき、もっとも朝鮮人にきらわれている日本人のひとりだった。

そういうところへ、今回、ロシア財務大臣との会談の話がふってわいたのだ。

しかも会談の主題は極東問題、場所は満州のハルピンだった。日本はまたしても朝鮮人民のいないところで朝鮮人民に不利なとりきめをするつもりか。彼らがそう憤激するのは誰もが予想し得るところだった。いま老人を銃撃したのが、

「韓人だ」

と聞いても誰ひとりおどろかなかったのは、そんな理由からだった。凶漢の名前が、

「安重根（アンジュングン）」

であることも、そいつがまだ三十になるかならぬかの独立運動家であることも老人は知らなかったけれども、しかし老人は、何ごとかを察したのだろう。列車のじゅうたんに横たわったまま、わずかに顔をしかめ、

「ばかなやつじゃ」

悪意のない、淡々とした口調だった。むしろ若者の将来を懸念しているようにすら聞こえた者もあった。

いずれにしろ、これが最後のことばになった。

老人は目のうごきで二杯目のブランデーをもとめ、飲みくだしたが、その間にも顔はしだいに血の気をうしない、蒼白（そうはく）となった。老人は目をとじた。死亡が確認されたのは、受傷三十分後のことだった。

ココフツェフは、なきがらの前にひざまずき、立って即席の弔辞を述べた。それから花環（はなわ）をあつらえて霊前にそなえさせ、降車した。かわりに駐清ロシア公使が乗りこんで遺体につきそうと、ドアが閉まり、列車はふたたび出発した。来た道をもどりはじめたのだ。

明治四十二年十月二十六日。

午後十一時四十分。

駅ではココフツェフが最敬礼をなし、列車を見おくった。彼のうしろではロシア国境

警備隊が整列し、軍楽隊が哀悼の音楽を演奏している。在留日本人の一団からはすすり泣きの声がやまず、なかには号泣する者もいた。

列車は、駅をはなれた。

だんだんと速度をはやめた。このまま行けば二日後には大連に到着するだろう。そこで老人をおさめた柩は軍艦にうつされ、海路日本をめざすことになるだろう。日本では、井上馨や山県有朋はもちろんのこと、明治天皇が老人をむかえることになる。老人がその人のために宰相でありつづけた、老人より十一も年下の、このごろ体調をくずして気がよわりがちな、孤独な一国の国家元首が。

束荷村の、利助。

としてこの世に生を受け、伊藤俊輔として青春の日をとびまわり、そうして維新ののちは伊藤博文を名のりつつ新生日本をわが子のように育てた老人の、これが最後の帰国だった。

ごとんごとん。鉄の車輪が線路の継ぎ目をふんでいる。沿線の駅にはかならずロシア兵が整列している。貴賓を乗せる豪華列車は、そのまま葬送列車となった。

解説

一坂太郎（萩博物館特別学芸員）

檀一雄の遺作となった私小説『火宅の人』を、深作欣二監督が映画化している。その中で、死にとり憑かれてしまった太宰治が、ガス自殺に付き合ってくれない親友の主人公・桂に向かってぽつりと寂しそうに、「君は生きる側の人間なんだね…」とつぶやく、シーンがある。

門井慶喜さんの『シュンスケ！』を読んでいる最中、私の脳裏を何度もこの台詞がよぎった。歴史小説らしからぬタイトルは、初代内閣総理大臣などを務めた伊藤博文が幕末のころ、「俊輔」と称していたことにちなむ。この、躍動感あふれるタイトルが示すように、「生きる側の人間」の視点から、幕末を描いた作品である。全編を貫く俊輔のしたたかさ、柔軟さが、おおきな魅力だ。

西洋の外圧と国内の騒乱が重なり、時代の過渡期になった幕末は、「国事」という政治運動に身を投じる「志士」を大量発生させた。かれらの大半は、ナルシストだ。「国」のため、「君」のためなどと死の美学に酔い、酒を飲んで悲愴な詩歌を吟じる。そしてじっさい、多くの若い命がすげなく散った。

『シュンスケ！』を読み進めると、「志士」を主人公に据えた小説作品に出てくる、「死」にまつわるお約束の見せ場の多くが、見せ場になっていないことに気づく。既存の英雄物語に対する、アンチテーゼ的な側面が見えて来る。特に、「生きる側の人間」である俊輔の突っ込みが秀逸だ。

たとえば、俊輔のふたりいた師のうち、まず、吉田松陰が江戸伝馬町牢の刑場の露と消え、つづいて来原良蔵が切腹する。

ところが、俊輔の視点は決してその死を、美化しない。たった一行、

「到着後、すぐに松陰が死体になった。」

こんなにも呆気ない、吉田松陰の最期の描き方を私は他に知らない。「死体になった」なんて表現も、ユニークすぎる。しかも、松陰の埋葬に立ち会うことになる俊輔は、（先生。自業自得じゃ）と心の中でつぶやく。その理由は、次のようなものだ。

「おなじ攘夷を謳うにしても、おなじ討幕をくわだてるにしても、もうちょっと地に足がついていれば結果はちがっていたはずなのだ。俊輔の目には、吉田松陰という人は、犬死にとまでは言わないけれども死を急ぎすぎた。この世でもっと仕事をすべき人だったのだ」

俊輔の価値観では、生きて仕事を成すことこそが第一であり、死んで「悠久の大義」に生きるといった考えは無いのだ。

こうして松陰の埋葬が終わったかと思うと、いきなり来原良蔵の死が描かれる。実は

この間、史実では三年近くが経過しているのだが、物語はそのあたり、あまり気にすることなく、時間をすっ飛ばす。

俊輔は今度は泣く。まずは（殺されたんじゃ。わしらが松下村塾の塾生に）という、自責の念からである。自分の同志が、長州藩内において、

「開国を説くのは、怯懦の者。

攘夷をさけぶのは、勇壮の者。」

といった、「単純な二項対立の人物評価」を流行させてしまったのだ。このあたり、現代のネット社会での問題と重なるようで、ゾッとさせられる。だから、「開国を説く」来原は追い詰められ、死んだのである。

それでも数年後になると、「何となく、俊輔は、攘夷派になってしまった」という。それはイデオロギー的なものからではない。あくまで「なんとなく」だ。藩内抗争の中で生き延びるため、一方の派閥にもぐりこんだに過ぎない。

つづいて俊輔は、高杉晋作の背中を押して挙兵させ、内戦のすえ藩の政権を奪取した。この戦いが一地方の政権交代ではなく、「新しい国家」をつくる第一歩だと、俊輔は信じている。それが、俊輔がひそかに抱く大志なのだ。だが後世、その功績は高杉に帰して、自分は「せいぜい使いっ走りとして役立ったという程度の評価」しか与えられないことも、俊輔は知っている。内戦が一段落した時、高杉が、

「これは長州一藩の内戦にあらず。大いなる回天の偉業である」

と気づいた時、俊輔は心の中で、(高杉さん、やっとわしに追いついたわい) とつぶやく。この突っ込みが、一番おもしろい。

タイトルのこともあるので、名前の変遷について、里村千介(さとむらせんすけ)『藤公美談(とうこうびだん)』(大正六年)の記述をもとに説明しておく。幼少期の「利助(りすけ)」から「俊輔」と改名するよう勧めたのは、高杉晋作だったという。「利」と「俊」は、訓読みしたら同じ「とし」だからだ。さらに高杉は、「俊輔」を音読みにすると「しゅんぽ」になるから、号は「春畝(しゅんぽ)」にせよとも言った。最もよく知られる「博文」もまた、高杉が『論語』の「博(ひろ)く文を学びて、これを約するに礼を以(もっ)てせば、亦(また)以て畔(そむ)かざるべきか」から引いて、名付けたのだという。

従来の小説なら、俊輔は吉田松陰や高杉晋作の後ろから従って行き、かれらの死に涙を流し、その遺志を継ぐことを誓うといったパターンがほとんどだった。しかし、この俊輔は、最初からかれらの良い点も悪い点もすべてお見通しなのだ。松陰は純粋すぎ、高杉は気位が高く、激し過ぎる。俊輔の柔軟さは、この両者とは明らかに異なる。このあたり、無理に継承させなかったところが、かえって自然な感じがしてくるから不思議だ。

物語の中の俊輔は、陽気で生命力の塊のような若者だ。作者の門井さんはその根源を、かれが生まれ育った風土に見る。

主な作品舞台になっているのは、あらためて言うまでもなく、長州藩（三十六万九千石）だ。本州最西端に位置する周防・長門の二国（略して防長という）から成り、現在の山口県が、そのまま当てはまる。

藩主の毛利家は戦国時代、合戦につぐ合戦のすえに中国地方の大半を領し、山陽道の要衝、広島に城を構えた。だが、関ヶ原合戦で徳川家康に敗れたため、大幅に領土を削られてしまう。そして広島を追われ、日本海に面した長門の萩に城を築く。交通の便もよく、情報も入り易い瀬戸内側に本拠を構えたいとの希望もあったが、「敗戦国」の立場では許されなかったらしい。このため、家臣たちの多くも、萩に移り住む。

だが、俊輔は違う。かれは瀬戸内海に近い、周防の熊毛郡束荷村（現在の山口県光市）の百姓の家の生まれである。少年のころ、家庭の事情から萩に移り住んだ。そして、下級武士の身分を手に入れる。萩という土地が俊輔飛躍のきっかけを作ったことは確かだが、その風土が肌に合ったかは、また別の問題である。

はじめて萩に足を踏み入れた俊輔は「暗い街じゃ」と、子供ながらに早くも瀬戸内側との違いに気づき、涙を流す。それを母が聞きとがめて「ご城下じゃぞ。めったなことを言うな」と、こわい顔をする。

山陰、裏日本と言われるように日本海側の空は、どんよりと曇っている日が多い（特に冬場は）。「山陰の萩の天気はいかにもカラッとしておらず、息苦しくて鼻腔の奥にねばりつくように感じられた」とあるが、それは太陽が燦々と降り注ぎ、山陽と呼ばれる瀬戸内側とはあまりにも対照的だ。さらに、こうも言う。

「人間もまたそうだった。萩出身の連中はたいてい生まじめで厳格で、よくも悪くも人格におもみがあった。吉田松陰や桂小五郎や久坂玄瑞はもちろん、あの高杉晋作ですらそんなところがある。彼らはみな日本海の産物なのだ」

吉田松陰や高杉晋作といった「偉人」に対し、俊輔がどこか冷めた視点を持ち続けるのは、こんなところにも原因があるらしい。おそらく、「死」の臭いがするから、「生きる側の人間」としては、どこかで馴染めないものがあったのだろう。

だから俊輔は、「周防国吉敷郡湯田村（現在の山口県山口市湯田温泉）」の「地侍」出身という志道聞多（井上馨）に、自分と同じ瀬戸内側の臭いをかぐ。聞多は「剛胆といえば剛胆、軽率といえば軽率」な男であり、俊輔にとっては「人間そのものの肌合いがぴったり合った」のだという。そして、共にイギリスに密航留学するほどの、肝胆相照らす仲になってゆく。

『シュンスケ！』には出て来ないが、吉田松陰は入門して来た俊輔につき、「中々周旋家になりそうな」と、久坂玄瑞あての手紙（安政五年〈一八五八〉六月十九日）の中で評した。意見の異なる「人」と「人」とを結びつけて、ひとつの大きな流れを作ることを得意とする者が「周旋家」だ。政治家にとって、最も必要な才能であることは、言うまでもない。松陰は十八歳の俊輔の中に、その才を見ていたのだ。

そして、「明治の元勲」となった伊藤博文は「周旋家」の才を大いに発揮し、鉄道を建設し、議会政治を始め、憲法を制定するなど、めざましいスピードで近代国家を建設してゆく。

幕末のころ、一流の人物は死に絶えて、生き残った二流、三流が、棚ぼた式で明治日本のトップの座に就いたとの解釈がある。歴史小説の大家でも、そんなことを平然と述べている方がいる。まったく、根拠の無い話だと思う。

だが、その影響からだろうか。近年、尊敬する歴史上の人物として、若くして華々しく散った「坂本龍馬（さかもとりょうま）」「吉田松陰」「高杉晋作」といった「志士」の名を挙げる政治家や経営者が多い。「平成の龍馬」を自称する人たちも、後を絶たない。

一方、汗まみれ、泥まみれ、時に血まみれになりながら、近代国家を建設した俊輔こと伊藤博文の名が、現代日本のリーダーたちの口から出てくることは、ほとんど無い。「周旋家」の才を身につけることこそ、この国が最も切実な問題だと思う。にもかかわらず、半世紀以上にわたり続くNHK大河ドラマも、いまだこの人物を主人公として扱ったことは無い。これは、いかがなものかと思う。批判も含め、日本人はもっと「伊藤博文」を知るべきだろう。だからこの『シュンスケ！』が、一石を投じてくれることを祈っている。

シュンスケ！

門井慶喜

平成28年 7月25日　初版発行
令和6年 11月25日　7版発行

発行者●山下直久

発行●株式会社KADOKAWA
〒102-8177　東京都千代田区富士見2-13-3
電話　0570-002-301（ナビダイヤル）

角川文庫 19857

印刷所●株式会社KADOKAWA
製本所●株式会社KADOKAWA

表紙画●和田三造

ISBN978-4-04-104229-8　C0193

本書は2013年3月に小社より刊行された単行本を加筆・修正のうえ、文庫化したものです。